karactère(s)

ISBN : 978-2-02-101102-9
N° : 101102-1

Loi n° 49-956 du 16 juillet 1949 sur les publications destinées à la jeunesse.

Claire Mazard

Le mort du noyer

Seuil

Pourquoi j'ai écrit ce livre...

Adolescente, j'ai adoré les romans policiers de Frédéric Dard qui piègent le lecteur.

Anecdote : dès le début de mon récit, je décide que le mort du noyer sera retrouvé nu. Totalement *nu. Et la question vient : pourquoi* totalement *nu ? Pour effacer les indices, bien sûr. Mais la réponse ne me satisfait pas.*
Durant toute l'écriture du roman, je ne cesse de me poser la question : pourquoi totalement nu ? Je mène l'enquête avec mon commissaire. Avec lui, je piétine et ne sais toujours pas. Cela m'inquiète. Me soucie. Me tracasse.
Comment m'en sortir ?
« Tu sais, Claire, tu pourras toujours le rhabiller ! » me rassure amicalement Jean-Claude Mourlevat.
Bien sûr. Mais je n'en ai pas envie : je veux savoir pourquoi il est retrouvé nu.
En fin de récit, alors que je ne m'y attends pas, un de mes personnages donne la réponse. Et tout s'éclaire. La boucle est bouclée.

J'espère que le lecteur aura autant de plaisir à lire ce récit que j'en ai eu à l'écrire.

Claire Mazard

À la Girafe Picasso

Je remercie vivement le Centre national du livre pour son aide.

1

– *My... Goooooood!* s'écria Lilyane Latrand, professeure d'anglais à la retraite.

De toute sa carrière d'enseignante, de toute sa longue existence – elle avait quatre-vingt-cinq ans –, il ne lui était *jamais* rien arrivé.

– *My Goooooood!*

Il lui arrivait *enfin* quelque chose.

Dans le jour naissant, sa silhouette s'écroula.

Prince Charles resta saisi un instant puis aboya de toutes ses forces. *Waouf ! Waouf !* Ce qui veut dire en langage chien de professeur d'anglais : « *My Goooooood!* »

C'était un yorkshire bien élevé. Lilyane Latrand lui avait appris à ne pas faire « son pissou » sur les tapis.

Était-ce le choc ? La vue de sa maîtresse étendue soudain sur le sol ? Ou celle du cadavre, gisant, nu, sous le noyer ? D'émotion, il ne put se retenir. Pour la première fois de sa vie, il déversa une longue rigole sur le tapis de... feuilles mortes.

– Allô, commissaire Lafosse ? Isabelle Davidien, de garde de nuit au commissariat de Saint-Étienne, à l'appareil. Un cadavre a été retrouvé ce matin à la maison de retraite Les Cimes bleues, à Issinjean.

– Issin-quoi ?

– Issinjean, vous savez bien, commissaire, à cinquante kilomètres de Saint-Étienne, pas loin du Puy...

Oui, bien sûr, il savait. Une des premières villes de la région que Léna avait voulu visiter, à leur arrivée en Haute-Loire. Une jolie cité, ancienne, historiquement riche et réputée pour la noblesse de « son cadre », comme les guides touristiques aimaient à le souligner.

La voix continua :

– Les gendarmes d'Issinjean sont sur place. Je vous appelle à leur demande.

– Prévenez la lieutenante Fred Djan, qu'elle s'y rende directement et qu'elle fasse le nécessaire. Je la rejoins là-bas.

Il ferma son portable.

« Pourvu que ma voiture démarre. J'en ai au moins pour trois quarts d'heure de route. »

*

* *

– Vous ê-tes-a-rri-vé ! annonça la voix féminine du GPS.

Au même instant, Gilles découvrit l'énorme panneau à l'entrée d'un chemin. Entre deux piliers, un haut portail en fer, de couleur verte, était ouvert.

RÉSIDENCE DES CIMES BLEUES. MAISON DE RETRAITE.

Les pneus de sa voiture crissèrent sur du gravier.

Il s'engagea dans la longue allée, plantée de marronniers. Tout au bout s'élevait une immense bâtisse, ancienne, magnifique. De part et d'autre, des bâtiments plus petits mais identiques.

Il stoppa devant la barrière en fer. Un vigile s'approcha. Lafosse montra sa carte.

– On vous attend, commissaire.

Le vigile déplaça la barrière.

Parmi les voitures garées, Gilles repéra celle de son adjointe, ainsi que la camionnette de la police scientifique et la moto de la médecin légiste. Fred les avait donc avertis.

Il descendit de sa voiture, claqua la portière.

Aussitôt, un sentiment d'oppression l'envahit, comme si une chape de ciment lui tombait brusquement dessus.

Il aperçut Fred sur les marches du perron, aux prises avec un homme de stature imposante.

– Bonjour, Fred.

Elle lui rendit son sourire.

À sa nomination au commissariat de Saint-Étienne, trois ans plus tôt, il avait eu beaucoup de chance qu'elle soit affectée à son service. Vingt-six ans. Sympathique. Dynamique. Intuitive. Ils avaient déjà mené ensemble quelques enquêtes et s'appréciaient mutuellement. Même manière de travailler. Sur la même longueur d'onde.

Il n'eut pas le temps de prononcer un mot. L'homme l'apostropha.

– Commissaire Lafosse, je suppose ? Vous vous rendez compte, un cadavre ici, chez moi ! Vous devez agir, vite ! Je compte sur vous, mes petits vieux sont fragiles...

Gilles l'interrompit.

– Vous permettez, monsieur, tout à l'heure. Montre-moi, Fred.

Ils laissèrent l'homme sur le perron, décontenancé, en colère.

– Mais... commissaire !

Gilles ne prit même pas la peine de se retourner. Il lança :

– Nous vous interrogerons tout à l'heure. Que personne ne sorte de... de cette résidence !

Il le dit pour la forme : le vigile surveillait les entrées et les sorties.

– C'est le directeur, souffla Fred, il me prenait la tête. Viens, c'est par là. Le cadavre n'est pas, comment dire... une œuvre d'art.

Forcément.

La lieutenante l'entraîna à la gauche de la grande bâtisse. Des banderoles de sécurité avaient été disposées autour d'un noyer gigantesque. Gilles adressa un signe de la main aux deux hommes de la police scientifique, vêtus de blanc, gantés, qui prenaient des photos. Il reconnut la médecin légiste, Anne Cartry.

– Vous avez fait vite, commissaire, dit-elle.

Elle savait qu'il habitait loin.

– Oui, malgré la route glissante.

Il s'avança.

Sous le noyer, un corps petit et gros était étendu sur le ventre, nu. Bras plaqués le long du corps, paumes tournées vers le ciel. Épaules tombantes. Fesses roses ou plutôt blanchâtres, pas belles, en forme de poire. Elles aimantaient le regard. Les corps les plus beaux, morts, deviennent moches. Celui-là, même de son vivant, il n'avait jamais dû être esthétique. Les orteils étaient dissimulés sous les feuilles. Le crâne, rose, presque blanc, comme les fesses, était en revanche totalement lisse. Au milieu des feuilles tombées, on aurait cru... un œuf d'autruche.

– On vous attendait pour le retourner, commissaire.

– Allez-y.

Le visage apparut. Gilles et Fred eurent le même mouvement de recul devant les deux yeux fixes, révulsés, dont on ne voyait que le blanc. Visage rond et imberbe. Torse flétri. Quelques poils gris sur la poitrine et autour du sexe. Ventre flasque. Cuisses larges, mollets ronds.

Les policiers flashèrent aussitôt. Anne Cartry s'agenouilla.

Gilles Lafosse eut un frisson. À cause de ce visage horrible, ou de l'humidité ? Malgré les précautions, les chaussures pataugeaient sur le tas de feuilles imbibées. Pour avoir plu, il avait plu. Il jeta un œil aux alentours, leva la tête vers l'arbre. Celui-ci était impressionnant. Combien de circonférence, trois mètres ? Et de hauteur, vingt, trente mètres ?

Des gouttes d'eau dégoulinaient des branches toutes les six ou sept secondes, rythme régulier, lent. Elles chutaient sans aucun bruit sur les feuilles. Il pensa : « Les branches ressemblent à des moignons. » Il aperçut la plaque accrochée autour du tronc :

Noyer. Juglans regia. *290 ans.*

Deux cent quatre-vingt-dix ans : cela expliquait la hauteur, la grosseur. Gilles n'avait jamais vu un tel arbre. L'écorce était lisse, gris argenté, avec des fissures et des crevasses longitudinales.

Gilles laissa un temps à la médecin légiste.

– Alors ? demanda-t-il.

Anne Cartry, trente ans, connaissait parfaitement son métier. Gilles avait déjà plusieurs fois travaillé avec elle. Ses rapports étaient toujours extrêmement précis, dans la mesure du possible. Bien évidemment, elle utilisait les dernières technologies.

– Eh bien, commissaire, au premier abord, vu la raideur des membres, je situe la mort entre minuit et deux heures du matin. La pupille confirme cette heure. Je peux fermer les yeux ?

Gilles fit signe que oui. Elle poursuivit.

– Sans aucun doute, il s'agit d'un crime, commissaire. Regardez...

Il se baissa, découvrit une marque sur la tempe gauche.

– Le coup assené fortement a entraîné une mort immédiate. Un marteau, un objet lourd... une arme blanche en tout cas. Le mort a perdu du sang, mais celui-ci s'est écoulé dans les feuilles, puis s'est dilué dans la terre.

Les policiers scientifiques s'avancèrent. Une lumière bleue balaya les alentours pour détecter sang, salive, sperme... Enfin, ils ôtèrent leurs gants, leurs masques, leurs vêtements.

– Nous avons fini, commissaire. Autant vous prévenir tout de suite : vu l'intensité de l'orage hier au soir et la pluie tombée toute la nuit, pas mal de traces ont été effacées. Le sang que nous avons est mélangé à l'eau, pas sûr que nous en tirions quelque chose. Pas de chance, à cause du gravier, il n'y a aucune empreinte de pneu – si toutefois la victime ou le criminel sont venus véhiculés. Nous avons fait tout de même quelques prélèvements, des empreintes digitales. Nous vous enverrons nos résultats le plus tôt possible.

– Sur mon portable, s'il vous plaît.

Gilles tendit sa carte.

– Vous m'envoyez aussi la photo du visage arrangé comme s'il était vivant ?

– Bien sûr, commissaire.

Ils remballèrent leur matériel.

– C'est bon, commissaire ? demanda Anne Cartry.

Elle fit signe qu'on emporte le corps.

– Attendez !

Gilles s'avança vers le brancard, releva le tissu. Il scruta une dernière fois le visage poupin, rond, rose, chauve. Les yeux fermés, le mort était moins horrible.

– Oui, c'est bon.

– Moi aussi, je vous envoie le rapport d'autopsie sur votre portable ?

– S'il vous plaît.

Serrements de mains.

La camionnette et la moto démarrèrent. Crissements sur le gravier.

Le noyer, avec sa pancarte sur son tronc, avait quelque chose de saugrenu. De surréaliste. Gilles pensa à l'image de ces aveugles autrefois, mendiants, avec un panneau sur leur poitrine : *Aveugle.* Pourquoi cette idée ?

Une impression étrange l'envahissait. Pas exactement celle qui l'avait oppressé quand il était descendu de voiture, à son arrivée. Une sensation de mystère plutôt. La certitude que cette affaire – qu'il appelait déjà « l'affaire du mort du noyer » – allait se révéler nébuleuse. Comme le ciel la veille, avant l'orage.

Il resta immobile un moment sous l'arbre. Après tous les va-et-vient autour du cadavre, le silence soudain lui sembla pesant.

– Qu'en penses-tu ? demanda Fred.

Il haussa les épaules.

– Même si les prélèvements sont exploitables, ce serait vraiment une chance que le mort figure au fichier ADN. Idem pour les empreintes digitales.

Le fichier ADN, certes, permettait parfois d'accélérer les enquêtes, mais encore fallait-il que le criminel ou la victime aient été récidivistes ou qu'on les ait mis en garde à vue. Bientôt, chaque individu serait fiché dès sa naissance. Les enquêtes sur les crimes seraient-elles plus faciles pour autant ?

Comme si elle avait suivi le cheminement de sa pensée, Fred déclara :

– L'ADN n'est pas tout. Que fait-on, Gilles ?

Parfois, elle lui disait « commissaire », parfois « Gilles ». Il aimait bien quand elle l'appelait par son prénom.

– Eh bien, nous allons commencer par interroger le directeur ! Puis tout le monde ! Interroger, fouiner, chercher, fouiller... Le classique, quoi !

Malgré les nouvelles technologies, toujours le classique. L'indispensable classique.

Il se dirigea vers les gendarmes.

– J'aimerais qu'un de vous deux... (Il regarda sa montre. Il était neuf heures.) reste jusqu'à ce soir sous le noyer.

Il se rappela la phrase du directeur : « Mes petits vieux sont fragiles. » Le sol était glissant. Si l'un d'entre eux, par curiosité, s'aventurait sous le noyer...

– Et ne laissez approcher personne.

– Bien, commissaire.

*

* *

La bâtisse semblait sereine. Les retraités n'avaient peut-être rien entendu ?

Il rattrapa Fred sur les marches du perron.

– Dis, Fred, toi qui habites près d'Issinjean, à quelle heure a commencé l'orage hier au soir ?

– Un peu avant onze heures. Le film finissait.

– Un policier ?

Elle sourit.

– Ben oui, tu sais bien, j'adore.
– Il a plu toute la nuit ?
– Oui. Dans mon sommeil, j'ai entendu les gouttes d'eau tomber sur le zinc de manière ininterrompue.
– Tu pourras vérifier auprès des services de météo la durée exacte de l'orage ? Le corps a largement eu le temps de se tremper d'eau.
– Oui, malheureusement pour nous, dit Fred.
Ils rentrèrent dans la résidence. L'intérieur du bâtiment, comme la façade extérieure, en imposait. Les lustres, les moulures, toute la déco... faisaient penser à un petit château.
Fred s'arrêta devant une porte massive en chêne. Une grande plaque cuivrée – si astiquée qu'elle paraissait en or – indiquait : *BUREAU DE M. THOR, DIRECTEUR*.
– Au fait, Gilles, j'ai oublié de t'expliquer, cette maison de retraite présente une particularité, et je ne suis pas sûre que cela te plaise...
La lieutenante n'eut pas le temps de poursuivre, la porte en chêne s'ouvrit.
– Enfin, commissaire !
L'homme barrait tout l'encadrement de la porte. Il parut à Gilles encore plus immense que plus tôt sur le perron. Terriblement baraqué et menaçant, montrant les dents.
« Un bouledogue », pensa Gilles.
Le bouledogue aboya aussitôt :
– Deux heures que je vous attends, commissaire ! Alors, vous en êtes où ?
Il tourna en rond, énervé. Un bouledogue dans un chenil.
– Vous vous rendez compte, un cadavre, ici, chez moi... Le traumatisme pour mes petits vieux... La réputation pour ma maison de retraite, ma réputation.

« Moi », « mes », « ma »... Le directeur avait l'usage facile des pronoms possessifs. Gilles Lafosse laissa tomber, sec :

– Vous êtes ?

L'homme resta interloqué. Fred retint un sourire.

– Mais je suis... je suis le directeur des Cimes bleues, vous avez bien vu la plaque sur la porte ?

La pièce était haute de plafond. Grand bureau avec un fauteuil de ministre. Deux sièges, beaucoup moins larges, moins confortables lui faisaient face. La double-fenêtre occupait une grande partie du mur.

– « Directeur » n'est pas un nom, énonça Lafosse sur un ton impersonnel.

La mâchoire de l'homme eut un mouvement d'avant en arrière, comme celle des chiens d'attaque. Ses lèvres se retroussèrent.

– Je suis monsieur Thor. T.H.O.R., directeur de cette maison de retraite. Il me semble légitime, commissaire, de vous demander...

– Mettons les choses au point. Vous dirigez cette résidence, je dirige l'enquête. C'est moi qui pose les questions.

M. Thor s'adoucit.

– Excusez-moi, commissaire, le stress avec mes petits vieux... Je vous en prie, asseyez-vous...

– Monsieur Thor, vous permettez, je vais prendre votre place, mon adjointe à mes côtés, et vous allez vous asseoir en face.

Le directeur s'immobilisa, se demandant s'il avait bien entendu. Fred déplaça un des fauteuils. M. Thor contourna le bureau et s'assit. Gilles se laissa tomber dans le fauteuil large, hyper-confortable, Fred à ses côtés.

– Bien, monsieur Thor, est-ce vous qui avez découvert le mort ?

Le directeur remua sur son siège.

– Mais non, je l'ai dit aux gendarmes. J'ai prévenu la police, mais ce n'est pas moi qui ai découvert le cadavre.

– Qui, alors ?

– Une de mes pensionnaires. Elle s'est aussitôt évanouie. Justement...

Il soupira :

– Justement pas n'importe laquelle, la plus... la plus...

Gilles, pour montrer son impatience, tapota du bout des doigts le dessus du bureau.

Le directeur bredouilla :

– Une ancienne professeure d'anglais. Avec elle, vous comprenez, tout prend des proportions...

– Son nom ?

– Lilyane Latrand.

– À quelle heure a-t-elle découvert le corps ?

– Dès potron-minet, six heures, ce matin.

– Vous dormiez ?

– Oui.

– Qu'est-ce qui vous a réveillé ? Elle a crié avant de s'évanouir ?

– Non, c'est Prince Charles qui m'a réveillé.

– ... ?

– Le yorkshire de Mlle Latrand. J'ai accouru, je n'avais pas envie qu'il alerte la maison entière. J'ai trouvé Mlle Latrand allongée par terre, et Prince Charles gémissant sous Dionysos.

– Dionysos ?

– Oui, c'est le nom du noyer. Un monument. Il fait partie du patrimoine. Deux cent quatre-vingt-dix ans. Vingt-neuf mètres de haut. Il est exceptionnel. Site protégé.

– C'est vous qui l'appelez Dionysos ?

– Mais non, on l'appelle ainsi depuis au moins cent ans. J'ai même dû me battre pour que les guides touristiques ne le mentionnent pas. Vous vous rendez compte, commissaire, des touristes dans le domaine !

– Bon, reprenons, vous apercevez Mlle Latrand au sol, évanouie, et Pr... et Prince Charles gémissant auprès d'elle.

– Exactement. J'allais chercher de l'aide, lorsque j'ai aperçu Ethel Rigault, le jardinier, sur les marches du perron. Je l'ai hélé...

– Vous l'avez... (Gilles aspira le « h ».) hélé ?

– Oui, le plus doucement possible. Il est arrivé, il a attrapé Mlle Latrand par les pieds, pendant que je tenais ses épaules... C'est à ce moment-là que j'ai vu le mort. Sous Dionysos.

– Vous le connaissiez ?

– Je n'en sais rien, commissaire, je n'ai vu le corps que de dos.

– La réaction de M. Rigault ?

– Comme moi, me semble-t-il, surpris. Nous avons ramené Mlle Latrand dans sa chambre. Elle s'est réveillée, et je lui ai tout de suite donné un somnifère.

– Vous traitez toujours ainsi vos pensionnaires ?

– Non, elle était très choquée, et j'ai eu peur...

– ... qu'elle ne réveille toute la maison, j'ai cru comprendre votre souci. Et Prince Charles ?

– Le brave chien s'est recroquevillé aux pieds de sa maîtresse, sur le lit, et n'a plus bougé. Ethel et moi sommes retournés sous Dionysos. Nous avons constaté que l'homme était probablement mort. J'ai appelé les gendarmes. Vous avez laissé les bandes de sécurité, au moins, commissaire, que personne ne glisse sur les feuilles mouillées ?

Gilles se leva, alla se planter devant l'immense fenêtre.

– Pourquoi me demandez-vous si les banderoles ont été enlevées ? Vous les apercevez d'ici, vous avez une vue directe sur le noyer.

Gilles en était sûr, M. Thor ne les avait pas quittés des yeux depuis qu'ils étaient arrivés. Derrière sa fenêtre, il les avait tous épiés : la police scientifique, la légiste, Fred et lui. Le directeur – Gilles en eut l'intuition – avait pour habitude de tout surveiller depuis la fenêtre de son bureau. De regarder le noyer, l'allée de marronniers et, en fond de toile, les montagnes, noires. Ces satanées montagnes, toujours.

– Et donc, hier soir, vous n'avez rien vu, monsieur Thor, qui puisse nous aiguiller ?

– Non, commissaire, non.

– Nous allons devoir interroger vos pensionnaires, le personnel. Combien de pensionnaires ?

– Cinquante-trois, sans les chiens.

– Sans quoi ?!

Fred eut un geste vers lui... Elle laissa retomber son bras. M. Thor s'écriait :

– Comment, commissaire, vous ne connaissez pas la particularité des Cimes bleues ? Vous n'en avez jamais entendu parler ?

– Désolé, je ne suis pas originaire de la région.

– Mais, commissaire, Les Cimes bleues sont la *seule* maison de retraite d'Europe, du monde entier peut-être, dans laquelle les pensionnaires sont accueillis avec leur compagnon canin.

– Vous voulez dire...

– Mais oui, commissaire, ici, nous acceptons les toutous !

Gilles soupira. Il eut la certitude que, sans qu'il l'y pousse, M. Thor allait lui vanter sa résidence.

Gagné. Le directeur se redressa dans son siège.

– Je suis à l'origine de cette idée, géniale, vous en conviendrez...

Gilles ne releva pas. Fred lui adressa un clin d'œil.

– Connaissant l'attachement des personnes âgées pour leur animal de compagnie, leur difficulté à s'en séparer quand elles vont en maison de retraite, l'idée m'est venue d'accepter les chiens.

– N'importe quel chien ? Un bouledogue ?

– Non, pas de bouledogue ici. Uniquement des chiens de petite taille. J'ai instauré, comment dire, un cahier des charges. Les chiens ne doivent pas peser plus de cinq kilos. Nous accueillons donc beaucoup de yorkshires, de teckels, de caniches nains...

– Des courts sur pattes, en quelque sorte.

« Le contraire de vous, monsieur Thor », pensa Gilles. Il demanda :

– Tout pensionnaire peut venir ou *doit* venir avec son toutou ?

– Tous les pensionnaires, ici, ont leur compagnon, sinon autant...

– ... aller dans une maison de retraite ordinaire ! Donc, cinquante-trois pensionnaires et cinquante-trois toutous...

– Cinquante-deux toutous : M. et Mme Kindin ont un chien en commun. Un petit bichon...

– Bon, bon, vous pouvez me donner la liste de vos pensionnaires ?

– Heu... Oui, avec leur compagnon ?

– Tant qu'à faire !

Le directeur se leva, contourna le bureau, se pencha sur l'ordinateur. Il cliqua, pianota. Très vite, l'imprimante cracha des feuilles.

– Voici la liste des pensionnaires par ordre alphabétique avec âge, nom de chambre et, en face, le nom du chien, sa race, son âge et son poids.

Avoux Jeanne, 75 ans, chambre « Coquelicot ». Alfonso, teckel, 10 ans, 3 kilos.

Bardaux Martine, 83 ans, chambre « Violette ». Olly, basset, 4 ans, 3,5 kilos...

Gilles parcourut la liste jusqu'à Z.

Zeraphon Marion, 80 ans, chambre « Primevère ». Chumarer, cocker nain, 8 ans, 4 kilos.

– Parfait, monsieur Thor. Et le personnel ? Il doit être nombreux, je suppose, pour cinquante-trois pensionnaires et cinquante-deux chiens ?

– Eh bien, ils sont vingt-deux en tout. Un jardinier, trois cuisiniers dont un pour les toutous...

– Pour les toutous ?

– Oui, les chiens ne mangent pas tous à l'identique. Certains suivent un régime. C'est René Chanu qui est chargé des menus des chiens. Regardez...

M. Thor se pencha à nouveau sur l'écran de l'ordinateur. Il pianota. Gilles lut :

Régime des pensionnaires. Régime des chiens.

– Incroyable, dit Fred. Alors si vous tapez par exemple « Lilyane Latrand » ?

M. Thor s'exécuta. Sur l'écran apparut :

Latrand Lilyane : régime sans sel. Prince Charles : allergique à la viande de porc. Raffole du lapin.

– Et c'est ainsi pour chaque pensionnaire et chaque chien ?

– Bien sûr. Tenez, autre exemple : *Chairbaunel Danièle : ne mange ni viande, ni poisson, ni œufs... Des légumes et des fruits seulement. Fifille, chihuahua : mange comme sa maîtresse.*

– Vous prenez vraiment en compte les goûts de chacun dans la préparation des repas ? murmura Fred.
– Dans la mesure du possible.
– Vous ne faites quand même pas un menu pour chaque pensionnaire et chaque chien ?
– Non, bien sûr. Mais nous veillons à ne jamais servir de porc au chien de Lilyane Latrand et nous faisons attention aux repas de Fifille et de sa maîtresse, particulièrement sympathique. Nous servons les pensionnaires dans la salle à manger, et le personnel de cuisine veille à leur santé.
– Les chiens prennent leur repas aussi dans la salle à manger ?
Gilles Lafosse était prêt à ne plus s'étonner de rien.
Bouledogue grogna :
– Les chiens se sustentent le soir uniquement. René passe dans chaque chambre, avant dix-huit heures, et distribue le repas de chacun.
– Avec un chariot, comme dans un hôpital ?
– Exactement, commissaire. Et depuis cinq ans que j'ai créé cette résidence, cela fonctionne très bien.
– Je peux avoir la liste de votre personnel ?
– Mieux, commissaire, je vais vous tirer l'organigramme de la résidence avec les nom et fonction de chacun.
L'imprimante s'activa à nouveau.
Rigault E., jardinier. Chargé de l'entretien du parc et du jardin.
– Il y a un parc *et* un jardin ? s'étonna Gilles.
– Nous appelons « jardin » ce qui entoure directement Dionysos ; au-delà, c'est le parc.
– Grand ?
– Dix-sept mille mètres carrés.
Gilles Lafosse poursuivit sa lecture, au hasard.

Molini C., cuisinière.

Jegu P., cuisinière...

– Tout cela a un coût ?

– Bien sûr ! Vous vous en doutez !

– Et vous répercutez ce coût sur les pensionnaires, je suppose. Combien paient vos... clients ?

– Mes pensionnaires paient environ trois fois votre salaire mensuel. Ils gagnaient tous très bien leur vie, commissaire. Ce sont d'anciens avocats, notaires, juges, pharmaciens...

– Mais votre Lilyane Latrand est bien retraitée de l'Éducation nationale ? murmura Fred. Comment peut-elle se payer...

Le directeur rugit ; c'était sa façon de rire.

– Le viager, lieutenante ! Même les avocats, les juges y ont recours. La plupart des pensionnaires ont mis leurs biens immobiliers en viager.

Le portable du commissaire émit un petit son. SMS.

Gilles lut : *Photo du mort retravaillée.* Le visage apparut : les yeux révulsés étaient ouverts, le regard redessiné – un regard plutôt clair. Visage d'un homme de quarante ans environ, l'air apparemment bonhomme. Rond. Chauve. Plutôt banal. En tout cas, cette figure était présentable pour interroger les résidents.

– Monsieur Thor, puis-je brancher mon portable sur votre imprimante et tirer une photo en plusieurs exemplaires ?

– Faites, commissaire.

De l'imprimante sortirent des feuilles au format A4. Le visage apparut en gros plan. Gilles Lafosse le brandit devant M. Thor.

– Vous connaissez cet homme ?

Le directeur saisit la feuille.

– Non, commissaire, jamais vu. C'est le mort ?

– Prenez votre temps. Oui, c'est le mort, plus exactement la victime, car il s'agit d'un crime.

Il attendit la réaction de M. Thor ; celui-ci n'en eut aucune. Le commissaire reprit :

– La photo a été retravaillée pour ressembler le plus possible à ce qu'il était de son vivant. Alors ?

– Non, je ne le connais pas.

– Monsieur Thor, une dernière question : qu'avez-vous fait hier soir, à partir de vingt-deux heures ?

– Je... J'étais ici, dans ce bureau.

– Que faisiez-vous ?

– Mais que voulez-vous que je fasse, commissaire ? Les comptes !

Gilles attrapa l'organigramme, lut à haute voix : *Blanchon A., comptable.*

– Oui, j'ai un service comptabilité, mais si je veux qu'il n'y ait pas trop de dépenses, je dois vérifier.

Gilles se planta à nouveau devant la fenêtre.

– Et vous n'avez *vraiment* rien vu ? Entre vingt-deux heures et l'heure à laquelle Prince Charles vous a réveillé, *vraiment* rien entendu ? À quelle heure vous êtes-vous couché ?

– Deux heures du matin.

– Entre vingt-deux heures et deux heures, rien d'anormal ? J'insiste...

– À partir de vingt-trois heures, l'orage, c'est tout, monsieur le commissaire. Si je savais quoi que ce soit, vous pensez bien que je vous le dirais. La police, ici, fait désordre.

Gilles préféra ne pas relever.

– Bien, nous allons vous laisser. Mais nous vous interrogerons certainement encore.

– Dites, commissaire...

Le menton du bouledogue tremblait et ses mâchoires émettaient comme un bruit de cailloux.

– Vous êtes obligé d'annoncer la nouvelle aux résidents ?

– Pour les interroger, leur dire qu'il y a eu un crime me semble indispensable. D'ailleurs, la plupart sont, à mon avis, déjà au courant. Le va-et-vient n'a pas dû passer inaperçu. Je suis même étonné que depuis que nous discutons aucun ne soit venu rôder autour du noyer.

– Pouvez-vous intervenir pour qu'il n'y ait pas de journaliste, commissaire ? Il est onze heures trente. Dans cinq minutes, les résidents vont se rendre au restaurant pour l'apéritif. Si vous le permettez, j'aimerais leur apprendre moi-même...

– Bien sûr, monsieur Thor, je comprends. Nous allons vous accompagner. Au fait, existe-t-il un cahier des charges pour les... non-chiens, pour les humains ?

– Être en excellente santé, commissaire. Vous comprenez, nous avons sur place un infirmier seulement. Mais la médecin vient dès qu'on l'appelle.

– Et ils peuvent sortir ? Vous organisez des activités pour eux ?

– Ils font ce qu'ils veulent, commissaire, ils vont et viennent dans le parc, en ville. Ils sont valides !

– Les repas cependant sont servis à heure fixe ?

– Oui. Petit déjeuner pris en chambre entre huit et onze heures. Apéritif et repas à midi. Et le soir : soit repas dînatoire dans la salle de restaurant, soit plateau-repas dans les chambres.

– En fait, Les Cimes bleues, monsieur Thor, sont une résidence pour gens fortunés, une pension de luxe en quelque sorte, un hôtel huit étoiles...

– On peut dire cela, commissaire, et à Issinjean personne ne s'en plaint. J'ai créé des emplois. Des commerces se sont ouverts, dont un vétérinaire, un salon de toilettage, et même un hôtel, car mes petits vieux reçoivent parfois des visites... Une piscine va bientôt être construite...

– Alors, si votre maison de retraite est une résidence de luxe pour personnes riches en parfaite santé, monsieur Thor, cessez de dire « mes petits vieux » !

*

* *

Gilles sortit, buta dans... une « petite vieille ».

– Ah ! s'exclama-t-elle, vous êtes le commissaire chargé de l'enquête, je parie !

Elle avait l'air un peu excentrique, un peu foldingue.

– Vous êtes le commissaire ? répéta-t-elle.

Il descendit les marches.

– Nous vous interrogerons en temps voulu, madame.

Elle s'adressa à son basset :

– Viens, Hercule, le commissaire est d'humeur maussade.

Fred le rejoignit.

– M. Thor nous attend au restaurant pour annoncer la nouvelle. Ça va, Gilles ?

Il soupira.

– J'étouffe ici. Je ne sais pas pourquoi, je suis à cran. En plus, j'ai oublié mes graines de tournesol.

En le disant, il sentit qu'il agissait comme un gamin ayant égaré son jouet. Ses graines de tournesol avaient tant énervé Léna. Quand il piétinait lors d'une enquête, décortiquer ces banales graines l'aidait à réfléchir.

« Mon petit hamster », disait Léna en riant.

Il était en manque de graines, donc, déjà, il piétinait dans cette enquête du mort du noyer.

Fred sourit.

– Attends...

Elle se dirigea vers sa voiture. Il la vit ouvrir son coffre et revenir.

– Tiens.

Il lui fit un large sourire. Elle en avait un paquet pour lui, parfois.

– J'ai pensé à tes graines, mais j'ai oublié mon choc' !

Pour sa part, elle était accro à l'extranoir avec fèves de cacao.

Le restaurant se situait au rez-de-chaussée du bâtiment de droite.

Ils entrèrent.

– Ah, vous voilà !

M. Thor les accueillit au milieu des bruits de verres entrechoqués.

Gilles crut tomber à la renverse. Le spectacle qui s'offrait devant lui était tout simplement surréaliste. Un tableau d'Albert Dubout. Une cinquantaine de personnes âgées étaient attablées avec un toutou dans les bras.

Il ferma les yeux, les rouvrit.

Il n'y avait pas un seul fauteuil roulant, pas une seule béquille... quelques cannes seulement, à pommeau ciselé, tenues par des mains élégantes et soignées. Tous les résidents étaient pomponnés. En harmonie avec le plafond à moulures, le parquet ciré, les lustres imposants... On se serait cru dans un hôtel anglais, très chic, très... *lord*, très moderne et très XIXe siècle à la fois. De jeunes serveurs, habillés de blanc, circulaient entre les tables avec des plateaux, présentant de petits verres emplis de muscat.

Gilles sentit un regard sur lui. Il tourna la tête. La « petite vieille » de tout à l'heure, son basset dans les bras, le regardait avec insistance. Elle se pencha pour chuchoter quelque chose à deux convives assis à sa table, un homme et une femme de son âge environ, très distingués également. L'homme tenait un teckel, et la femme caressait un minuscule pékinois.

Dès qu'ils aperçurent M. Thor, les résidents se turent. Le silence fut instantané. Et ce silence n'était pas celui qui accueille un directeur autoritaire, contrairement à ce que Gilles aurait cru, mais un silence respectueux, amical. Sur les visages, des sourires radieux. Et visiblement, parmi eux, M. Thor semblait beaucoup plus à son aise que tout à l'heure, dans le bureau.

– Mes chers amis, je vous présente le commissaire Lafosse et son adjointe. Ne vous inquiétez pas...

Quelques murmures s'élevèrent.

– Ce matin, hélas, un mort a été trouvé sous Dionysos.

Les murmures s'amplifièrent.

– Le commissaire est chargé de l'enquête. Je vous laisse la parole, commissaire.

Gilles Lafosse s'avança, s'éclaircit la voix.

– Effectivement, ce matin, un homme a été retrouvé mort sous... Dionysos. Je vous demanderai à tous, cet après-midi, de regagner vos chambres. Mon adjointe, la lieutenante Fred Djan, et moi-même viendrons vous interroger, ainsi que d'autres policiers qui vous présenteront leur carte professionnelle. Je comprends que cela puisse déranger vos projets, mais nous avons besoin de votre aide, l'un d'entre vous peut avoir vu quelque chose. Ce ne sera pas long.

(« Du moins, je l'espère », pensa-t-il. Il ajouta :) Nous ne devons négliger aucune piste.

Une canne se leva. Comme un doigt à l'école.

Il l'aurait parié : c'était la maîtresse du basset appelé « Hercule ».

– Commissaire, il s'agit donc d'un crime ?

– Oui.

– Sait-on qui est le mort ?

– Non, nous espérons en apprendre davantage avec votre aide. Je vous remercie par avance.

Elle levait à nouveau sa canne, bien haut :

– Nous ne pouvons pas prendre notre café à l'extérieur aujourd'hui ?

M. Thor répondit :

– Non, madame Bruguière, excusez-nous pour ce contretemps. Bon appétit, chers amis !

Ce n'était plus un bouledogue, mais un saint-bernard... en peluche.

Les conversations reprirent. Les verres s'entrechoquèrent à nouveau, les chiens jappèrent. La salle de restaurant retrouva son animation.

Le directeur expliqua :

– Quelques-uns ont l'habitude de faire une promenade digestive, ils vont prendre leur café en ville. Le plus souvent à l'hôtel Le Gallon. Commissaire, avant de procéder aux interrogatoires, désirez-vous manger ici, dans notre salle de restaurant ?

– Non, monsieur Thor, merci... Au fait, Lilyane Latrand dort toujours ?

– Elle vient de se réveiller, paraît-il. Le somnifère ne fait plus effet.

– Eh bien, nous commencerons par elle. Tu viens, Fred ?

Dehors, il respira un grand coup.

– Tu ne te sens pas bien, Gilles ?

– Si, si.

Il aurait été bien en peine d'expliquer cette sensation qui ne le quittait plus depuis qu'il était arrivé aux Cimes bleues. Il était agacé, sans pouvoir expliquer pourquoi. Et c'était bien la première fois qu'il avait envie de clore une enquête à peine commencée. Envie de classer l'affaire, de fermer le dossier.

Un vigile était toujours planté devant les banderoles. Fred soupira.

– Interroger les pensionnaires un par un, on n'est pas sortis de l'auberge...

– ... et même de la résidence, tu peux le dire. Je vais demander du renfort au commissariat.

Lafosse appela aussitôt. Raccrocha très vite.

– On nous envoie les deux nouveaux, Agathe et Quentin.

Deux jeunes, nommés depuis peu, originaires du coin, pleins de bonne volonté.

– Tu n'as pas l'air enthousiaste pour cette enquête, Gilles ?

– Tu veux que je te parle franchement, Fred ? Les paysages de montagnes m'ont toujours oppressé, je déteste les chiens, et j'ai jamais pu saquer un seul de mes profs d'anglais.

La lieutenante éclata de rire.

*

* *

Chambre « Pervenche ». Ils frappèrent.

– Oui ! répondit une voix haut perchée.

Gilles recula : un bond en arrière de vingt ans dans

le passé. La prof d'anglais dans toute sa splendeur, un peu hautaine.

Prince Charles, nœud dans les « cheveux », sur le lit, se redressa.

– Bonjour, mademoiselle Latrand, commissaire Lafosse, et voici la lieutenante Fred Djan...

Gilles regarda autour de lui. Ce n'était pas une chambre mais un véritable appartement. Il chercha la... Il l'aperçut dans le coin cuisine : la bouilloire ! Il l'aurait parié.

L'enseignante surprit son regard.

– Un peu de *tea*, commissaire !

– Non, merci !

Elle se tourna vers Fred.

– Lieutenante ?

– Non plus, merci.

– *Sit down*, commissaire !

Elle leur désigna les fauteuils crapauds. Roses. À la Barbara Cartland ! Ils s'assirent.

– Mademoiselle Latrand, nous sommes venus vous interroger sur le mort. Pouvez-vous nous expliquer comment vous avez découvert...

– Le mort ! *My God!* Quand j'ai vu ce corps par terre, mort, murmura-t-elle, et nu, commissaire...

Il repensa aux propos de M. Thor : « Avec elle, tout prend des proportions démesurées... » Il eut une seconde de compassion pour le bouledogue.

On entendit un petit coup à la porte. Un des jeunes serveurs apportait un plateau.

– Monsieur le directeur vous souhaite un bon appétit.

Le jeune homme déposa le plateau sur la table. Énormes sandwichs, bières...

Gilles sourit pour la première fois de la journée. M. Thor n'était ni un ours ni un bouledogue mal léché, finalement. Fred eut une moue approbatrice. Elle aussi était sensible à l'attention.

– Bon, reprenons, mademoiselle Latrand. Que faisiez-vous dehors, à six heures du matin ?

– Prince Charles, ce chenapan, s'était enfui de ma suite... Il avait certainement besoin de faire pissou – je lui ai appris à toujours faire son pissou dehors. J'ai appelé Peter.

– Peter ?

– Oui, je l'ai sonné. Tous les appartements sont reliés au sien.

– Qui est Peter ?

– Le gardien de nuit.

– Il n'a pas répondu ?

– Non. Alors j'ai pris mon courage à deux mains et je suis sortie.

– Comme ça ? Quelle heure était-il ?

– Oh, le petit matin ! Prince Charles s'était retenu toute la nuit.

– Vous n'avez pas regardé l'heure ?

– Non, cela ne m'est pas venu à l'esprit. Je ne pensais pas, commissaire, que j'allais découvrir...

Elle soupira en fermant les yeux.

– Poursuivez, s'il vous plaît.

– J'ai mis ma robe de chambre, là.

Elle désigna la patère derrière la porte. Une robe de chambre rose !

« *My God* », pensa Gilles, en imaginant le spectacle : « Barbara Cartland en robe de chambre dehors dans la nuit à la poursuite de Prince Charles chéri. »

– *And when I...*

– En français, s'il vous plaît !

– Prince Charles a foncé sur Dionysos.

– Il pleuvait ?

– Non, commissaire, il ne pleuvait plus, mais, à plusieurs reprises, j'ai failli glisser sur le sol mouillé.

– Avez-vous remarqué quelque chose, mademoiselle Latrand ? Quelque chose d'anormal ?

– Non, non.

– Vous connaissez cet homme ?

Il montra la photo.

– Jamais vu. Les journaux vont en parler, de ce mort ? Aux actualités locales ?

– Je ne sais pas. Bien, merci, mademoiselle Latrand. Si nous avons encore besoin de vous interroger...

Il était quinze heures.

On frappa. Le serveur venait récupérer le plateau. Il était très jeune. Mlle Latrand paraissait être son arrière-arrière-arrière-grand-mère.

– Monsieur le directeur vous fait dire que les résidents attendent dans leur chambre.

– Merde, c'est quoi cette affaire d'un autre temps ? bougonna Gilles.

Son portable rossignola. En souvenir des vacances chez ses grands-parents, dans le Midi, quand il était petit, il avait choisi le chant de cet oiseau comme sonnerie.

– Allô, commissaire, nous vous envoyons notre rapport.

Son portable bipa, et aussitôt le rapport de la police scientifique apparut sur l'écran : *Mort inconnu au fichier ADN. Empreintes digitales non répertoriées. Autres résultats vont suivre.*

Il le fit lire à Fred.

– On s'en doutait un peu, non, Gilles ? Que fait-on ?

Le portable bipa à nouveau : message de la légiste cette fois.

Autopsie pas totalement terminée. Mais une indication : coup violent à la tempe obligatoirement porté par un individu en bonne santé et fort. Rapport va suivre.

– Nous allons donc orienter l'interrogatoire des pensionnaires plutôt sur les témoignages. Fred, tu voudrais bien t'occuper d'eux avec Agathe et Quentin, qui vont arriver ? Pendant ce temps, j'interrogerai ce Peter, le jardinier, puis tout le personnel.

– Cinquante-trois pensionnaires. Nous n'aurons pas le temps de tous les voir aujourd'hui.

– Nous continuerons demain s'il le faut.

Gilles partait. Fred le rappela :

– Gilles, *I interrogate the dogs, also?*

Elle était hilare.

*
* *

Gilles consulta l'organigramme. Commencer par le gardien de nuit, qui n'était pas chez lui dans la nuit, puis le jardinier... Le personnel logeait-il sur place ?

Il alla frapper chez M. Thor. Le directeur, planté devant sa double-fenêtre, tourna vers lui sa gueule de bouledogue.

– Qu'y a-t-il, commissaire ?

Gilles eut l'impression qu'il le dérangeait.

– Parmi vos employés, monsieur Thor, certains logent-ils aux Cimes bleues ?

– Oui, le gardien de nuit, le jardinier, le chef cuisinier et le comptable. Les logements de fonction sont dans l'aile gauche. Mais vous trouverez chacun à sa fonction. Le cuisinier aux cuisines...

– J'entends bien. Mlle Latrand nous a dit que Peter était de garde la nuit...

– Oui, je lui rends un peu service. La journée, il travaille à Issinjean, la nuit, je le loge ; en échange, il assure la surveillance.

– Pourquoi ne la faites-vous pas vous-même ?

– J'ai besoin de repos, commissaire ! La nuit, je veux être tranquille, comme tout le monde.

– Monsieur Thor, vous n'avez rien vu de votre fenêtre ? Votre bureau pourtant donne directement...

– Une raison simple, commissaire, regardez... (Il ferma les rideaux, épais.) Le soir, je tire *toujours* les rideaux, sinon on me voit de l'extérieur. Je ne vois pas non plus dehors.

– Vous êtes marié ? Vous avez de la famille ?

– Non, je vis seul ici. J'ai mon bureau et... (Il désigna une porte.) là-bas, mon appartement.

– Je peux voir ?

– Vous agissez comme si vous me suspectiez, commissaire !

– J'essaie de me faire une idée.

Le deux pièces du directeur était beaucoup moins luxueux que la « suite » de Mlle Latrand. Meublé simplement. Plutôt vide. Aucun rapport avec les lustres et les moulures de la salle de restaurant.

M. Thor le suivait.

Gilles l'observa. Incontestablement, le directeur était de force et de taille à assommer quelqu'un. Il pouvait très bien être le meurtrier.

– Qui allez-vous interroger en premier, commissaire ?

Gilles ne répondit pas. Il sortit.

Ses pas crissèrent sur le gravier. Traverser le parvis du domaine sans se faire remarquer était impossible. Mais le fracas de l'orage, la veille, avait dû atténuer les bruits.

Il regarda les montagnes qui encerclaient la maison de retraite. Depuis son arrivée en Haute-Loire, son regard butait constamment sur les montagnes. Cette impression de chape de ciment sur lui, d'étouffement, d'oppression provenait des montagnes, assurément.

Il eut une pensée pour Léna. À cause de ces foutues montagnes, elle l'avait quitté. À cause de ce paysage de monts, sans fin, qui vous écrasait, vous dominait, vous hantait. Elle avait tenu un an, puis...

« Bon, même pas le temps de penser à elle. »

Peter travaillait dans la journée à Issinjean. Il allait donc commencer par interroger le jardinier. Puis les cuisiniers, les serveurs aussi...

Il remonta les marches. M. Thor sortait de son bureau.

– Monsieur Thor, où puis-je trouver Ethel Rigault, le jardinier ?

– Soit dans le parc, soit dans le jardin, soit dans sa remise, où il a ses serres...

– En ce moment, à votre avis ?

Le directeur consulta sa montre.

– Quinze heures trente, il doit être au fond du parc à s'occuper des dernières roses de l'automne.

Gilles prit la direction du parc, jeta un œil aux fenêtres des chambres des pensionnaires, eut une pensée pour Fred. Il se sentait observé.

Il parcourut toutes les vitres. Une main laissa retomber un rideau. La fenêtre au-dessus du pignon droit. Fred ? Non, sa coéquipière lui aurait fait un signe de la main.

Ethel Rigault était bien devant ses roses. On aurait dit le Pr Tournesol dans *Tintin*. Habillé de jaune, chapeau de paille sur la tête.

Gilles s'approcha.

Le jardinier se retourna, lentement, une rose dans une main, un sécateur dans l'autre. Sous le chapeau, un visage affable.

– Je vous attendais, commissaire, dit-il tranquillement. Je suis prêt à répondre à vos questions.

– Monsieur Rigault, vous avez découvert le mort avec M. Thor, n'est-ce pas ?

– Oui.

– Il nous a dit qu'il allait chercher de l'aide lorsqu'il vous a aperçu sur les marches.

– Oui, c'est ça.

– Que faisiez-vous sur les marches du perron ?

– Les aboiements de Prince Charles m'avaient alerté.

– Ils vous ont réveillé ?

– Oui, commissaire, je suis sorti. J'ai entendu M. Thor qui m'appelait pour reconduire Mlle Latrand, évanouie, jusqu'à sa chambre. Je l'ai rejoint sous Dionysos. À ce moment-là, nous avons vu...

– M. Thor a paru surpris en découvrant le mort ?

– Comme moi, commissaire, vous avouerez, un corps inerte, nu...

– Il faisait noir, monsieur Rigault ?

– Ne jouez pas au chat et à la souris avec moi, commissaire. M. Thor a déjà dû vous le signaler, il était six heures du matin.

« Au chat et à la souris. » Gilles n'était pas d'humeur à rire. Mais la situation s'y prêtait. Chat et souris dans cet environnement envahi... de chiens !

– Après, qu'avez-vous fait ?

– Nous avons transporté Mlle Latrand jusqu'à sa chambre. Moi, par les pieds, M. Thor par les épaules.

– Et vous n'avez rien remarqué d'anormal ?

– À part le mort, non, dit-il en souriant.

– Et après ?

– Après, M. Thor m'a informé qu'il prévenait la police.
– Et vous ?
– Moi ?
– Oui... Qu'avez-vous fait ? Vous vous êtes recouché ? Rendormi ?
– À la demande de M. Thor, je suis resté du côté des chambres des pensionnaires.
– Pourquoi ?
– Le directeur craignait que l'un d'entre eux ne se réveille.
– Personne ne s'est réveillé ?
– Je ne crois pas. Mais je n'en suis pas sûr. Je ne suis pas passé dans les chambres. Puis la police est arrivée, assez vite. Alors j'ai pris mon travail.
– À sept heures ?
– Oui, je n'aurais pas pu me rendormir. Et puis j'avais mes boutures à préparer.
D'un geste large du bras, Gilles désigna le jardin, le parc.
– Vous vous occupez de tout cela seul ?
Ethel éclata de rire.
– Seul ? Vous plaisantez ! Dix-sept mille mètres carrés... J'en suis responsable cependant.
– Des jardiniers vous aident donc. Combien ?
– M. Thor ne vous a pas expliqué ? Je n'ai plus de jardiniers depuis longtemps, par souci d'économie. Mais j'ai des apprentis horticulteurs. Des jeunes de dix-sept ou dix-huit ans du lycée agricole d'Issinjean. Ils sont payés, mais très peu.
– Combien sont-ils ?
– Dix. J'ai deux équipes de cinq. Une le matin, une l'après-midi.
– Ils logent où ?
– Dans leur lycée. Ils sont internes.

– Auraient-ils pu s'introduire dans la résidence, la nuit ?

– Vous les soupçonnez ? Ce ne sont que des gamins. Consciencieux. Ponctuels. Réglo. (Ethel Rigault réfléchit.) Si l'un d'entre eux voulait entrer la nuit, il aurait beaucoup de mal.

– Pourquoi ?

– L'alarme.

– L'alarme ?

– M. Thor ne vous en a pas parlé non plus ?

– Je vous écoute.

– Il ne s'agit pas d'une alarme d'alerte qui retentirait dans toute la résidence. Elle sonne uniquement chez Peter et chez M. Thor. Les radars sont à l'entrée du domaine, entre les deux piliers. Et il est impossible de s'introduire par un autre endroit... vous avez vu les murs ?

– Les murs ?

– Ceux qui entourent le parc. Vous ne les avez pas remarqués ? Ils sont pourtant bien hauts.

Gilles soupira. Les montagnes étaient si élevées que la hauteur des murs lui avait échappé.

– Venez voir, commissaire.

Gilles suivit la silhouette élancée du jardinier. Les allées étaient fraîchement nettoyées. Ethel Rigault surprit son regard.

– Mes jeunes, ce matin, ont passé le râteau. Regardez...

Les murs qui encerclaient le parc, effectivement, étaient très hauts.

« Pas aussi hauts cependant que Dionysos », songea Gilles. Pour franchir les murs, il aurait fallu être l'« homme-araignée ». Cela paraissait impossible.

– À l'entrée du domaine, il y a des faisceaux qui avertissent M. Thor et Peter de l'arrivée d'un visiteur.

– Sans que le visiteur s'en doute...
– Exactement.
Cette résidence était en fait très surveillée.
– L'alarme fonctionne jour et nuit ?
– L'alarme fonctionne la nuit, à partir de vingt-deux heures jusqu'à six heures du matin. Le jour, elle ne sonne pas, mais une caméra, reliée au radar, envoie des images sur les ordinateurs.
– Une sorte de contrôle vidéo ?
– C'est cela, commissaire.
Dans le bureau de M. Thor, Gilles n'avait pas vu d'écran diffusant des images de l'entrée du domaine.
– Monsieur Rigault, vous connaissez cet homme ?
– C'est le mort, n'est-ce pas ?
– Oui. Alors ?
– Jamais vu, commissaire.
– Je peux visiter votre remise ?
– Bien sûr.
Ils reprirent l'allée en sens inverse. Tas de feuilles sur les bas-côtés.
Dionysos était immense. Où qu'on se trouve, on le voyait.
– Ma serre est en face de la salle de restaurant.
– Vos apprentis ont fini leur journée ?
– Non, bien sûr. Ceux du matin travaillent de huit heures à midi. Ceux de l'après-midi, de treize à dix-sept heures. À tour de rôle. Ainsi, j'ai toujours quelqu'un pour m'aider. Il est seize heures, il devrait y avoir Robin Marien. Oui, le voilà.
Un jeune, comme les serveurs.
– Je l'interrogerai tout à l'heure.
– À votre guise, commissaire.
– Et demain matin, prévenez-les tous que je veux les voir.
Le jardinier s'approcha de l'apprenti.

– Robin, le commissaire veut te poser des questions. Ne pars pas sans l'avoir vu.

Le jeune homme hocha la tête, reprit son râteau.

L'atelier-serre était magnifique, la lumière passait par des baies vitrées. Odeur de terre mouillée.

– Commissaire, je vous prierais de ne pas semer vos détritus par terre.

– Heu... Oui.

Gilles ne s'était même pas rendu compte qu'il égrenait ses épluchures de graines de tournesol un peu partout.

Le sol était parfaitement propre et l'atelier si bien entretenu que l'on aurait dit un intérieur, comme un jardin d'hiver, une véranda. Ciseaux, sécateurs, pelles, pioches étaient accrochés au mur. Comme en décoration. Et des pots, des plantes un peu partout.

Gilles s'approcha. Il y avait tant d'outils. Il se rappela les propos de la légiste : « Un objet lourd... »

– Il ne vous en manque pas ?

– Il m'en manque toujours, commissaire. Vous n'êtes pas bricoleur ?

– ... ?

– Quand on jardine ou quand on bricole, des petits lutins font toujours disparaître vos outils. Vous les retrouvez quelque temps plus tard.

« Il m'en manque toujours. »

– Vous avez l'air pourtant plutôt...

– Ordonné, oui, commissaire, très ordonné, mais cela ne suffit pas. Surtout quand on travaille avec des jeunes.

– N'importe qui peut entrer dans votre remise ?

– Oui, mais personne ne vient.

– Vous ne la fermez pas ?

– Le soir seulement.

– Bien. Que faisiez-vous entre minuit et deux heures du matin, la nuit dernière ?

– Je dormais. Je vous l'ai dit, puisque c'est Prince Charles qui m'a réveillé en aboyant.

– Oui, bien sûr.

Robin était toujours accroché à son râteau. Gilles l'observa. Il avait une belle bouche bien dessinée, et des yeux pétillants. Gilles préféra le tutoyer.

– Dis-moi, Robin, quand tu viens à la résidence, tu passes par où ?

– Par l'entrée du domaine.

– Tu veux dire, le début de l'allée, là où il y a le portail ?

– Oui.

– Tu viens comment ?

– À pied, le lycée n'est pas loin.

– Et hier, tu n'as rien remarqué, en fin d'après-midi ?

– Non.

– Et aujourd'hui ?

– Les gendarmes... puis M. Rigault m'a annoncé la nouvelle.

– À tes camarades aussi ?

– Oui.

– Bien, tu as déjà vu cet homme ?

Robin Marien se concentra sur la photo.

– Non, commissaire, je ne le connais pas.

– Bon, je te remercie, tu peux y aller. Heu... Attends, ta tenue...

Le jeune portait une salopette verte.

– Tu t'habilles où ? Dans la remise ?

– Non, commissaire, je viens avec, nous venons tous avec, le lycée est juste à côté.

– Tu la mets tous les jours ?

– Oui, M. Rigault l'exige.

– Bien.

Gilles posait des questions qui partaient dans tous les sens, car il savait, par expérience, que la vérité jaillit souvent d'une réponse anodine. Demain, il interrogerait les autres apprentis.

Soudain, il pensa à...

Plutôt que de demander à M. Thor, il revint sur ses pas. Ethel Rigault était dans sa serre.

– Monsieur Rigault !

Cette fois, le jardinier sursauta. Il parut troublé.

– Oui, oui, commissaire.

– Dites-moi, les jeunes serveurs du restaurant de la résidence sont des apprentis aussi ?

– Oui, ce lycée est un lycée à la fois agricole et hôtelier. Même principe pour les serveurs et les jardiniers. Au restaurant et aux cuisines, ils sont une vingtaine en alternance.

Gilles opina du chef, regarda autour de lui, se déplaça dans la remise, puis se planta devant la table de rempotage.

– Dites donc, quand vous rempotez, vous voyez Dionysos.

– Oui, commissaire, et alors ? Vous n'imaginez pas qu'en pleine nuit je me lève et je viens rempoter...

– Pourquoi pas ?

– Non, commissaire, je dormais, je vous l'ai dit.

Le jardinier ne le mettait pas dehors, mais presque.

*

* *

Il était dix-huit heures à présent. Quatre heures que Fred, Agathe et Quentin étaient aux prises avec les pensionnaires. Gilles nota que, de tout l'après-midi, pas un seul retraité ne s'était promené dans le parc. M. Thor avait dû donner des consignes.

Il monta les marches du perron.

Au rez-de-chaussée se succédaient le bureau de M. Thor, la salle de restaurant et les cuisines. Un peu plus loin, le salon. Gilles rôda pour se faire une idée. Dans le salon, il y avait un coin « Internet ».

À l'étage, un long couloir n'en finissait plus, avec de part et d'autre les chambres : d'un côté des noms de fleurs – lilas blanc, violette, pâquerette... – et de l'autre, des noms de fruits – raisin muscat, abricot, pistache... D'un côté les femmes, de l'autre les hommes. Sensation très très étrange.

– Ah, Fred...

La lieutenante sortait de la chambre « Bouton-d'or ».

– Alors ? demanda-t-il. Ça a donné quoi ?

– Rien. Toujours la même réponse : « Entre minuit et deux heures du matin, je dormais... » L'un d'eux a déclaré : « Je regardais la télé, mais je n'ai rien entendu. »

– Et la photo ?

– Rien non plus : « Jamais vu. » Par contre, trois pensionnaires – un homme, deux femmes – refusent catégoriquement que *je* les interroge. Ils exigent que ce soit toi. Tout au moins, que tu assistes à leur interrogatoire.

– Commissaire !

M. Thor courait, essoufflé.

– Dites, il est dix-huit heures, vous comptez les retenir longtemps encore ?

– Ils sont cinquante-trois, monsieur Thor, alors...

– À dix-neuf heures, vous savez, ils ont l'habitude de regarder les actualités régionales, puis leur feuilleton. Ils sont restés enfermés déjà tout l'après-midi...

– OK, nous poursuivrons demain.

– À quelle heure, demain ? Je voudrais qu'ils prennent leur petit déjeuner tranquilles.

– Dix heures, ça ira ?

– Oui, commissaire. Mais vivement que tout cela soit fini. Prévenez-moi quand vous partez.

– Pourquoi ?

– Pour l'alarme, commissaire.

– Au fait, monsieur Thor, cette alarme, expliquez-moi... Comment se fait-il que vous ne m'en ayez pas parlé ?

– J'ai dû oublier ! Elle est à l'entrée du domaine, entre les deux piliers, et aussi à l'entrée du jardin, sur le devant de la résidence...

– Au niveau de Dionysos ?

– Oui, c'est à peu près ça ; des fils enterrés préviennent de l'arrivée de visiteurs. L'alarme se met automatiquement en fonction le soir à partir de vingt-deux heures jusqu'au matin à six heures.

Le jardinier avait dit exactement la même chose.

– Elle sonne quand il y a un intrus ?

– Oui.

– Partout ?

– Non, commissaire, voyons... Chez Peter et chez moi, seulement.

– Fort ?

– Pas trop, pour ne pas alerter les pensionnaires, mais suffisamment fort pour que Peter ou moi l'entendions.

– Chez les deux en même temps ?

– Non, commissaire, chez Peter d'abord. Mais s'il n'est pas chez lui ou n'entend pas, elle sonne ensuite chez moi.

– Et la nuit dernière ?

– Elle n'a pas sonné, commissaire. Je vous l'aurais dit, bien entendu.

– Bien entendu ! soupira Gilles. Peter n'était pas là, la nuit dernière ?

Il avait oublié de poser la question tout à l'heure.

– Je ne sais pas, commissaire, je ne suis pas derrière lui. En tout cas, l'alarme n'a pas sonné chez moi, elle n'a donc pas sonné chez lui non plus.

– Mlle Latrand dit avoir appelé le gardien de nuit par la sonnette depuis sa chambre.

– Peut-être.

– Quand un pensionnaire appelle chez Peter et qu'il ne répond pas, la sonnette, comme l'alarme, ne bascule-t-elle pas chez vous ?

– Ah non, commissaire ! Je ne suis pas...

– Je vois ! Quel est le nom de famille de ce Peter ?

– Vlaovitch.

– Dans la journée, monsieur Thor, le système d'alarme ne fonctionne pas. Tout le monde peut donc aller et venir ?

– Oui, commissaire, je vous l'ai déjà dit. Beaucoup de mes pensionnaires sortent de la résidence.

– Ils vont et viennent sans que vous sachiez s'ils sont dedans ou dehors ?

– J'en ai la responsabilité ! Il y a une caméra vidéo au cas où il leur arriverait quelque chose.

– À quel endroit se trouve la caméra ?

– Il y en a deux. Une là... (Il montra une fenêtre au-dessus du perron.) et l'autre...

Il descendit les marches, alla directement vers Dionysos.

Gilles le suivit.

– ... là-haut, sur une branche.

Gilles se faufila sous les banderoles. La caméra était minuscule. On aurait pu la prendre pour une noix, un oiseau...

– Il n'y a pas de fil électrique ?

– Faisceau, commissaire. Les caméras et le système d'alarme s'enclenchent automatiquement quand une personne entre dans le champ du faisceau.

– Et les caméras sont reliées... ?

– À l'ordinateur de Peter et au mien.

– Nous pouvons voir ?

– Si vous voulez, commissaire.

Ils entrèrent. Agathe et Quentin sortaient chacun d'une chambre.

– Fred, dis-leur que c'est assez pour aujourd'hui. Qu'ils reviennent demain, à dix heures.

– OK, Gilles.

Bip sur son portable. C'était le rapport d'autopsie.

– Je vous suis, monsieur Thor, dit le commissaire. Et j'utiliserai à nouveau votre imprimante.

– Voilà, commissaire, je clique sur l'icône « caméra » pour la mettre en marche, et les vues sur l'entrée du bâtiment et sur Dionysos apparaissent à l'écran. Je clique sur l'icône « alarme » pour l'activer le soir.

– Alarme et caméra peuvent être activées en même temps ?

– Évidemment. Ainsi, Peter et moi, à distance, pouvons veiller à la sécurité des pensionnaires.

– À moins que vous ne l'éteigniez, la caméra est donc toujours en marche ?

– Oui.

M. Thor cliqua sur l'icône « caméra ». Deux vues apparurent à l'écran : celle des marches du perron, et celle du noyer. L'éclairage aussi s'était mis en route.

– Si quelqu'un d'étranger était venu, cette nuit, entre vingt-deux heures et six heures, l'alarme se serait mise en marche ?

– Oui, commissaire.

– Et si c'était avant vingt-deux heures ?

– L'alarme n'était pas en état de fonctionner, mais la caméra aurait filmé l'intrus, qui serait apparu sur mon écran et sur celui de Peter.

– Mais vous n'êtes pas, Peter et vous, plantés en permanence devant votre ordinateur !

– Non, bien sûr.

– Surtout Peter, qui travaille à l'extérieur dans la journée.

– C'est vrai, commissaire, mais jusqu'à hier, rien n'était jamais arrivé...

– Caméra, éclairage, alarme... Difficile d'approcher Dionysos, murmura Gilles. Je peux ?

Il imprima le rapport d'autopsie. *Homme âgé d'une quarantaine d'années... Coup mortel...* On frappait.

– Entrez !

C'était Fred. Elle lui fit un signe : Agathe et Quentin étaient repartis. Elle avait à la main la liste des pensionnaires interrogés. À son regard, Gilles comprit que les entretiens n'avaient rien donné.

– Bien, monsieur Thor, à demain.

La mâchoire du directeur grinça dans l'habituel avant-arrière. Le bouledogue était très contrarié de les revoir le lendemain. Il répondit cependant, aimablement :

– À demain, commissaire.

*

* *

– Gilles, que fait-on pour les trois qui exigent que *tu* les interroges ?

Gilles soupira.

– Ils veulent que *je* les interroge parce qu'ils ont quelque chose à nous apprendre ?

Elle hocha la tête.

– Ils avaient l'air carrément excités à l'idée de te rencontrer.

– Y a-t-il la femme qui appelle son chien « Hercule » ?

– Attends, je consulte la liste. Oui, Henriette Bruguière. Quatre-vingts ans. Hercule, un basset, oui c'est ça. Comment sais-tu ?

– Je l'ai bousculée, ce matin. Allons-y. Quelle chambre ?

– Ils ont annoncé qu'ils t'attendraient tous les trois dans la chambre d'Henriette. (Fred consulta à nouveau la liste.) Chambre « Glycine ». Les deux autres sont frère et sœur. Madeleine Monjon, soixante-dix-neuf ans. Son pékinois s'appelle « Colombo ». Lui, Julien Monjon, quatre-vingts ans, ancien juge, appelle son teckel « Simenon ».

– Vu les noms des clebs, ça promet ! Eh bien, allons interroger Hercule, Colombo et Simenon.

Nouveau soupir.

– La chambre de Madeleine est « Rose d'automne » et celle de Julien « Reine-claude ».

Comme le matin à la porte du bureau de M. Thor, Gilles resta l'index retourné, en l'air. Il n'eut pas besoin de frapper.

La porte s'ouvrit. Les trois pensionnaires se précipitèrent, chiens dans les bras.

– Bonsoir, commissaire ! Nous vous attendions !

Gilles se dit qu'il n'en avait pas fini avec ce « trio infernal ».

2

Alex Sandre tendit ses bagages au chauffeur de taxi.

– Hôtel Le Gallon, s'il vous plaît.

Il s'installa à l'arrière du véhicule. Après le long voyage en train depuis Paris, il apprécia le silence, le confort.

Il regarda par la vitre. Le paysage était impressionnant. Des monts de tous les côtés.

– Il fait beau dans la région ? demanda-t-il.

Le chauffeur l'observa dans le rétroviseur.

– Ma foi, en hiver, on gèle, en été, on étouffe... En ce moment, disons qu'il pleut. La nuit dernière, un orage a éclaté... mais le coin est magnifique.

Il se tut. Alex surprit son regard posé sur lui. Coups d'œil discrets mais répétés... Il devina l'hésitation du chauffeur. Au bout d'un moment, celui-ci se décida.

– Il me semble vous avoir déjà vu...

Alex sourit. La voix de l'homme était chaleureuse, il avait l'air plutôt sympathique alors il se présenta.

– Alex Sandre, je suis auteur de romans policiers. Vous avez dû me voir à la télévision, la semaine dernière, à l'émission « Chapitres et caractères ». Je suis souvent invité aussi à l'émission « Littérature et frissons ».

– Ah, mais oui, bien sûr ! Je vous remets maintenant. La semaine dernière, vous avez été passionnant ! (Le chauffeur se tut un instant, puis reprit :) J'ai lu votre roman... Quel en est le titre, déjà ?

– *Dans la gueule des loups.*

Alex Sandre avait écrit une vingtaine de polars, mais les gens citaient invariablement celui-ci en premier.

– Oui, c'est ça, *Dans la gueule des loups.* J'en ai lu d'autres aussi. Vraiment bien. Vous venez pour le crime ?

Alex sursauta.

– Le crime ? Quel crime ?

– À la résidence des Cimes bleues, ce matin, on a retrouvé un mort sous le noyer. Les journalistes n'ont pas encore évoqué l'affaire, mais les nouvelles se propagent vite à Issinjean.

– Un crime, ici, dans cette ville ? murmura Alex Sandre. Qui a été tué ?

– On ne sait pas encore. Un inconnu. L'homme était totalement nu. Les journalistes en parleront certainement demain. On a fait venir un commissaire de Saint-Étienne. Sans vouloir être indiscret, vous êtes venu pour visiter la région, alors ?

– Je suis venu pour écrire mon prochain policier au calme.

– Et vous avez choisi la Haute-Loire ? Issinjean ? Le coin est calme, certes, mais...

Le chauffeur ne cachait pas son étonnement.

– Oui, j'ai choisi Issinjean pour sa tranquillité. C'est une ville tranquille, non ? Quand il n'y a pas de crime...

– Oh oui, totalement calme.

Perdu dans ses pensées, Alex regarda le paysage, puis il demanda :

– Vous dites aux « Cimes bleues » ?

– Oui, une maison de retraite ; vous en avez entendu parler, peut-être ?

– Jamais.

– Elle est réputée dans toute l'Europe. Les personnes âgées sont accompagnées de leur chien. Oh, vous aurez l'occasion de rencontrer certaines d'entre elles en ville. Votre hôtel n'est pas très loin des Cimes bleues. Si vous voulez y faire un tour... Ça vous inspirera peut-être pour votre prochain polar. Voilà, nous arrivons.

Alex Sandre aperçut le sourire de l'homme dans le rétroviseur.

– Dites, monsieur Sandre ?

– Oui.

– Si j'osais...

Le chauffeur avait attrapé une feuille et un stylo. Il osait.

Alex s'exécuta. Les adultes, avec les autographes, étaient pires que des gamins. La moindre personne sortie de l'anonymat devait signer.

L'écrivain rendit feuille et stylo tout en se posant l'éternelle question : était-il plus connu pour la vingtaine de récits qu'il avait écrits, certains d'entre eux ayant reçu des prix, ou pour ses passages à la télé ? Sans la télé, assurément, sa tête n'aurait rien dit du tout au chauffeur.

Celui-ci contourna le véhicule, attrapa les bagages dans le coffre.

– Les Cimes bleues, monsieur Sandre, c'est par là... (Il montra du doigt un parc, pas très loin.) Autant votre hôtel est ultramoderne, construit depuis peu, autant la maison de retraite est un bâtiment ancien, plein de charme par ailleurs.

Il ne cessait plus de parler maintenant.

– Je vous remercie, dit Alex.
– Bon, eh bien...

Si Alex n'avait été chargé de sa valise, de son ordinateur et de sa petite mallette, il lui aurait serré la main. Les gens étaient comme ça, réservés d'abord puis, si on était aimable, très vite amicaux, familiers. Ils s'appropriaient votre personne.

« Ce qui est flatteur », pensa Alex.

– Je vous souhaite un bon séjour, monsieur Sandre, et... un bon polar ! Attendez, voici ma carte : si vous avez besoin de visiter la région, je serais votre guide avec plaisir.

*

*　*

Le chauffeur n'avait pas menti. Le hall était immense, décoré de façon moderne. Très design.

« Étonnant pour cette petite ville paumée au fin fond de l'Auvergne », songea Alex Sandre.

Large banque d'accueil. Il n'y avait personne. Une petite sonnette comme dans les hôtels anciens : l'hôtel semblait ainsi revendiquer son standing. Alex enregistra ce détail. À citer peut-être dans un prochain récit. Pour créer l'ambiance. Dans ses conférences, il avait l'habitude de dire que l'écrivain était un « voleur d'idées ». Tout enregistrer dans son inconscient pour le réécrire devenait chez lui un tic, une manie incontrôlable. S'approprier la vie des autres, les pensées des autres... Voleur d'idées. De pensées. De réflexions. De vies. De personnalités. Voleur tout court. Il était un voleur tout simplement. Il ne put s'empêcher de sourire.

Il appuya sur la sonnette. Il attendit un moment. Un homme apparut.

– Bonjour.

– Vous êtes monsieur Sandre ?

Voix agréable.

– Oui, j'ai réservé une chambre.

Alex eut la certitude que l'hôtelier savait qui il était. Il n'en laissa rien paraître. Discrétion, réserve, comme il se doit dans un hôtel de luxe.

– Ce n'est pas la pleine saison, je vous ai préparé la plus grande chambre. Elle donne sur la montagne et la vallée, avec une terrasse. Très agréable, et au calme.

– Merci.

– Les petits déjeuners sont servis en salle à partir de sept heures jusqu'à dix heures, ou en chambre, si vous le souhaitez. À midi, nous faisons brasserie. Le soir, en revanche, il n'y a pas de menu, mais je peux vous faire préparer un plateau-repas et vous l'apporter dans votre chambre. Vous désirez quelque chose pour ce soir ?

Alex Sandre se rappela l'humidité qui l'avait transpercé à la descente du taxi. Rester au chaud, il n'était pas contre.

– D'accord.

– Il reste du poulet au cidre et de la tarte aux poires.

– Parfait.

– Comme boisson ?

– Ma foi...

– Je vous conseille un petit cidre de Haute-Normandie, l'Houdetot, primé l'année dernière.

– Eh bien, soit !

– Je vous conduis à votre chambre.

L'hôtelier attrapa la grosse valise et l'ordinateur. Alex garda la petite mallette. Ils prirent l'ascenseur. Second et dernier étage.

– Vraiment au calme.

L'hôtelier insistait sur le « vraiment ». Avait-il compris qu'Alex Sandre recherchait la tranquillité pour écrire ? Sa notoriété d'auteur de polars allait-elle jusqu'à ce qu'on le reconnaisse au fin fond de l'Auvergne ?

Alex hésita. Puis ce fut plus fort que lui...

– Il y a eu un crime aux Cimes bleues, il paraît ?

– Oui, on a découvert le cadavre ce matin.

L'hôtelier n'en dit pas plus. Il posa la valise, l'ordinateur, ouvrit la porte.

– Bonne installation, monsieur Sandre.

La chambre était telle que l'homme l'avait décrite. Spacieuse. Claire. Confortable. La salle de bains aussi. L'hôtelier avait sacrément investi. Alex s'approcha de la baie vitrée et l'ouvrit. Terrasse avec table et fauteuils, malgré la saison. Il s'avança et fut époustouflé par la vue. Devant lui, une vallée magnifique, avec les montagnes derrière. Une extraordinaire impression d'immensité, d'espace, de profondeur. Il s'accouda un instant.

Le silence total. Le contour des arbres, déjà, s'obscurcissait. Fin d'après-midi. La nuit, à Issinjean, devait tomber brusquement. Il frissonna. Rentra, tira la baie vitrée.

Il ouvrit la valise, rangea chemises, jeans... L'hôtelier ne lui avait pas posé la question habituelle : « Combien de temps pensez-vous rester ? »

Qu'aurait-il répondu ? « Je ne sais pas. Cela dépend de l'avancement de mon roman... »

Il posa son ordinateur portable sur la table. De là, il avait vue sur le paysage, au-delà de la baie vitrée.

Si cela avait été le printemps, il se serait déjà assis à la terrasse. « Un tel paysage ne peut être que source d'inspiration », telle avait dû être la pensée de l'hôtelier.

Alex se leva, se sourit dans le miroir. La petite cicatrice qu'il gardait de son enfance, au coin des lèvres, devint fossette. Dans les interviews, il aimait raconter cette cicatrice : il avait six ans. Au CP, dans la cour de récréation, il jouait au gendarme et au voleur. Il adorait, enfant, jouer au gendarme et au voleur ! Un jour – tenait-il le rôle du flic ou celui du voyou ? –, un camarade lui avait jeté un caillou au visage. Entaille... juste à la place d'une fossette. Cette fossette l'avait doté d'un charme fou. C'est ce que prétendaient du moins ceux et celles qui l'aimaient.

Fossette symbolique, signe prometteur. Adulte, en écrivant des romans policiers, il avait continué à jouer au gendarme et au voleur. Et il aimait toujours autant se glisser dans la peau d'un justicier ou dans celle d'un tueur. La vie, la sienne en tout cas, était belle. Il avait à peine trente ans, une vingtaine de polars à son actif, qui se vendaient très bien.

Il s'allongea sur le lit.

On frappait. L'hôtelier, un plateau à la main. Cloche argentée, bouteille de cidre, tarte aux poires...

L'homme repartit en silence.

« Il ressemble exactement à un serveur dans un roman policier ! » songea Alex Sandre.

3

– Bonsoir, commissaire ! Nous vous attendions !

Le commissaire Lafosse, en voyant le trio infernal trépigner d'impatience devant lui, pensa que l'entretien de midi avec Lilyane Latrand avait été du gâteau en comparaison de ce qui les attendait maintenant, Fred et lui, dans cette chambre « Glycine ».

Un seul coup d'œil, et il reconnut Henriette Bruguière. Elle avait tout de... miss Marple, la célèbre détective d'Agatha Christie. De sa canne, elle tapotait le sol. Cheveux blancs mais jogging orange ! Madeleine Monjon, à côté, avait, elle, tout... d'une seconde miss Marple. Mais plus grande et plus élancée que la première. Quant à Julien Monjon, bien sûr, il ressemblait à Jules Maigret, le célèbre commissaire de Georges Simenon.

– Entrez commissaire ! Entrez lieutenante ! Bienvenue chez nous !

Le trio s'affairait, leur désignait le canapé. La chambre avait l'aspect d'une bonbonnière anglaise.

Comme le matin avec Lilyane Latrand, Gilles eut un terrible coup de blues. De désespoir.

– Laissez-nous nous présenter, commissaire ! Nous sommes IN-SÉ-PA-RA-BLES. Vous vous en rendrez vite compte. Je suis Henriette Bruguière. Voici Hercule. (Elle ajouta :) Poirot ! Vous l'avez compris ?

Miss Marple-Henriette Bruguière fit un bisou au basset.

– Moi, je suis Madeleine Monjon, et voici Colombo.

Gilles lança un regard désespéré à Fred. Visiblement, elle avait pris le parti d'en rire. D'en sourire, tout au moins.

Ils s'assirent sur le canapé bleu. Gilles avait toujours appelé ce bleu « théâtre de boulevard ». À cause des mules souvent portées par les actrices... Il regarda les pieds de ses hôtes, sûr de découvrir ces « fameuses mules ».

Des baskets. Le trio portait des baskets ! Jaunes pour miss Marple-Henriette. Mauves pour miss Marple-Madeleine. Vertes pour Jules Maigret-Julien. Jaune-mauve-vert. Comme un drapeau.

Le troisième s'avança :

– Je suis Julien Monjon. Voici Simenon.

Il ne manquait plus au teckel que la pipe.

Gilles se sentit mal. Donner un nom d'écrivain à un chien ! Vouloir ressembler à un personnage de roman ! Il détestait mêler fiction et réalité. Lui, Gilles Lafosse, commissaire exerçant depuis cinq ans, avait besoin de concret, de réalité. Pour cette raison, il n'aimait pas les films et les romans policiers. Mêler fiction et réalité conduisait à la folie.

Il observa le trio qui venait de s'asseoir en face lui. Oui, ils avaient l'air d'être totalement habités par la folie. Mais peut-être que ce genre de folie aidait à vivre ?

– Commissaire, avant tout, nous tenons à vous dire...

Henriette Bruguière avait pris la parole. Malgré son air gentil, elle semblait être la cheftaine.

– Quoi donc ? demanda-t-il du bout des lèvres.

– Nous A-DO-RONS les enquêtes policières.

Il grimaça un sourire. Hercule, Colombo et Simenon sautillaient sur le tapis, lui faisaient la fête !

– Ils vous ont adopté, commissaire, ils vous aiment déjà, ils ont compris que vous étiez de la police. Vous pouvez les caresser, vous savez !

Il allait défaillir, il lança un regard à Fred. La lieutenante, aussitôt, appela doucement les chiens :

– Hercule, Simenon... (Elle les caressa.) Excusez le commissaire, il a été mordu par un chien étant enfant...

– Ah bon, si vous saviez, commissaire, l'instinct de ces bêtes... Quand on dit un « flair de chien » pour un policier...

Il crut qu'il allait péter un plomb. Il attendit que son pouls batte un peu moins fort. Il s'éclaircit la voix.

– Vous vouliez que je vous interroge ?

– Oui, commissaire.

– Vous avez des éléments intéressants pour notre enquête ?

« Notre » enquête ? Il s'en voulut aussitôt.

– Oh, commissaire, pour *notre* enquête... Vous voulez bien nous y associer ? Enfin, nous avons peut-être des éléments...

Henriette Bruguière minauda, mystérieuse.

Gilles avait envie de hurler. Lilyane Latrand, le bouledogue Thor, les montagnes... Il terminait la journée en feu d'artifice.

– Mademoiselle Bruguière, si vous avez des éléments susceptibles de...

Elle le coupa.

– MADAME Bruguière. Mon époux, paix à son âme, était... Vous ne devinerez jamais ! (Elle minaudait à nouveau.) Je vous le donne en mille...

Fred s'enfonça dans son fauteuil, résignée à écouter.

Gilles consulta sa montre. Presque vingt heures. Il dirait à Fred de récupérer. Ces heures-là comptaient double. Triple. Centuple.

– Mon époux était commissaire, commissaire !

Henriette Bruguière se leva, se rassit. Comme un prestidigitateur, elle faisait son numéro.

– Mais il ne me disait rien de ses enquêtes. Alors que j'aurais A-DO-RÉ l'aider. J'ai lu beaucoup de policiers, vu beaucoup de films. Madeleine et Julien aussi.

Et voilà, on y était. Il s'y attendait tellement. Le classique : le trio confondait romans policiers et enquêtes réelles. Ils allaient « jouer aux policiers » alors que lui... avait vraiment un mort sur les bras, un assassin à arrêter. Et lui, commissaire, allait être leur distraction. Pour le trio, le mort, retrouvé nu, tué, n'était pas une victime mais un personnage pour distraire les pensionnaires des Cimes bleues.

Madeleine prit la parole à son tour.

– Nous sommes tous les trois très au fait des dernières technologies de la police scientifique, nous avons même visité la PJ à Paris, suivi des conférences...

Julien intervint à son tour :

– Donc, pour conclure, nous vous offrons notre aide !

Gilles, brusquement, pensa à Léna. Elle lui manquait tant. Qu'était-il venu faire dans cette galère ?... Fred lut-elle ses pensées ? Elle prit la parole :

– Eh bien, nous allons vous poser deux questions, les mêmes qu'à... (Elle eut un soupir, poursuivit :) à vos camarades.

Elle montra la photo.

– Connaissez-vous cet homme ?

Ils se rapprochèrent tous les trois. En chœur, ils s'exclamèrent :

– Non !

Gilles les fixa. « Ils répondent bien vite, songea-t-il. Sans vraiment prendre le temps d'examiner le visage du mort. »

– Attendez...

Henriette attrapa une loupe dans un tiroir. Avait-elle saisi que leur réponse avait été un peu précipitée ? Elle scruta le visage, laissa tomber :

– Il n'était pas beau.

– « Était » ? Pourquoi dites-vous « était » madame Bruguière ?

– Parce que... c'est le mort, n'est-ce pas ?

– Comment pouvez-vous en être sûre ?

– Simple déduction ! Et puis cette photo a été retravaillée, cela crève les yeux.

Elle tendit la photo à ses deux compères.

– Nous non plus, nous ne le connaissons pas.

– Bien, reprit Fred. Avez-vous remarqué quelque chose d'anormal hier au soir, tard ?

– Non, lieutenante. Nous avons regardé tous les trois le policier à la télé. Vraiment bien. Vous l'avez vu également, lieutenante ?

– Oui, très bien.

Pourquoi Henriette ne s'adressait-elle pas au commissaire ? Comme si elle savait qu'il ne l'avait pas regardé. Il ne fallait pas sous-estimer cette miss Marple. Elle semblait avoir de la psychologie, de l'intuition. Avait-elle déjà compris son sentiment, sa façon d'appréhender la vie et son métier ?

Fred se leva. Gilles l'imita.

– Voyons, lieutenante, voyons, commissaire, il y a une question primordiale à laquelle il vous faut répondre...

La maîtresse d'Hercule ne comptait quand même pas lui apprendre son métier ?

– Pourquoi le mort était-il nu ?

– Oui, pourquoi ? reprirent en chœur Madeleine et Julien.

Essayer de répondre avec eux à cette question... Les associer à l'enquête, les solliciter... Il n'allait pas tomber dans le panneau.

Henriette ne lâchait pas le morceau :

– Pour que la police ne retrouve aucune trace permettant de connaître son identité, bien évidemment, commissaire. Mais n'y aurait-il pas une autre raison ?

– Mesdames, monsieur...

Gilles fit un salut de la main.

– Attendez, commissaire ! s'exclama Henriette Bruguière. Nous portons toujours des baskets. Même à l'intérieur. Tellement pratique. Tellement plus souple et surtout tellement moins ringard que des pantoufles ou des mules.

Elle avait vu son regard tout à l'heure s'attarder sur leurs pieds. Rien n'échappait à cette petite femme. « Elle est REDOUTABLE », pensa-t-il.

De l'air ! Il sortit dans le couloir.

– Fred, ils ne comptent quand même pas...

– Mener l'enquête à notre place ? Oh si, ils aimeraient, crois-moi. Leurs yeux pétillent aux mots « enquête », « crime »...

Au fond de sa poche, plus aucune graine de tournesol ! Que des épluchures. Il était en manque... Il en aurait eu besoin pour calmer l'agacement qui ne le quittait plus.

– Fred, comment as-tu deviné que j'ai été mordu, enfant ?

– Oh, j'ai dit ça comme ça. Les adultes qui n'aiment pas les chiens, surtout aussi peu que toi, ont généralement été mordus.

– Gagné !

Il releva sa manche.

– Eh bien, il ne t'avait pas loupé. Si toi tu avais pu mordre tout à l'heure, tu aurais enfoncé tes crocs allègrement dans miss Marple.

– Ah ! Toi aussi, tu trouves qu'elle ressemble...

Il éclata de rire et ça lui fit un bien fou. Il rit à nouveau. Pour le seul plaisir de se détendre. Un peu. Enfin. Et aussi, parce que le trio, derrière la fenêtre de la chambre « Glycine », l'épiait. Il en était sûr.

– Il n'empêche, Gilles, ils peuvent peut-être nous aider ?

– Peut-être, et peut-être aussi qu'ils sont les assassins.

– Tu crois ? Vraiment ?

Il secoua la tête. D'autant plus qu'Anne Cartry avait prévenu que l'assassin était une personne forte. Les « pieds nickelés » avaient beau porter des baskets, auraient-ils trottiné si vaillamment sans leur canne ?

Le trio était redoutable. Infernal. Et ridicule.

– Tu vérifieras quand même, Fred, si le mari d'Henriette Bruguière était bien commissaire ; et je voudrais aussi connaître les enquêtes qu'il a menées. Et les deux autres, Madeleine et Julien, leur vie, leur passé, je veux *tout* savoir.

– Tu pousses un peu, tu ne crois pas que...

Il revint sur ses pas, remonta les marches, frappa à la porte de M. Thor. Il entra sans attendre. Le directeur était assis à son bureau. Gilles jeta un œil aux rideaux. Ils étaient fermés.

– Nous partons ! lança-t-il.

Gilles redescendit les marches. Le gravier crissa encore. Il se dirigea vers sa voiture, s'arrêta net.

– C'est pas vrai ! hurla-t-il.

Les deux pneus avant étaient à plat.

– Tu as dû crever ce matin sans t'en rendre compte, et les pneus se sont dégonflés dans la journée.

– Les deux ?!

Il était plus de vingt heures. Trop tard pour trouver une dépanneuse. Dans le coffre, il n'y avait qu'une seule roue de secours !

– Merde ! Merde ! Merde !

Trois fois merde, un pour chaque membre du trio infernal !

Le commissaire cogna sur le capot de la voiture.

– Saleté !

Il se blessa à la main.

– Je vais te ramener chez toi, tu appelleras un garagiste demain.

– Oui, j'appellerai un garagiste demain, mais tu ne vas pas me raccompagner chez moi. Il y a cent kilomètres aller-retour. Dans ce bled, entouré de ces putains de montagnes, il y a bien un hôtel ?

– Ce n'est pas un *bled*, Gilles, mais une ville très jolie... Il y a un hôtel tout près des Cimes bleues, qui a ouvert il n'y a pas longtemps, Le Gallon. Je t'y dépose ?

Le Gallon, les retraités allaient y prendre leur café.

– Attends.

Dans la boîte à gants de sa voiture, où depuis longtemps personne ne rangeait plus de gants, il prit son mp3 et la trousse de toilette qu'il avait l'habitude d'y laisser. Au cas où. Cela, du temps où Léna et lui partaient à l'aventure, en amoureux.

– Tu n'as pas faim, Fred ? Je t'invite au resto ?

– Je suis vannée. Un bon bain, c'est tout ce que je souhaite.

– Avec une plaquette de chocolat ?

– Exactement. Je ne crois pas que Le Gallon fasse resto, Gilles.

– Alors, arrête-moi là. (Il désigna une caravane qui proposait des pizzas.) Une complète, ça me tente bien !

Elle lui sourit.

Quand elle le déposa au Gallon, il faisait nuit.

– À demain, Gilles.

– Merci, et bonne nuit, Fred.

La porte de l'hôtel s'ouvrit automatiquement.

*

*   *

Hall moderne.

Gilles se sentit mieux. Curieusement, lui si conservateur, passéiste même, il se sentait mal à l'aise aux Cimes bleues, ancienne bâtisse au charme désuet. Il y étouffait.

– Je vous donne une chambre avec vue ?

– Vue sur quoi ?

– Les montagnes.

– Sinon, c'est vue sur quoi ?

– La rue.

– Vue sur rue, ce sera parfait.

L'homme attrapa une clé. La 206.

Chambre claire, moderne. Toute neuve.

Il s'allongea sur le lit. Alluma son mp3. Enfin ! Un gazouillis lui parvint, doux, apaisant.

Depuis tout petit, il raffolait du chant des oiseaux. Une passion née des vacances chez ses grands-parents, dans leur jardin du Luberon. À toute heure, en toute saison, venaient picorer pinsons, fauvettes, bergeronnettes, rouges-gorges, moineaux, chardonnerets. Presque apprivoisés. Et l'été, à la tiédeur du soir, tout en haut du cyprès, au soleil couchant, le rossignol, le fameux rossignol, était toujours au rendez-vous, avec son chant magnifique que la sonnerie de son portable tentait aujourd'hui d'imiter.

« Il rossignole pour toi. » Gilles entendait encore sa grand-mère lui murmurer cela. « Il te souhaite une bonne nuit. » Il s'endormait alors, apaisé.

« Rossignol » : le mot désignait aussi un passe-partout, comme celui utilisé par les cambrioleurs. Curieuse langue française.

Gilles attrapa une part de pizza. Comme lui, Fred devait être en train de manger. Dans son bain ou devant la télé. Il ne savait pas grand-chose d'elle, mais il l'aimait bien. Fred ne parlait jamais d'elle. Ou de manière anodine. Il sentait cependant en elle quelque chose de profond. Et elle était particulièrement gentille, et toujours de bonne humeur. Son contraire.

Puis le visage de la lieutenante fut remplacé par celui de Léna. Léna n'était-elle pas partie à cause de son sale caractère ? Elle avait tenu un an... Il se souvenait du soir où elle lui avait hurlé sa peur de mourir à petit feu dans cette région d'Auvergne.

– Je ne parviens pas à peindre, ici, Gilles. La lumière ne me convient pas. Au lieu de m'inspirer, elle m'anéantit, me vide. Elle a inspiré de nombreux peintres connus, je sais, l'école Murol... Mais, moi, je ne peux pas...

Lui aussi, il trouvait les montagnes tristes, noires. Les voyait-il ainsi avant le départ de Léna ? Ou seulement depuis son départ ? À cause de son départ ? Il ne savait plus.

Un soir, en rentrant, il avait trouvé Léna en train de ranger palette, pinceaux, chevalet. Il avait compris. Elle allait le laisser tomber, bientôt. Pour retourner au soleil du Midi. Pour retrouver la luminosité qui l'inspirait. Les champs de lavande, les coquelicots, les genêts... qu'elle aimait faire revivre sur ses toiles à l'infini et qui lui avaient déjà permis de se faire un nom.

Léna était toute sa vie. Alors pourquoi était-il resté ? Pourquoi restait-il ?

Depuis trois mois, il n'avait reçu aucune nouvelle. Elle avait peut-être rencontré quelqu'un. Son cœur fut soudain comme traversé d'une lance.

« Que suis-je venu faire dans cette galère ? » pensa-t-il une fois de plus.

Ça lui rappela le collège, la pièce de Molière *Les Fourberies de Scapin*, qu'il avait jouée en cinquième avec sa meilleure amie de l'époque. Il se rappelait encore son nom, Anne Valois. « Que suis-je venu faire dans cette galère ? » La phrase de Scapin sans cesse prononcée...

Pourquoi avait-il passé ce concours de commissaire et accepté sa nomination à Saint-Étienne ? Soi-disant une promotion ! « Un enterrement de première, oui ! »

Il soupira. Dans de nombreux coins du Midi, sur des fronts de mer saccagés, des grands ensembles, des immeubles bloquaient l'horizon. Et en Auvergne, systématiquement, les monts cachaient l'horizon. Et même l'avenir. Et dans ces montagnes noires, aucun oiseau ne venait nicher. Aucun pépiement. Aucun gazouillis.

La musique de son mp3 s'arrêta.

Il dégusta la dernière part de pizza.

Pour cette enquête des Cimes bleues, il ressassait les détails, les indices, les interrogatoires, les témoignages. Il connaissait par cœur le rapport d'autopsie. Il n'avait pas eu besoin de le lire plusieurs fois. Il était imprimé dans son esprit. À force de ressasser, des détails entrevus se mettraient en lumière quand il le faudrait. Il emmagasinait tout.

Pourquoi l'homme était-il nu ? Pourquoi avait-on fait disparaître les éléments permettant de l'identifier ? Henriette l'agaçait, ses compères aussi, mais ils avaient raison : pourquoi était-il totalement nu ? S'il n'était pas dans sa chambre, où était Peter Vlaovitch à l'heure du crime ? M. Thor cachait-il quelque chose ? Pourquoi ? Comment ? Quand ? Qui ?

Demain, interroger les derniers pensionnaires, le gardien de nuit, le comptable, les jeunes apprentis serveurs, cuisiniers et jardiniers. Diffuser la photo du mort auprès du journal local. L'envoyer à tous les commissariats...

« Mon époux était commissaire, commissaire ! »

Brusquement la silhouette de miss Marple surgit à son esprit. Avec les pensionnaires des Cimes bleues, avec le trio infernal, il avait la très désagréable sensation – et l'adjectif « désagréable » était faible – de se trouver dans un polar des années 1950, voire 1940 ou 1930.

Adolescent, il avait dévoré avec bonheur les Agatha Christie, les Simenon... Mais, du jour au lendemain, une fois entré dans la police puis devenu commissaire, il n'avait plus ouvert ni lu un seul policier. Et dans cette maison de retraite perdue en Auvergne, aujourd'hui, il avait cet étrange sentiment de replonger dans l'ambiance des *Dix petits nègres*, qu'il avait tant aimée.

À cause de cette Henriette, de son allure de détective octogénaire, de cette Madeleine, de ce Julien, et de la vieille bâtisse... Jusqu'à M. Thor.

D'où venait cette impression de huis clos qui régnait aux Cimes bleues, et qui le faisait songer à ces *Dix petits nègres* ? D'où lui venait cette certitude que le meurtrier, ou la meurtrière, faisait partie de la résidence ?

– J'y suis !

L'impression d'enfermement provenait du système d'alarme et de la caméra vidéo, qui réduisaient la maison de retraite à un « vase clos ».

Vase clos ? Pourtant, la victime, elle, n'était pas un habitué de la résidence. L'enquête allait le confirmer, mais il en aurait mis sa main à couper.

– Il n'empêche que l'assassin fait partie des Cimes bleues, murmura-t-il pour lui-même.

Il en avait l'intuition. Et ses intuitions se révélaient souvent exactes. Parfois aussi, elles l'entraînaient sur de fausses pistes. Ça, c'était très mauvais. Comment savoir ?

« Mon époux était commissaire, commissaire ! »

Un fou rire le prit. Seul dans sa chambre d'hôtel, il faillit s'étrangler.

Femme de commissaire ! Si c'était ce qui attendait Léna en partageant sa vie, elle avait bien fait de le quitter. De partir. À temps.

4

Gilles Lafosse dormit plutôt bien, se réveilla tôt.

La salle du petit déjeuner était totalement vide. Elle donnait sur les montagnes. Il s'installa de manière à leur tourner le dos.

– Bien dormi ? Vous gardez la chambre ?

– Je ne sais pas encore. En principe, non.

La dépanneuse allait certainement changer les pneus dans la journée.

– Si vous pouvez, faites-le-moi savoir avant midi, demanda l'hôtelier. Et si déjeuner ici vous tente, au menu, c'est choucroute garnie.

Croissants délicieux. Café bien fort. Personnel toujours discret.

Gilles fut rassuré : avec son jean, ses Clarks, son blouson en cuir, il n'avait pas l'air d'un commissaire. L'hôtelier n'évoqua même pas le crime.

Les commerces de la rue étaient fermés, bien sûr. Il remarqua les enseignes : *Toutou Toilettage*, *Vétérinaire*, *Salon de coiffure*, *Cabinet médical*. La veille, il n'y avait pas prêté attention. Comme l'avait dit M. Thor, Issinjean s'était adapté à la nouvelle population. Le commissaire fut étonné par le silence. Il marcha cinq bonnes minutes et arriva à huit heures aux Cimes bleues.

La grande allée de marronniers... Y avait-il une autre entrée que cette allée ? M. Thor lui avait assuré que non. Il lui reposerait la question quand même.

Le domaine était encore plongé dans la pénombre. Dès qu'il fut près de Dionysos, la terrible impression de chape de ciment, d'étouffement, lui tomba à nouveau dessus.

Aucune voiture près du noyer. Sauf la sienne. Pneus totalement à plat.

Il fit un petit signe de la main en direction de la caméra cachée dans les branches du noyer. À l'intention de M. Thor. Celui-ci était sûrement en train de le guetter sur son écran d'ordinateur. Et cette sensation aussi de se savoir épié était *très* désagréable.

– Commissaire !

M. Thor descendait les marches à sa rencontre. Le bouledogue lui tendit une main ferme mais chaleureuse.

– Vous pensez en avoir pour combien de temps aujourd'hui ?

Gilles hésita à le rabrouer.

– Interroger les pensionnaires qui ne l'ont pas encore été – ma collègue va arriver avec les deux mêmes policiers qu'hier –, le personnel, les apprentis... Au moins pour la matinée. Pourquoi ?

– Pour rien, pour savoir, simplement.

– Vous pourriez me donner les coordonnées d'une dépanneuse ?

Gilles montra sa voiture. M. Thor ne *pouvait pas* ne pas avoir vu la voiture restée là toute la nuit. Près du noyer.

– Vous avez...

– Crevé, oui ! Vous le voyez bien ! Vous avez remarqué que ma voiture est restée là depuis hier matin, non ?

– Heu... Oui, bien sûr, mais je croyais... Je ne sais pas... Je vous ai vu partir avec votre collègue !

– Malgré les rideaux tirés ?

– Je... Je vous ai vus par la caméra.

Donc son affirmation qu'il n'avait rien vu le soir du crime ne tenait absolument pas !

– Je vais vous chercher les coordonnées d'un garage. Vous voulez téléphoner de mon bureau ?

– J'ai mon portable.

Bruit de moteurs. La voiture de Fred, suivie de celle d'Agathe et Quentin, arrivait.

– On commence tout de suite, Gilles ? On finit d'interroger les pensionnaires ?

Le commissaire acquiesça.

Les trois policiers montèrent les marches.

Gilles se dirigea vers les cuisines.

M. Thor à nouveau accourait.

– Tenez, commissaire ! Le numéro du garage, le seul d'Issinjean.

*

* *

Dans les cuisines, cinq jeunes, habillés de blanc – trois garçons, deux filles – s'affairaient pour préparer les petits déjeuners. Au milieu, droit comme un i, un homme, un peu fort.

Gilles consulta l'organigramme. *M. Temple, chef cuisinier.*

– Je peux vous interroger ainsi que vos apprentis ?

– En plein service ?

– Oui, à moins que vous ne préfériez vous déplacer jusqu'au commissariat de Saint-Étienne.

M. Temple donna quelques ordres, assez sèchement, aux cinq jeunes. Il entraîna Gilles à l'arrière, dans les réserves.

– Je vous écoute, commissaire.

Gilles lui montra la photo. Posa les deux questions.

– Non, jamais vu. Non, rien remarqué d'anormal.

Les cinq apprentis cuisiniers semblaient impressionnés. Mais leur interrogatoire était autrement plus reposant que le numéro du trio infernal, la veille. Gilles les rassura :

– La routine...

Des jeunes plutôt sympas, mais en aucun cas il ne fallait les écarter des suspects, d'autant moins qu'ils étaient au sommet de leur forme physique. Il nota les prénoms : Vanessa, Lola, Jeremy, Tony, Gregory. Des prénoms du XXe siècle. Plus de Lilyane, Henriette, Madeleine...

Il les interrogea tous les cinq l'un après l'autre, pour qu'ils ne s'influencent pas.

– Tu connais cet homme ?

Le tutoiement, dans cette ambiance vieillotte du XIXe siècle, lui fit du bien.

Les apprentis ne savaient rien.

Les serveurs apprentis venaient, repartaient plateau à la main. Gilles réussit à les interroger aussi. Nota les cinq nouveaux prénoms.

– Vos camarades, cet après-midi, arrivent à quelle heure ?

– Midi.

– Et vous, quels sont vos horaires ?

– Nous, c'est de huit heures à midi.

– Le matin, ceux qui sont apprentis en hôtellerie apportent donc les petits déjeuners dans les chambres ?

– Pour les pensionnaires qui le souhaitent. Certains préfèrent se rendre à la salle de restaurant.

– Ils sont nombreux ?

– Non. La plupart aiment être servis au lit.

– Et à midi ?

– Tout le monde mange au resto. Nos autres camarades arrivent : cinq à la cuisine, cinq au service en salle.

– Question sans importance, juste pour avoir votre vision de jeunes : les pensionnaires vous paraissent comment ?

– Vieux !

– Oui, mais encore ?

– Heu... Normaux.

– En bonne santé ?

Les jeunes apprentis voulaient bien faire. M. Thor, en fin de stage, devait certainement établir un rapport sur leur manière de travailler. Du coup, ils hésitaient à répondre. Une jeune fille, cependant, avança :

– Ils sont en bonne santé, certes, mais ils tiennent à peine sur leurs cannes... Enfin, façon de parler. Sur leurs jambes. Une chance qu'ils aient une canne, justement.

Gilles revit la salle de restaurant, la veille, à l'heure de l'apéritif. Henriette avait demandé la parole en levant sa canne. Comme Agecanonix dans *Astérix.* Il sourit à la jeune fille. Il se souvenait que Fred et lui s'étaient fait la même réflexion qu'elle.

– Commissaire !

Encore M. Thor, essoufflé.

– Je vous cherchais dans le parc. Votre dépanneuse est là.

– Enfin, murmura Gilles.

Il sortit des cuisines.

– Monsieur Thor, que se passe-t-il si l'un de vos pensionnaires se trouve mal ?

– Nous avons l'infirmier. Et la médecin habite tout près.

Ne pas oublier de les interroger sur la santé des pensionnaires...

La dépanneuse manœuvrait devant Dionysos. M. Thor était crispé. L'engin, lourd, tassait le gravier. Gilles serra la main du garagiste.

– Je dois charger la voiture jusqu'au garage pour changer les deux roues.

– Je m'en doute. Quand pourrai-je la récupérer ?

– Je vous appelle dès qu'elle est prête.

Chargement difficile. Bruyant. Derrière les fenêtres, les retraités se régalaient du spectacle. Le trio devait être aimanté.

Soudain, il écarquilla les yeux. Ce n'était pas possible ! *Ils* n'étaient pas dans leur chambre, *ils* étaient là, à rôder autour de Dionysos. Les banderoles de sécurité, heureusement, les empêchaient de trop s'approcher.

Henriette dressa sa canne à son intention. Julien souleva son chapeau. Madeleine lui sourit. Tous les trois très british, même dans leurs joggings colorés et leurs baskets jaune-mauve-vert.

Puis ils passèrent devant lui, sourire aux lèvres. Le commissaire les suivit du regard. Henriette se retourna. Lui fit un nouveau petit signe de la canne. Il ne s'y trompa pas. Ce signe signifiait : « Vous refusez toujours notre aide, commissaire ? Vous avez tort ! »

Pourquoi rôdaient-ils autour du noyer ?

Il soupira. Il ne pouvait décemment pas leur interdire de se promener dans *leur* résidence.

*

* *

Victime inconnue. Pas un seul indice permettant d'avoir un début de soupçon d'identité. L'enquête se révélait déjà suffisamment difficile sans qu'on vienne en plus le déranger. Des amateurs, de surcroît. Les amateurs : la plaie pour les professionnels !

Lui, le professionnel, il avait l'insupportable sensation d'être la distraction de ces trois amateurs dans cette affaire. Cette affaire dans laquelle la liste des gens à interroger, la liste des suspects donc, n'en finissait plus. Agatha Christie, dans *Dix petits nègres*, s'était donné la tâche facile avec dix suspects seulement, et en huis clos !

Dans le huis clos des Cimes bleues, délimité par l'alarme et la caméra, combien de suspects ? Cinquante-trois pensionnaires (quoique Anne Cartry, tout de suite, les ait écartés des suspects), trente apprentis – vingt en restauration et dix en jardinage –, un chef cuisinier, un cuisinier responsable des repas toutous, deux cuisinières, un jardinier, un comptable, un gardien de nuit. Sans oublier le directeur.

Il se dirigea vers la serre. Ethel Rigault rempotait ses roses.

– Je peux interroger vos apprentis du matin ?

– Oui, bien sûr, je les ai prévenus.

– Vous pouvez leur demander de venir dans votre serre ?

– Vous comptez les interroger... dans *ma* serre ?

– Oui, dans *votre* serre, monsieur Rigault. Cela vous dérange ?

– Non... non, pas du tout.

Dit vite. Trop vite, peut-être.

– Bon, eh bien... je vous les envoie, commissaire.

– L'un après l'autre, s'il vous plaît.

Gilles se planta devant la verrière. Comme la veille, il se fit la réflexion que Dionysos était très imposant. Encore plus avec du recul. On mesurait davantage encore son immensité.

Son regard parcourut la serre ; et soudain... Il excellait, enfant, au jeu des sept erreurs. Il était imbattable. Un œil d'aigle, ultra-rapide. Il supplantait tout le monde. Une qualité utile dans son métier, qu'il appliquait en permanence, sans s'en rendre compte. Dans la serre, parmi tous les outils entassés près de la porte, la pioche au manche bleu n'était pas là la veille. Il courut à la porte, hurla :

– Monsieur Rigault ! Dites-moi, la pioche là...

– Oui, eh bien ?

Avait-il rêvé le moment d'hésitation d'Ethel ?

– Elle n'était pas là hier.

– Possible.

– Vous me prenez pour un imbécile ?

– Écoutez, commissaire, les outils qui traînent, je vous l'ai déjà dit, c'est fréquent. Tous les jours, j'en récupère dans le parc.

– Vos apprentis les oublient ?

– Oui, ou moi aussi, parfois. Ce n'est pas très grave, je ne vois pas le problème...

Gilles éleva la voix.

– Eh bien, moi, je le vois. Il y a eu crime. La victime a été frappée par un objet, et cet objet pourrait très bien être une pioche !

Ethel pâlit.

– C'est vous, monsieur Rigault, qui l'avez rapportée ?

– Non.

– Qui, alors ?

– Robin Marien, hier. Il m'a semblé le voir la rapporter.

– Il l'a trouvée où ?

– Au fond du parc, je crois.

– Il sera là à quelle heure ?

– Il commence son service à treize heures. Comme hier.

– Je veux le voir quand il arrivera ! Et je ne veux pas qu'on touche à cette pioche ! Envoyez-moi vos apprentis, maintenant.

Il ouvrit son portable.

– Allô ? Anne Cartry ? Merci pour le rapport d'hier. Je voudrais une précision. L'arme du crime pourrait-elle être une pioche de jardinage ?

Il y eut un silence. La médecin légiste réfléchissait.

– Oui, c'est possible. La tempe présente un enfoncement qui pourrait avoir été provoqué par un coup de pioche. Je ne peux l'affirmer, mais vous pouvez l'envisager.

– Vous avez dit hier que le meurtrier ou la meurtrière était nécessairement une personne forte... Croyez-vous qu'un des pensionnaires des Cimes bleues... ?

Ça le turlupinait. Il voulait écarter les cinquante-trois retraités de la liste des suspects avec certitude.

– Une personne âgée ? Cela me paraît tout à fait improbable. Vous savez, à partir de soixante ans, donner un coup aussi déterminé... Non, je ne crois pas.

– Merci, encore.

Petit coup à la porte. Une jeune fille qui ressemblait à la Vanessa de tout à l'heure. À la seule différence que celle-ci ne portait pas une tenue de cuisinière blanche mais une salopette de jardinier verte.

Même question. Même réponse.

– Non, je n'ai rien remarqué d'anormal.

Il nota son nom, son prénom.

Les cinq jeunes se révélèrent sympathiques. Il n'aimait pas, dans ses enquêtes, rencontrer des « possibles suspects » sympathiques.

« Je suis finalement peut-être trop sensible pour être flic. » Sa réflexion était totalement ridicule. Comme si les flics n'avaient pas le droit d'être sensibles comme tout le monde.

– Vous vous entendez bien avec M. Rigault ?

– Heu...

Comme les apprentis en hôtellerie, ils craignaient pour leur rapport de stage. Tous les cinq avaient des réponses « lisses ».

Ethel Rigault surgit :

– Vous avez fini, commissaire ? Il est midi. Ils doivent rentrer à leur lycée.

Il donna congé au dernier apprenti.

Fred l'attendait sur le perron.

– Vous avez interrogé tous les pensionnaires ?

– Oui, ouf ! Agathe et Quentin demandent ce qu'ils doivent faire.

– Qu'ils retournent au commissariat de Saint-Étienne. Nous aurons peut-être besoin d'eux là-bas. Ça a donné quoi ?

– Rien ! Comme hier. Mêmes réponses qui ne font pas avancer. Je vais demander à Agathe et Quentin de se renseigner sur Henriette Bruguière et ses camarades. Et toi, Gilles, ça a donné quoi ?

– J'ai peut-être l'arme du crime.

– Quoi ?

– Une pioche... Enfin, rien n'est moins sûr. C'est pas vrai ! Dis-moi que je rêve, Fred !

Le trio infernal traversait la cour. À la queue leu leu : Henriette, en tête, puis Madeleine, et enfin Julien. Chacun trottinant sur trois pattes.

– Où vont-ils, avec cet air décidé ?

– C'est l'heure du muscat et du repas ; à mon avis, Gilles, ils vont à la salle de restaurant.

– Au fait, Fred, choucroute garnie, ça te dit ?

– Ici ?

– Certainement pas. À la brasserie du Gallon.

– Ma foi !

*

* *

Gilles reprit avec Fred le chemin du matin, en sens inverse. La rue était animée à présent. Ils dépassèrent les enseignes *Toutou Toilettage*, *Vétérinaire*, *Cabinet médical.* Gilles désigna cette dernière.

– Après déjeuner, tu voudras bien aller interroger le médecin ? Et aussi l'infirmier des Cimes bleues. Je voudrais être sûr qu'aucun des petits vieux...

Il s'interrompit : il parlait comme M. Thor. Il reprit :

– ... qu'aucun résident des Cimes bleues n'aurait eu la force de soulever une pioche ou un autre outil et d'assommer mortellement un homme.

Il y avait une dizaine de personnes dans la brasserie du Gallon. La salle était presque pleine.

– Alors, je vous garde la chambre ?

Gilles eut l'impression que l'hôtelier allait ajouter « commissaire ». Il ne le fit pas.

Le garagiste ne l'avait pas encore appelé.

– Je vous dirai cela dans un instant. Installe-toi, Fred, j'arrive.

Fred avait choisi une table dans un coin, mais d'où l'on voyait tous les convives.

Gilles revint.

– Tu as l'air contrarié, constata-t-elle.

– Très. Le garagiste a changé les pneus mais ma voiture ne démarre pas. Une pièce du moteur à remplacer, qu'il n'a, bien entendu, pas en stock.

Le patron du Gallon s'approcha.

– Deux choucroutes garnies ?

– Oui.

– Avec deux demis pression ?

– Parfait.

Gilles reprit :

– Le temps de commander et de recevoir la pièce, je ne récupère pas ma voiture avant une semaine.

– Ce qui veut dire ?

– Soit je prends une voiture de location, soit je reste à cet hôtel.

– Je te proposerais bien, Gilles, de venir chez moi, mais c'est tout petit...

– Je te remercie, Fred. Je vais rester au Gallon, je serai sur place, même si j'ai cette impression de huis clos, pas seulement dans la résidence, dans la région tout entière...

– Comment ça, de « huis clos » ?

– Tu n'étouffes pas, toi, ici, Fred ?

– Mais non, Gilles !

– Évidemment le coin te plaît, avec ses montagnes noires !

Fred posa son menton dans le creux de sa main, le dévisagea :

– Sérieusement, Gilles, tu vois les montagnes d'ici *noires* ?

– Elles ne le sont pas, peut-être ! Et tristes à mourir ! Où que tu te tournes, tu te cognes contre elles.

La lieutenante éclata de rire.

– Elles sont magnifiques, vertes, et, à l'approche de l'automne, les arbres qui ont encore leurs feuilles sont dorés, orangés, mordorés, ocre, d'une beauté à couper le souffle.

Il secoua la tête.

– Tu es totalement partiale. Parce que tu es née à Grenoble, que tu as grandi à l'ombre – qui plus est ombre autoritaire – des montagnes, tu ne veux pas admettre leur côté sinistre, étouffant.

– C'est toi, Gilles, qui refuses de voir leur beauté.

Rossignolade.

– Excuse-moi, Fred. Allô ? Comment ? Ce ne serait pas une...

Il raccrocha.

– Que se passe-t-il ?

– Le garagiste avait oublié de me le préciser : mes pneus à plat, apparemment, ce ne serait pas une crevaison.

– Tu veux dire ?

– On me les a crevés. Il y a une entaille dans chacun d'eux.

– Quelqu'un voudrait entraver le déroulement de l'enquête ? Le meurtrier ?

– Quelqu'un qui m'emmerde, en tout cas !

– Voilà deux choucroutes et deux demis.

Le patron disposa devant eux deux assiettes fumantes, copieuses.

– On ne va pas se laisser abattre, dit Fred.

Il appréciait son optimisme permanent. Dont lui était dépourvu. Léna le lui avait assez reproché.

La brasserie se remplissait. Ouvriers, artisans...

– Tu as vu le client, là-bas...

Fred désigna un homme, assis à une table, seul.

– Oui, il était déjà là à notre arrivée.

La trentaine. Mince, beau, les traits réguliers, châtain. Il dégustait tranquillement sa choucroute. La lieutenante murmura :

– Sa tête me dit quelque chose, pas à toi ?

Gilles le détailla discrètement.

– Non, rien du tout.

Il faillit répondre, comme les résidents interrogés devant la photo du mort du noyer : « Jamais vu. »

– Les enquêtes démarrent toujours difficilement, mais celle-ci, tu avoueras...

– Sans connaître l'identité de la victime, on ne peut avancer qu'au petit bonheur la chance.

– Le journal local diffusera la photo demain. D'autres journaux aussi.

– J'ai réfléchi, Gilles. Pourquoi le mort était-il totalement nu ?

– Moi aussi, j'y ai réfléchi. Alors, ton idée ?

– Eh bien, si « on » l'a dévêtu, c'est que le vêtement qu'il portait était reconnaissable, un uniforme par exemple.

– Même déduction que moi ! Mais quel uniforme ? J'ai tout passé en revue...

Fred récita :

– Militaire ? Marin ? Pilote ? Un habit de professionnel : jardinier ? Cuisinier ? Infirmier ? Apiculteur ? Croque-mort ? Un prisonnier ?

– Il n'y a plus de vêtements de prisonnier depuis longtemps, Fred.

– En France, peut-être, mais à l'étranger ? Une tenue à rayures, comme dans les films ? La victime était étrangère et portait un costume folklorique ? Et si...

Gilles la regarda. Elle avait l'air d'avoir trouvé.

– Un flic ! Un agent de la circulation, un gendarme, un CRS ! Avec képi reconnaissable...

– Tu as raison, tout est possible. Mais pourquoi *totalement* nu ? Pourquoi avoir enlevé jusqu'aux sous-vêtements ? Existe-t-il une profession avec un slip réglementaire ?

– Une marque très connue ou portée par des personnes particulières ? Sincèrement, je ne vois pas. Des sous-vêtements de soie, portés par un prince ou un roi ?

Gilles la laissait délirer. C'est en délirant que les enquêtes avancent. Il refusait de mêler fiction et réalité, mais il devait bien reconnaître que laisser libre cours à son imagination était une qualité dans leur métier.

Fred ne s'arrêtait plus :

– Et que sont devenus vêtements et sous-vêtements ? Brûlés ? Enterrés ? Jetés à la rivière ?

L'hôtelier desservit.

– Salade de fruits ou glace ?

– Salade de fruits.

– Moi aussi, et deux cafés, s'il vous plaît.

L'hôtelier repartit. Fred secoua la tête. Son regard revenait toujours à l'homme assis seul.

– Ce n'est pas un acteur, ce n'est pas un chanteur... Je connais ce visage... Un présentateur télé ?

– N'importe quoi, bougonna le commissaire. Une célébrité ici, à Issinjean ? Que serait-elle venue y faire ?

– Contempler les montagnes !

– Voilà deux salades de fruits, annonça le patron du Gallon.

– Au fait, je réserve la chambre pour cette nuit au moins.

Ils regardèrent la silhouette du patron s'approcher d'autres tables pour desservir.

Soudain, le commissaire murmura entre ses dents :

– Les pieds nickelés ! Ils nous suivent, ou quoi ? C'est du harcèlement !

Sourire aux lèvres, ils s'installaient à une table.

– Ils se la coulent douce... dit Gilles. Muscat apéritif aux Cimes bleues. Dessert, café et digestif au Gallon.

Le trio les aperçut. Petit signe de tête. Henriette attrapa même sa canne posée contre la chaise, la souleva dans leur direction.

– Bon, on y va ? dit Gilles.

– Ils t'insupportent, n'est-ce pas ?

– Pas toi ?

– Effectivement, ils sont insupportables. Mais inoffensifs.

Brusquement, Henriette se leva.

– Mais... Mais... (Un tantinet théâtrale, elle se tourna vers ses deux compères.) Incroyable ! Mes amis, je ne rêve pas... Là-bas, c'est bien... (Elle tendit sa canne vers le fond de la salle. Elle arborait un sourire malicieux et radieux.) C'est Alex Sandre, le très célèbre auteur de romans policiers !

À leur tour, Madeleine et Julien se levèrent, l'air ravi :

– Mais oui ! Tu as raison, Henriette ! C'est Alex Sandre !

– Mais oui... Mais c'est bien sûr... Alex Sandre ! s'exclama Fred tout bas, à son tour. Je me disais aussi... Je l'ai vu à la télé, pas plus tard qu'il y a une semaine...

– Alex Sandre ?

– Enfin, Gilles, l'auteur de polars ! Un de ses romans a été adapté au cinéma et a eu un énorme succès : *Dans la gueule des loups*. Ça te dit quelque chose, quand même ?

– Oh, moi, tu sais...

– Oui, je sais, depuis que tu es flic, tu as du mal avec les fictions policières. Sans miss Marple, je n'aurais pas trouvé qui c'était. Elle a bon œil...

– Bonne canne aussi, ajouta Gilles.

– Quatre-vingts ans... Elle y voit mieux que moi qui en ai vingt-six !

– Oui, soupira le commissaire, elle est... extraordinairement infernale. Vise un peu leur manège.

Les pieds nickelés ne cessaient de reluquer vers Alex Sandre. Pas très discrètement. Il finit par leur faire un petit signe de tête aimable.

– Ils sont excités comme des puces. Je me demande s'ils vont oser.

– Oser quoi ?

– L'aborder et lui demander un autographe. Tu penses, un auteur de romans policiers – et pas n'importe lequel – dans la région ! Pour eux qui...

Fred imita Henriette Bruguière la veille :

– ... A-DO-RENT LES PO-LI-CIERS !

– Ils osent, constata Gilles, incrédule.

Henriette, suivie de ses deux acolytes, se dirigea vers la table de l'écrivain. Arrivée devant lui, elle fit comme une révérence. Elle baissa la voix. Gilles dut tendre l'oreille pour entendre.

– Très cher Alex Sandre, veuillez excuser notre sans-gêne. Vous avez devant vous trois modestes fans qui ont lu tous vos romans, écouté toutes vos interviews télévisées, qui n'ont manqué aucune de vos conférences radiophoniques... La semaine dernière à « Chapitres et caractères » vous avez été SU-BLI-ME ! PAS-SION-NANT ! MA-GNI-FI-QUE !

Alex Sandre leur sourit.

– Ils vont vite l'agacer, murmura Gilles.

– Oh, tu crois ? Un auteur ne résiste jamais quand on lui dit qu'il est magnifique et passionnant. Tiens, il accepte même de se joindre à leur table.

Effectivement, il se levait et suivait le trio.

– Il a de l'allure, remarqua Fred. Il est même beaucoup plus beau en vrai qu'à la télé, et Dieu sait si à la télé... avec sa petite fossette, il est craquant.

– Tu ne vas pas t'y mettre ? Tu veux rejoindre le trio ? (Gilles devint songeur.) Qu'est-ce qu'il fout ici ? Tu peux me dire ? Un crime a été commis, et lui, il est là...

– Oui, je peux te répondre, Gilles, c'est très simple. Il l'explique souvent dans ses interviews. Pour tous ses romans, il procède ainsi : il choisit au hasard l'endroit où il écrit.

– Excuse-moi, Fred, mais pour un écrivain, « choisir au hasard »... Il ne connaît pas bien le sens des mots.

– Tu es terre à terre et jaloux de l'intérêt que *ta* copine miss Marple lui porte, le taquina Fred.

– Oui, terriblement jaloux de l'attrait qu'exerce le beau ténébreux... Bon, alors, j'écoute l'explication. Que fait-il dans cette région ?

– Je te l'ai dit : il écrit.

– Il a un chez-lui, je suppose, certainement très luxueux étant donné son talent et sa réussite, et il vient se perdre au fin fond de l'Auvergne !

– Il l'a maintes fois raconté, sa manière de procéder à l'écriture d'un roman est légendaire. Il ne peut écrire qu'hors de chez lui, ailleurs. Et il fait appel au hasard. Il prend une carte de France, d'Europe, du monde, selon son envie, et, les yeux fermés, il pointe un stylo. Et le temps d'écrire son roman, il réside sur le lieu désigné par son stylo. Le stylo qui décide, c'est symbolique, tu comprends... Il a écrit *Vol au-dessus d'un meurtre* en Bretagne. Il en a d'ailleurs situé l'action en Bretagne. Il a écrit *Tu mourras assassinée* en Charente-Maritime, à La Rochelle exactement. Et le crime a lieu dans le casino de Châtelaillon-Plage...

– Et ici il est venu écrire un polar qui va se passer à Issinjean, c'est ce que tu me dis ?

– Mais non, pas forcément. Il est venu écrire au calme, c'est tout.

Gilles maugréa :

– Tout ce que je vois, c'est qu'en apprenant qu'un crime a été commis aux Cimes bleues, il va se mêler de ce qui ne le regarde pas.

– S'il ne le sait pas déjà... De toute façon, le trio va se charger de l'informer.

– Bon, ça suffit !

Gilles demanda l'addition.

Dans la seconde qui suivit, l'hôtelier la déposa sur la table. Gilles régla, traversa la salle. Trois paires d'yeux le suivirent. Encore heureux, les chiens n'étaient pas là.

Ils sortirent.

– Je dois interroger les jeunes apprentis... Je te laisse rendre visite à l'infirmier aux Cimes bleues et au médecin en ville, Fred.

Soudain, Gilles paniqua.

– Dis, Fred, le beau ténébreux...

Elle ajouta dans un sourire :

– À la fossette craquante ? L'amour de nos pieds nickelés ?

– Il loge au Gallon, tu crois ?

– T'es mal barré, Gilles. Il y a de fortes chances. Le Gallon est le seul hôtel convenable à des kilomètres à la ronde !

*

* *

Robin Marien rassemblait les feuilles dans le parc avec son râteau.

– Bonjour, Robin.

– Bonjour, heu... monsieur.

La jeunesse c'est quand on n'ose pas dire « bonjour docteur », « bonjour maître », « bonjour commissaire ». C'est dire « monsieur » en zappant le titre de la personne. Gilles se souvint qu'il avait été comme ça. Par provocation. Mais Robin Marien, devant lui, n'était pas provocateur, intimidé plutôt, presque apeuré.

– Dis-moi, c'est toi qui as récupéré la pioche au manche bleu hier ?

– Oui. (Il semblait inquiet. Il ajouta :) J'ai cru bien faire. M. Rigault nous demande toujours de ne pas laisser traîner les outils. Alors quand j'ai vu la pioche...

– Tu peux me montrer où tu l'as trouvée ?

– Bien sûr, c'est par là...

Il s'arrêta dans le jardin, juste à la lisière du parc, pas très loin de Dionysos.

– À quelle heure l'as-tu ramassée ?

– Dans l'après-midi, je terminais mon service.

L'adolescent avait non seulement une jolie bouche, bien dessinée, mais aussi de très beaux yeux, bruns, que Gilles avait remarqués parce qu'ils pétillaient. Mais aujourd'hui, ils se remplissaient de larmes.

– Je... Je n'aurais pas dû. Je le comprends, surtout que vous veniez juste de m'interroger, mais je n'ai pas pensé... Je l'ai compris quand M. Rigault m'en a parlé tout à l'heure.

– Que t'a-t-il dit ?

– Il m'a engueulé, m'a crié que je n'aurais jamais dû ramasser cette pioche...

– Bon, tu l'as ramassée et tu l'as apportée dans la serre ?

– Je... Je l'ai nettoyée avant.

– Elle était sale ?

– Non, pas vraiment, mais des feuilles mortes étaient collées dessus.

– Bon, tu peux y aller.

– Vous... ne m'arrêtez pas ?

Gilles lui sourit.

– Mais non.

Il eut envie d'ajouter « Pas pour l'instant en tout cas ». Il se retint à temps. Ce genre de réflexion aurait angoissé l'apprenti. Il avait vu trop de films, lui aussi.

Il prit son portable.

– Allô... la scientifique ? Dites, j'ai peut-être, je dis bien « peut-être », l'arme du crime, une pioche. Elle a été lavée, je la mets sous scellés, je vous l'apporte ?

À l'autre bout, la voix répondit :

– Inutile, commissaire : si en plus de la pluie elle a été lavée... nous ne trouverons pas plus de traces que sur le mort. Vous avancez ?

– Pas vraiment.

Que répondre d'autre ? La silhouette verte de Robin avait disparu.

Gilles composa le numéro de portable de Fred.

– Je te dérange ?

Elle chuchota :

– J'ai interrogé l'infirmier. Là, je suis dans la salle d'attente de la médecin.

– Avant de revenir aux Cimes bleues, peux-tu aller interroger le personnel d'internat du lycée ? Essaie de savoir si les vingt apprentis en hôtellerie et les dix apprentis en jardinage étaient bien dans leur chambre la nuit du crime. À tout à l'heure.

De l'endroit où Robin prétendait avoir trouvé la pioche à Dionysos, il y avait une centaine de mètres. Le corps pouvait très bien avoir été traîné jusque sous le noyer.

Aucune trace de pas ou de sillon : normal, avec l'orage.

Gilles chercha dans sa poche d'introuvables graines de tournesol. Il avait oublié d'en acheter.

Le meurtrier, probablement d'un coup de pioche, avait assommé mortellement la victime, puis l'avait traînée jusqu'au noyer et l'avait déshabillée. Forcément. L'homme ne pouvait pas être déjà nu quand il avait été tué. On ne se promène pas totalement à poil dans le jardin d'une maison de retraite à minuit, en automne.

Pourquoi l'alarme n'avait-elle pas retenti ?

Pourquoi M. Thor n'avait-il rien vu sur l'écran de son ordinateur ?

Chant de rossignol.

– Ah, rebonjour...

Anne Cartry.

– Après votre coup de téléphone, j'ai eu un temps mort, enfin façon de parler. J'ai réexaminé le corps. Dès qu'on a une piste, tout est plus simple. Sur la tempe, assurément, a été porté un coup de pioche, violemment. L'empreinte est bien nette. Je garde le corps à la morgue ?

– Oui, tant que nous n'avons pas de famille à contacter.

– Bon courage, commissaire.

Coup de pioche ?

Et sa voiture ?

Si la crevaison était... ?

Il traversa la cour. Contrairement à la veille, de nombreux pensionnaires se promenaient. Mais pas un ne s'approchait de Dionysos. Finalement, les pensionnaires continuaient de vivre comme s'il n'y avait pas eu de meurtre. À l'exception des pieds nickelés. Eux, au contraire...

Il ne devait pas oublier d'interroger Peter Vlaovitch et le comptable.

Il dépassa les piliers, le portail. Remonta le chemin vers le centre-ville. Lilyane Latrand arrivait en face, Prince Charles au bout d'une laisse. Il changea de trottoir.

Il rentra dans la supérette. Au rayon « biscuits », il y avait un attroupement. M. Thor pouvait essayer de respecter les soi-disant régimes : les pensionnaires dévalisaient le rayon des friandises. Il chercha des graines de tournesol. En vain.

Il entra dans la boutique voisine : « vêtements ». Il acheta un pyjama, des chemises... De quoi tenir la semaine sans repasser chez lui, s'il le décidait.

Toutou Toilettage, Salon de coiffure, Cabinet médical.

Fred, à présent, devait être à l'internat. Il aperçut les bâtiments du lycée, un peu en hauteur, qui dominaient la ville. Un jeune du lycée, descendu, en pleine nuit, pour tuer aux Cimes bleues, cela paraissait improbable. Cela paraissait improbable, ou n'avait-il aucune envie que le meurtrier soit un des apprentis ?

Il arrêta un passant.

– S'il vous plaît, le garage ?

Il n'eut pas besoin de préciser le nom.

– En haut de la rue, sur la gauche.

Issinjean était une jolie ville, assurément, mais Fred avait beau dire, elle n'en restait pas moins encastrée dans des montagnes. Ces putains de montagnes ! Toujours présentes. Plus noires que jamais.

Le garagiste le reconnut.

– Je vous ai averti, commissaire, pas avant une semaine.

– Je sais. Je voudrais voir les pneus crevés.

– Heu...

Pourquoi, depuis le début de cette enquête, avait-il l'impression que tout le monde hésitait avant de lui répondre ? Le garagiste avait-il quelque chose à se reprocher ?

Sa voiture était dans un coin, avec des pneus neufs.

– Vous les avez changés ?

– Mais, je vous l'ai dit, commissaire, le problème, c'est la pièce du moteur.

– Où sont les pneus crevés ?

– Vous voulez les pneus crevés ?

– Oui, je veux les voir.

– Là...

Il y en avait toute une montagne.

Le garagiste appela :

– Béranger, tu peux attraper les deux pneus sur le dessus ?

Il les désigna. Le jeune escalada, les fit rouler. Encore un jeune. En apprentissage, certainement.

Cette enquête tournait au surréalisme, elle était vraiment curieuse : le crime avait eu lieu en plein cœur d'un « nid » de personnes âgées, et autour, en orbite, gravitaient plein de jeunes.

Il examina les pneus.

– Une belle entaille, dit le garagiste.

– Ce pourrait être un coup de pioche ?

– De pioche... de jardin ?

– Ben oui.

– Non. Une pioche dans un pneu, je vous dis pas les dégâts, ils auraient éclaté. Là, si je puis dire, c'est du travail bien propre, bien soigné... Un vandalisme nickel.

– Un poignard ?

– Oui, certainement. Un outil très pointu et très aiguisé en tout cas.

– Planté avec force ?

– Oui. C'est tout, commissaire ? Je peux envoyer les pneus au recyclage, maintenant ?

– Attendez.

Il appela la police scientifique. Comme il le pensait, envoyer les pneus pour examen était inutile.

– Mettez-les de côté, dit-il finalement au garagiste.

Les apprentis cuisiniers avaient tous leur mallette de couteaux. Et les apprentis jardiniers utilisaient des sécateurs. Il n'allait pas réquisitionner tous les couteaux, tous les sécateurs pour – peut-être – trouver sur l'un d'entre eux du caoutchouc de pneu. La police scientifique avait autre chose à faire que de rechercher un « meurtrier de pneu ».

« Je fais des progrès, pensa-t-il. Fred aurait pu avoir cette réflexion. Donc, j'ai un peu d'humour. »

Il revit les visages des apprentis.

« Cette enquête m'emmerde. »

*

* *

Il faisait frais à présent. La nuit allait tomber. À nouveau l'impression d'écrasement. Même à l'extérieur de la maison de retraite, la sensation de huis clos le poursuivait.

Perdu dans ses réflexions, il descendit la rue.

M. Thor n'était pas clair. Ethel Rigault n'était pas clair...

Les piliers. Le portail. L'allée de marronniers. Le gravier...

Il jeta un œil aux cuisines. Dix-huit heures. C'était l'effervescence. Les mêmes jeunes que la veille. Deux d'entre eux sortaient les poubelles.

Les poubelles !

Il revint sur ses pas. Une porte donnait directement sur la rue pour mettre sur le trottoir les containers. Pas vraiment une porte, un encadrement de la largeur des containers. Par lequel une personne pouvait s'introduire. Sortir.

Il se tapa le front.

– Quel con ! Mais quel con je suis !

Les poubelles ! Non seulement il y avait cette possibilité de s'introduire dans la résidence par le local à poubelles, mais en plus...

Il interpella les deux adolescents.

– À quelle heure les éboueurs passent-ils ?

– À sept heures, le matin.

– Mais vous les sortez le soir ?

– Oui, le matin, nous commençons trop tard pour les sortir...

Le matin qui avait suivi le crime, les poubelles avaient été vidées dans la benne des éboueurs à sept heures ! Juste avant que la police n'arrive !

– Merde ! Merde ! Merde ! Pourquoi est-ce que dans cette enquête je semble avoir toujours un métro de retard ?

Au bout du couloir, il trouva le bureau de la comptabilité : *A. BLANCHON*. Il frappa.

– Eh bien, vous avez mis du temps, commissaire, pour venir m'interroger. La comptabilité, l'intendance, toujours la dernière roue du carrosse, n'est-ce pas ?

– Je croyais...

Il s'attendait à rencontrer un homme un peu triste, vêtu de noir, style huissier, et il découvrait une jolie femme, la cinquantaine peut-être, un peu excentrique, coiffée d'un chapeau, charmante.

Elle lui sourit.

– Que puis-je pour vous ?

Comparé à celui du directeur, le bureau de la comptable était exigu, avec une minuscule fenêtre.

– Je ne sais pourquoi, mais je m'étais imaginé...

– ... que le service comptabilité était géré par *un* comptable. Vous n'êtes pas le seul.

– Sur l'organigramme, ce n'est pas précisé.

– M. Thor le fait volontairement.

– Il est misogyne ?

– On peut dire ça, oui.

Gilles comprit qu'elle ne devait pas avoir la vie facile tous les jours. Il se souvint de la phrase du bouledogue : « Si je veux qu'il n'y ait pas trop de dépenses, je dois vérifier. »

– Vous connaissez cet homme ?

Elle regarda la photo.

– Le mort, je suppose. Jamais vu, et je n'ai rien remarqué d'anormal.

– Les comptes de M. Thor sont sans souci ? Il n'a pas de dettes... ?

– Non, commissaire.

– La résidence lui appartient ? Les bâtiments, j'entends.

– Depuis peu. Avant, il était locataire de la ville, mais l'entretien coûtait cher à la municipalité ; ils ont préféré lui vendre le domaine, avec pour obligation de le garder en état. Vous avez vu, les bâtisses sont vieilles, belles. Il les a achetées il y a un an.

– Cher ?

– Une fortune.

– Comment a-t-il pu ?

– Un héritage, je crois, et l'emprunt.

– Vous travaillez pour lui depuis longtemps ?

– Depuis la création des Cimes bleues, il y a cinq ans. Et je pars à la fin de l'année.

– Pourquoi ?

– La retraite, commissaire. La comptable de la maison de retraite part à la retraite dans sa maison... des Charentes.

– Vous faites beaucoup plus jeune.

Elle éclata de rire.

– Merci commissaire.

Dans cette enquête, soit les gens l'agaçaient (le trio, M. Thor, M. Rigault, le chef cuisinier...), soit lui étaient sympathiques (les jeunes apprentis, la comptable). C'était très... irritant.

Il avait aussi l'impression de ne pas maîtriser ses sentiments. « Que je parvienne déjà à maîtriser l'enquête, ce sera bien », songea-t-il.

Fred l'attendait.

– J'arrive juste, Gilles. La CPE en charge de l'internat m'a fait attendre. Très désagréable. Les jeunes sont parfois méritants. Le lycée est gigantesque : deux mille deux cents élèves, sections horticulture et hôtellerie, cette dernière étant divisée en cuisine et service de restauration. La CPE m'a assuré que pas un élève n'était sorti le soir du crime. « Manquerait plus qu'ils fassent le mur ! Je rêve, ou quoi ? » s'est-elle écriée. Vu sa tronche, son air sévère, je ne crois pas que les élèves se risqueraient à enfreindre le règlement.

– Et l'infirmier et le médecin, ça a donné quoi ?

– *La* médecin. Ils ont dit la même chose tous les deux, à savoir que la plupart des résidents des Cimes bleues sont en excellente santé. On fait rarement appel à leurs services. Visite médicale de routine seulement.

– Et tu as demandé pour la pioche ?

– Les deux sont d'accord : pas un seul des résidents, étant donné leur âge, n'aurait eu la force de balancer un poids de plus de deux kilos aussi violemment. Et toi, Gilles, tu as avancé ?

– Chou blanc !

Il parla quand même des pneus et des poubelles.

– Les poubelles... Comment n'y avons-nous pas pensé ? Tu crois... ?

– Je me suis renseigné : les ordures sont incinérées au fur et à mesure. Aucune possibilité de retrouver les vêtements s'ils ont été jetés à la poubelle.

– J'oubliais, Gilles, la médecin reçoit souvent des visites de Lilyane Latrand.

– Elle est malade ?

– Non, elle rend visite au docteur pour Prince Charles, qui, paraît-il, serait dépressif.

– Mais il y a un vétérinaire à Issinjean !

– Oui, mais aux yeux de sa maîtresse, Prince Charles n'est pas un chien. Il est un humain.

– Et la médecin accepte... ?

– Penses-tu ! Le yorkshire dépressif a beau s'appeler « Prince Charles »... Pendant que j'attendais, je me suis remémoré toutes les panoplies possibles pour la victime. Nous avons oublié celles du facteur, du groom... Et si c'était un travesti ?

Fred avait raison de chercher encore. Tout pouvait s'envisager.

– Tiens...

Elle lui tendit un énorme sac de graines.

– Où en as-tu trouvé ? J'ai cherché partout.

– Chez le vétérinaire ! Pour les hamsters !

Gilles ressentit comme un coup de poignard au cœur. Fred avait eu la même intonation que Léna quand elle le traitait de suricate ! Il soupira.

« Quel balourd je fais, je n'ai même pas pensé à lui acheter du chocolat à la supérette. »

Léna avait raison : elle disait « Les femmes ont toujours plus d'idées que les hommes. D'idées ou simplement d'intelligence du cœur ? Elles se révèlent souvent moins égoïstes... »

– Ça ira, ce soir, à l'hôtel ?

... Et plus attentionnées.

*

* *

Le Gallon.

L'idée de retrouver le « beau ténébreux », l'« écrivaillon de polars », lui fit ralentir le pas après avoir laissé Fred. Une chance que l'hôtel, le soir, ne fasse pas resto. Se retrouver dans la salle, avec l'auteur de policiers...

– Bonsoir.

– Bonsoir. J'ai oublié de vous dire, votre choucroute, à midi, était délicieuse.

L'hôtelier se dérida un peu.

– Vous servez des plateaux-repas dans les chambres ?

L'homme lui tendit une carte.

– Eh bien, s'il vous plaît, un sandwich au saumon, une salade verte et un baba au rhum.

– Quelle heure ?

– Vingt heures. Merci.

Il prit l'ascenseur. Deuxième étage.

Au moment où il sortait de la cabine, il tomba sur l'écrivain, qui avait emprunté l'escalier... et fait plus vite que lui. Gilles le regarda. Il portait un jean noir, des baskets, un pull large. Une allure de mannequin ou d'acteur de cinéma.

L'écrivain lui fit un large sourire.

– Bonsoir, commissaire.

« Commissaire », évidemment, le trio avait bavé. L'auteur de policiers hésita, se décida :

– Commissaire, je voudrais vous dire...

– Oui ?

Gilles ne put retenir un ton impatient.

– Je suis auteur de policiers, certes, mais en aucun cas je n'ai l'intention de me mêler de votre enquête. Je vous le dis. Et aussi, je tiens à vous expliquer mon séjour ici. Je suis là uniquement pour écrire. Si un crime a été commis à Issinjean, je n'y peux rien.

– Je sais, je sais... Ma lieutenante m'a raconté : votre besoin de changement, de calme, votre choix d'un endroit au hasard...

– Bon, eh bien, tant mieux. C'est amusant, nos chambres se font face. (Alex tendit sa main ; poignée franche, chaleureuse.) Bonne soirée, commissaire.

Dans son sourire, Gilles aperçut la fossette, au coin des lèvres. Il n'y avait vraiment pas de quoi craquer.

Douche chaude.

Curieusement, dans cette chambre d'hôtel, pourtant forcément impersonnelle, il ne se sentait pas trop mal. Pourquoi ? Elle constituait une bulle dans le huis clos ? Ou une pause dans la succession de ces soirées, semblables les unes aux autres, solitaires, dans un appartement qu'il ne pouvait plus supporter maintenant, sans son ancienne compagne ?

Il fit défiler les images, Léna à dix-sept, puis à vingt ans... Contrairement à lui, elle aimait ressasser les souvenirs. Leur rencontre au lycée, leur première balade main dans la main, leur premier ciné, leur premier baiser. Leur séparation, puis à nouveau leur « premier baiser ».

– Tu te souviens, Gilles, quand...

Non, il ne se souvenait jamais. Il se souvenait quand elle était partie de Saint-Étienne. Son départ le hantait.

Malgré la rue, l'hôtel était calme. Il regarda par la fenêtre. Ça sentait l'hiver.

Que faisait Alex Sandre en ce moment, dans sa chambre en face ? Bien sûr, il avait opté pour la vue sur la montagne, lui. Eh bien, bon courage pour l'inspiration !

L'hôtelier lui apporta le plateau.

Gilles s'endormit aussitôt après avoir mangé.

Il rêva du Caire, de chiffonniers, de tas d'ordures, de pneus crevés... Dans les pays où les miséreux recherchent des capsules de bouteille dans des montagnes d'ordures, d'autres s'abîment les mains pour trouver des diamants.

Et d'autres, ailleurs, dans d'autres pays, portent les bijoux...

5

Le téléphone de sa chambre le réveilla.

– On vous attend dans la salle du petit déjeuner, commissaire, annonça l'hôtelier.

Qui ?

Il prit sa douche à toute vitesse, se rasa...

Dès la sortie de l'ascenseur, il l'aperçut, sagement assise. Journaux à la main, sourire aux lèvres.

– J'ai pensé, Gilles, que tu apprécierais, avec ton petit déjeuner, d'avoir la presse du jour.

– Tu as bien fait, Fred.

– Et surtout, avec ton petit déjeuner et la presse, que tu apprécierais quelque chose d'inestimable, qui n'a pas de prix...

– Quoi donc ?

– Ma compagnie !

Gilles fit signe à l'hôtelier.

– Deux cafés et beaucoup de croissants, s'il vous plaît.

Il déplia le premier journal : *L'Auvergnat*. Sur la page de couverture, la photo du mort retravaillée par la police scientifique, celle que Fred, Agathe, Quentin et lui-même montraient à tous les résidents des Cimes bleues, occupait toute la place.

L'hôtelier déposa les cafés et la corbeille de croissants.

– Je dois vous dire, commissaire, que je ne connais pas cet homme, déclara-t-il.

– Pourquoi me dites-vous cela ?

– Parce que vous ne me l'avez pas demandé, justement.

Il repartit.

– Il est vexé, constata Fred.

– Il est quand même susceptible, non ?

– Certes, mais tu aurais dû l'interroger.

Gilles fit la moue. Il aurait dû... Pourquoi ne l'avait-il pas fait ? Il zigzaguait dans cette enquête, il n'allait pas droit au but ; parfois c'était bon, d'avancer un peu au hasard, mais avec le « mort du noyer », il semblait... ne rien maîtriser. Il revenait sans cesse à cette sensation désagréable.

– Les journalistes n'ont pas traîné et pas lésiné, bougonna-t-il. Je n'en demandais pas tant.

Toute la première page... C'était trop. Le titre était trop voyant.

LE MORT DU NOYER

L'homme découvert mort, sous le noyer de la résidence des Cimes bleues, célèbre maison de retraite d'Issinjean créée par M. Thor, n'a pas été identifié à ce jour. Le commissaire Lafosse, chargé de l'enquête, est sur les dents.

– « Sur les dents », maugréa Gilles. L'auteur de l'article croit peut-être faire un jeu de mots, *because of the toutous* !

Fred mordit à pleines dents dans un croissant, puis déclara :

– Regarde l'article du *Monde*.

Gilles prit le deuxième journal.

La police piétine. Le commissaire Lafosse semble dépassé...

C'était un peu fort. Même si c'était vrai.

Il regarda la signature : *H. L.*

– Même pas capable de signer de son nom en entier.

– Bonjour !

Fred avala son croissant de travers, Gilles faillit renverser sa tasse. Cette voix, un peu pointue, un peu haut perchée sur les aigus, un peu... snob.

Henriette ! Flanquée de ses deux acolytes. Le trio infernal.

– B'jour, m'sieu dames, répondit le patron du Gallon. Vous souhaitez voir le commi... ?

– M. Sandre ! Nous voulons voir M. Sandre ! Est-il là ?

Le regard de l'hôtelier croisa celui de Gilles. Ce dernier reposa sa tasse, soulagé.

– Oui, répondit l'hôtelier, M. Sandre est là. Il n'est pas encore descendu, je lui ai apporté le petit déjeuner dans sa chambre.

– Vous croyez qu'il va descendre bientôt ?

– Je ne sais pas.

– C'est ennuyeux, très très ennuyeux. (Les pieds nickelés avaient chacun à la main un panier.) C'est que... nous avons apporté nos livres, enfin *ses* livres, que nous avons achetés, et nous aimerions qu'il nous les dédicace.

– Vous pourriez peut-être me les confier, proposa l'hôtelier, je les lui remettrai quand il descendra.

– Oh non !

Henriette eut un geste offusqué.

– Non, non... s'exclamèrent à leur tour Madeleine et Julien. Nous tenons à ces livres comme à la prunelle de nos yeux.

– Comme vous voudrez...

Fred sourit. L'hôtelier, si susceptible, ne devait pas apprécier le manque de confiance.

– Et puis, expliqua Henriette, nous aimerions assister aux dédicaces.

Gilles chuchota à Fred :

– Les lui dicter, même : « Monsieur Sandre, marquez "À ma très chère amie, à mon excellente..." »

L'hôtelier soupira, très professionnel :

– Je peux voir s'il est disponible et veut bien descendre ?

– Oui ! Oui ! Oui !

Il décrocha le combiné.

– Ils ne manquent pas d'air ! murmura Gilles. Ton bellâtre de romancier est peut-être aimable... tout ce que tu veux, mais là, ma chère Fred, à mon avis, il va commencer à se montrer désagréable.

L'hôtelier raccrocha.

– Il arrive, annonça-t-il fièrement comme s'il avait intercédé en leur faveur.

– J'aurais dû apporter mes livres, dit Fred.

– Quoi ?

– J'ai quelques-uns de ses romans, j'aurais pu en profiter et lui demander de me les signer.

Il lui fit signe de se taire.

– Bon, nous allons l'attendre en prenant un café !

Henriette, Madeleine et Julien, panier à la main, passèrent devant eux et s'installèrent à une table. Henriette fit à Gilles l'habituel petit signe avec sa canne.

– Que fait-on, Gilles ?

Il ne répondit pas. Fred poursuivit :

– En fait, tu es aussi curieux que moi de voir son attitude quand il descendra.

– J'en conviens.

– Vous voyez, je vous l'avais dit qu'il ne refuserait pas, déclara Henriette. Un homme qui décrit des crimes si horribles ne peut être que foncièrement bon et agréable ! Hier, sa ressemblance avec le célèbre commissaire San-Antonio m'a frappée. Pas vous ? Il a le même charme, vous ne trouvez pas ?

– Oui, et il a quelque chose aussi de Sean Connery dans *James Bond* ! ajouta Madeleine. Sa fossette lui donne un côté enfantin !

– Dites...

Henriette baissa la voix : ton sérieux brusquement. Gilles dut tendre l'oreille encore davantage.

– Devons-nous l'informer que M. Thor, pendant deux mois, a interdit l'accès à Dionysos par de hautes palissades ?

– Cela mérite réflexion, répondit Julien.

– Oui, cela mérite réflexion, répéta Madeleine. Pour le bien de l'enquête, même si ce n'est pas lui qui...

Gilles se pencha vers Fred.

– Ils font semblant de ne pas me voir, de m'ignorer, ou quoi ?

Fred eut un haussement d'épaules.

– Avec eux, qui sait...

Cri du trio :

– Ah, le voilà !

Alex Sandre sortait de l'ascenseur, s'avançait vers leur table. Chemise blanche, impeccable, cravate fine, jean noir.

Henriette se leva, fit une révérence.

– Bonjour, maître...

– « Maître » !

Les jeunes, comme Robin Marien, n'osaient pas dire « docteur », « commissaire »... mais les vieux, eux, disaient « maître » à... cet écrivaillon.

L'« écrivaillon » leur serra la main avec beaucoup de classe.

– Vous désiriez me voir ?

– Maître, nous aurions aimé que vous nous dédicaciez quelques livres.

Gilles scruta le visage d'Alex Sandre, à l'affût d'un soupçon d'agacement, au coin des lèvres ou dans le regard. Ce dernier semblait ravi.

– Avec plaisir, très chers !

Il se croyait où ? Dans une *British tea reception* ? Il ne manquait plus que Lilyane Latrand pour peaufiner le tableau !

En voyant les énormes paniers pleins, Alex Sandre éclata de rire.

– Quel fat ! murmura le commissaire. Il est pitoyable.

– Je vous propose de vous recevoir dans ma chambre, nous ne pouvons pas monopoliser ainsi la salle du petit déjeuner...

Il jeta un coup d'œil aux alentours, aperçut Gilles et Fred. Il leur fit un clin d'œil et empoigna deux paniers.

– En avant, mauvaise troupe !

– Il nous a fait un clin d'œil, Fred, ou j'ai rêvé ?!

– Il nous a fait un clin d'œil.

– Parce qu'il les trouve pesants, comme nous !... Bon, oublions-le. La météo, Fred, cela a donné quoi ?

– L'orage a bien éclaté à onze heures du soir, violent. Jusqu'à quatre heures du matin, heure à laquelle il a commencé à décliner pour cesser à cinq.

Ils « piétinaient ». Ils « piétinaient »... en rond !

– Gilles, plus j'y réfléchis, plus je me dis que M. Thor, forcément, a vu quelque chose sur son écran.

– À moins qu'il l'ait éteint.

– Oui, ou alors il était sous le noyer en train de tuer ! Simple supposition, Gilles...

– Mais qui est ce mort ?

– « Dionysos a été interdit d'accès pendant deux mois. » C'est bien ce qu'ils ont dit, Gilles, il faudrait peut-être approfondir.

– Ils l'ont dit à notre intention, tu crois ?

– Non, je ne crois pas, Henriette faisait tout pour qu'on ne l'entende pas. Mais plus j'étudie le cas de cette femme, et plus je me dis...

– Qu'il ne faut pas négliger cette piste de Dionysos. Retournons voir M. Thor.

*

* *

– Monsieur Thor, est-il vrai que vous avez interdit l'accès à Dionysos par des palissades pendant deux mois ?

Le directeur se leva de derrière son bureau. Gilles nota l'écran de l'ordinateur allumé : vue sur les deux piliers, à l'entrée du domaine, et vue sur le noyer.

– Comment savez-vous ?

– Peu importe. Alors ?

– Oui, commissaire, mais je ne vois pas en quoi...

– Quand ?

– Au début de l'automne, en septembre et octobre.

– Pour quelles raisons en avez-vous interdit l'accès ?

– Pour cause de maladie.

Gilles regarda le directeur, hésitant entre le lard et le cochon.

– Qui était malade ? Vous ?

– Mais non, pas moi ! Pourquoi aurais-je interdit l'accès à Dionysos si j'avais été malade ? D'ailleurs, je ne suis *jamais* malade. C'est Dionysos qui était... souffrant.

Souffrant ! Le directeur parlait de l'arbre comme s'il s'agissait d'un être humain. Comme il le faisait avec les chiens ! Cette maison de retraite était une planète de fous. Tout y devenait surréaliste. Une seconde, il se représenta un avertissement, en dessous du panonceau *Noyer.* Juglans regia. *290 ans*, portant *Fermeture pour cause de maladie*. Comme devant les commerces : *Fermé pour maladie, pour décès*.

Il haussa le ton :

– Arrêtez de vous foutre de moi !

Fred posa discrètement sa main sur son bras. Elle dit doucement :

– Expliquez-vous, monsieur Thor.

Le directeur eut un profond soupir.

– Depuis quelque temps, les feuilles de Dionysos se piquetaient de taches grisâtres et se dentelaient sur leur pourtour. Ces symptômes m'ont inquiété. Avez-vous entendu parler du *Siroccus clavigiguenti juglans aerum* ?

Gilles ferma les yeux. Main de Fred à nouveau sur son bras. M. Thor poursuivit :

– Il s'agit d'un champignon excessivement nocif. Il provoque ce qu'on appelle le « chancre du noyer ». Le champignon induit à la base du tronc et des branches de multiples chancres qui forment une gaine autour de l'arbre et entraînent sa mort partielle ou totale.

M. Thor reprit son souffle. Gilles en profita.

– Dionysos était atteint de... ça ?

– Non, commissaire, heureusement. Mais j'ai préféré prendre les devants. Quand j'ai acheté Les Cimes bleues à la commune, les bâtiments, le jardin, le parc...

je me suis engagé à veiller sur la santé de Dionysos. Il est en quelque sorte le symbole de la résidence. Dans la région, il est considéré comme un monument historique.

– Oui, vous nous l'avez dit, monsieur Thor. Vous avez dû vous battre pour qu'il ne soit pas « visité ». Devant l'hypothétique champignon, qu'avez-vous fait ? Vous avez appelé le médecin ?

Fred sourit. Pas M. Thor.

– Ne vous moquez pas, commissaire. Les arbres sont des êtres vivants. Ils respirent, ils souffrent, sourient... et nous leur devons le respect. Surtout les noyers. Au temps des Romains, le *Juglans regia* avait une importance capitale. Il était l'arbre de l'enfer et de Perséphone. Perséphone ? Vous connaissez, commissaire ?

Gilles ne répondit pas.

– Perséphone, enlevée par Hadès, est la reine des Enfers. D'après le mythe orphique, Dionysos-Zagreus est le fils de Zeus et de Perséphone. C'est en référence au mythe grec, je suppose, que le noyer des Cimes bleues a été baptisé « Dionysos ». Le noyer a un caractère magique : il ne peut pas être atteint par la foudre.

– Au fait, monsieur Thor, au fait... Dionysos a consulté ? Un grand ponte, je suppose ?

Le directeur ignora l'ironie.

– J'ai simplement fait appel à un professeur du lycée horticole, à côté.

– Son nom ?

– Patrick Bitambi. Il est venu. Il a ausculté Dionysos et m'a tout de suite rassuré. De minuscules chenilles grignotaient le noyer, et les taches des feuilles étaient provoquées par une sorte de mycose, ennuyeuse, mais pas dangereuse. Le double traitement, chenilles-mycose, a duré deux mois.

– Les palissades étaient indispensables ?

– Ces remèdes contiennent du cuivre, et le cuivre, commissaire...

– Vous avez craint que vos « petits v... »... que vos pensionnaires ne viennent lécher le tronc, monsieur Thor ? Vous me prenez vraiment pour un imbécile !

Le directeur secoua la tête.

– Les pensionnaires, non, mais les chiens ! Ils se roulent parfois dans les feuilles, sur le sol, ils grattent les troncs... J'ai voulu ne faire courir aucun risque aux chiens.

Gilles se massa la tempe. Un mal de tête commençait à le gagner.

– Qui a administré le traitement à Dionysos ?

– Moi, commissaire.

– Vous ? Il semblait tout indiqué de demander à M. Bitambi.

– Il est très occupé avec ses élèves. Il s'est proposé, mais j'ai refusé. Il m'a expliqué comment faire. Ce n'est pas très compliqué de faire prendre un médicament à un noyer.

– Et Dionysos a guéri ?

– Vous voyez bien, commissaire ! Il n'est pas mort !

Dionysos n'était pas mort, mais un inconnu, lui...

– Ses feuilles ont guéri de la petite vérole ?

– Oui, bien que l'on ne puisse pas s'en rendre compte, étant donné qu'il n'a plus aucune feuille. Il a retrouvé sa jeunesse, ajouta le directeur.

Gilles soupira. Pourquoi Henriette Bruguière avait-elle dit « M. Thor a interdit l'accès à Dionysos par de hautes palissades » ? Pourquoi avait-elle évoqué l'isolement de Dionysos ? Pourquoi avait-elle tenu à les en informer, Fred et lui ?

Pour jouer ? Pour leur montrer qu'elle était un fin limier ? Mais cette histoire de palissades ne faisait en rien avancer l'enquête.

Elle se moquait de lui, oui.

Une fois dehors, Fred chuchota :

– Il vaut mieux en rire, Gilles.

Le portable de la lieutenante sonna. Une sonnerie absolument pas « rossignolante ». Elle avait choisi le dernier tube de Roch Voisine.

– Oui, oui... Je le préviens.

Elle raccrocha.

– C'était Agathe. Avec Quentin, comme tu l'as demandé, ils se sont renseignés sur Henriette Bruguière, Madeleine et Julien Monjon. Ils voulaient savoir s'ils t'envoyaient leur rapport sur ton téléphone portable. J'ai dit oui.

– Ils ne pouvaient pas m'appeler directement pour me le demander ?

Fred eut une moue.

– Ils ont préféré ne pas s'y risquer, vu ton air maussade hier.

Gilles n'insista pas.

Petit bip. Le rapport d'Agathe et Quentin était réceptionné.

Maussade, hier ? Parfois, il s'en voulait...

– Il est presque midi, Gilles, que fait-on ? La choucroute n'était pas mauvaise, hier ?

– Tu veux déjeuner au Gallon ?

– Ma foi ! Mais je t'invite.

– D'accord. J'imprime le rapport d'Agathe et Quentin chez M. Thor, et j'arrive.

Le directeur ne prononça pas un mot à la nouvelle intrusion de Gilles dans son bureau.

Le bruit de l'imprimante résonna comme un vacarme de tronçonneuse dans le silence pesant. Gilles attrapa les six feuilles noircies.

*

* *

La vie est une succession d'habitudes : la salle du Gallon était encore totalement vide, mais la lieutenante et Gilles, sans se regarder, s'assirent à la même table que la veille. Ainsi, ils avaient vue sur toute la salle.

L'hôtelier s'approcha. Gilles lui décocha son plus beau sourire.

– Votre cuisine est si bonne, nous revoilà...

– Au menu du jour : truite sauce au beurre au citron, pommes de terre.

– Très bien, dit Fred.

– Comme boisson, je vous recommande un petit blanc d'un village du Midi : un saint-geniès-des-mourgues, millésimé.

– Très bien, approuva Gilles.

Il tendit les feuilles à Fred. Elle lut à voix basse, bien que la salle fût vide.

– *Mari de Henriette Bruguière : Henri Bruguière.*

Elle s'arrêta aussitôt.

– Henri et Henriette Bruguière, ça commence bien.

Elle eut un sourire, reprit :

– *Henri Bruguière. Né le 10 octobre 1928 à Campagne. Hérault. Brillantes études de droit à la faculté de Montpellier. En 1946, épouse Henriette Bruguière, une cousine très éloignée. Nommé conservateur des hypothèques des Hauts-de-Seine, il s'installe à Courbevoie. Puis, en 1957, il change totalement de métier en devenant commissaire à Courbevoie de 1958 à 1978. 1978 : il décède d'un arrêt cardiaque, juste avant la retraite.*

Fred calcula.

– Oui, c'est ça.

Elle poursuivit :

– *De nombreuses affaires résolues entre 1958 et 1978.* Il y a un résumé pour chacune d'elles. Je les lis ?

Gilles, de la main, lui fit signe de se taire. Fred suivit son regard.

De l'ascenseur, le trio sortait. Toujours à la queue leu leu. Henriette en tête. Puis Madeleine. Puis Julien. Jaune-mauve-vert. Paniers à la main. Plus alertes et décidés que jamais.

Fred consulta sa montre.

– Midi moins cinq. Ils vont arriver en retard pour l'apéro des Cimes bleues !

Pressé, le trio n'aperçut même pas le commissaire et la lieutenante.

– Depuis ce matin, ils bavardent avec Alex Sandre ? s'étonna Fred.

Gilles lui sourit.

– J'ai cru lire dans ta pensée : « quelle chance ! »

– Tu es perspicace, Gilles. Oui, j'aurais aimé être à leur place ou avec eux !

– Oh, tu auras peut-être l'occasion de discuter avec lui.

– Tu veux dire pour l'enquête, pour l'interroger, tu parles d'un plaisir... Bon, je poursuis, Gilles. Alors... *Dix affaires importantes ayant donné lieu à des procès médiatisés.*

Lecture fastidieuse. Entrecoupée, heureusement, de bouchées de truites, exquises.

– Pour le dessert, glace orange-pamplemousse accompagnée de petits macarons.

– J'en ai l'eau à la bouche, dit Gilles. Avec deux cafés, s'il vous plaît.

– *Des affaires plus ou moins semblables. Les inculpés avaient été jugés coupables...* Je te lis le rapport sur Henriette Bruguière ?

Gilles eut un geste désabusé.

– Je t'écoute.

– *Henriette Bruguière. Née le 6 août 1929 à Saint-Mathieu-de-Tréviers. Hérault. À dix kilomètres de Campagne. Enfant très brillante. Certificat d'études.* Pour l'époque, c'était vraiment pas mal, Gilles. *Les deux baccalauréats, les bachots, en 1946. Puis abandonne ses études pour épouser Henri Bruguière. L'a aidé tout au long de sa carrière.*

– Oui, sauf quand il est devenu commissaire, dit Gilles. À son grand regret. Et Madeleine, et Julien ?

Il restait deux feuilles. Une pour chacun d'eux.

Fred finit sa glace.

– Goûte le macaron au citron, Gilles ! Bon. *Madeleine Monjon. Née le 28 septembre 1930 à Saint-Mathieu-de-Tréviers. Hérault. Amie d'enfance d'Henriette. Même école communale. Mais moins brillante qu'Henriette. A quand même réussi l'École normale et est devenue institutrice. Jamais mariée. À la retraite depuis 1990. Sœur de Julien Monjon... Julien Monjon. Né le 8 janvier 1929 à Saint-Mathieu-de-Tréviers. Juge à Montpellier...* Pourquoi, Gilles, nous intéressons-nous tant à eux ?

– Parce qu'ils ont tout fait pour attiser notre curiosité, et que nous acceptons de tomber dans le panneau.

Fred sourit. Gilles était lucide.

Le patron du Gallon apportait deux liqueurs.

– Offertes par la maison, commissaire.

– Ah bon, merci.

« Commissaire. » Pour la première fois, l'hôtelier disait « commissaire ».

– Dites, monsieur... au fait, je ne sais même pas votre nom...

– Éric Toulet.

– Les trois pensionnaires venus ce matin...

– Mmes Bruguière et Monjon, et M. Monjon ?

– Oui. Vous les connaissez bien ?

– Ce sont de très bons clients. Depuis que j'ai ouvert l'hôtel, je les ai vus pratiquement tous les jours.

– Je vois, je vois...

Gilles laissait aller son imagination. Dans aucune enquête, lui qui avait toujours besoin de concret n'avait autant laissé délirer son imagination.

– Ils vous ont parlé du crime des Cimes bleues, monsieur Toulet ?

L'homme eut un large sourire, presque attendri à l'égard du commissaire.

– Parlé ? Ils m'ont carrément interrogé, vous voulez dire.

– Interrogé ?

– Pas vraiment, bien sûr, mais ça y ressemblait. L'air de rien, ils m'ont demandé mon avis sur le crime, si je connaissais le mort...

– Et... ?

– Je leur ai dit comme je vous dis à vous, commissaire, que je ne l'avais jamais vu. Ils m'ont aussi demandé où j'étais le soir du crime...

L'hôtelier avait plutôt l'air de s'amuser. Il était quand même bizarre. Il se serait peut-être vexé si Gilles lui avait demandé, lui, où il se trouvait au moment du crime, et là... parce que c'était le trio...

Gilles en profita quand même :

– Où étiez-vous ?

– Vous me suspectez ? Où étais-je ? Ici, bien sûr.

– Dans certains hôtels, la permanence n'est pas assurée durant la nuit. Vous pourriez très bien habiter ailleurs.

– Je loge ici, j'ai mon appartement là...

Il montra une porte.

– Et j'y étais.

– Bon, bon... C'est tout ce qu'ils vous ont dit ?

– Non, ils m'ont aussi demandé si je savais pourquoi M. Thor, dès son arrivée aux Cimes bleues, avait empêché quiconque d'approcher Dionysos.

– Vous voulez dire, suggéra Fred, lorsque le noyer a été malade ?

– Écoutez, Les Cimes bleues, moi, je n'y ai jamais mis les pieds... Le noyer, je ne l'ai jamais vu, alors je vous répète ce qu'ils m'ont dit.

Gilles avala un macaron tout rond, sans le déguster, sans l'apprécier.

L'hôtelier le regarda avec insistance. Gilles se rattrapa.

– Un délice ! Il fond sous la langue... Que vous ont-ils dit *exactement* à propos du noyer. Rappelez-vous...

– C'est Henriette qui parlait. En principe, c'est toujours elle qui monopolise la parole. « Exactement » ? Attendez que je me souvienne... Oui, ça y est : « Pourquoi M. Thor a-t-il *toujours* empêché qu'on approche Dionysos ? » Elle a insisté sur le « toujours ». Voilà ce qu'elle a dit... (Il se reprit :) à quelque chose près... Et j'ai répondu que je n'en savais rien étant donné que je ne connaissais pas Dionysos.

– Quand vous a-t-elle demandé cela ?

– Tout à l'heure, vers onze heures.

– Vers onze heures... Je croyais qu'ils étaient tous les trois en compagnie d'Alex Sandre pour lui faire dédicacer des livres.

– Effectivement. Mais, vers dix heures trente, onze heures, je les ai vus descendre. Henriette m'a lancé : « Nous laissons le maître tranquille pour qu'il puisse écrire... » Le « maître » ? Sur le moment, je me suis demandé de qui elle parlait.

Gilles acquiesça, compréhensif.

– C'est tout ?

– Oui, commissaire, c'est surtout cette question sur Dionysos qui la turlupinait.

L'hôtelier débarrassa les assiettes. Grand sourire. Depuis la visite du trio, il semblait beaucoup plus aimable avec le commissaire. Peut-être compatissait-il ?

– Fred, j'en étais sûr : tous les trois mènent leur enquête. Enfin, *notre* enquête. Parallèlement à nous, c'est insupportable !

– Oui, d'autant plus qu'ils ont une avance sur nous ! Toujours ! Mais il serait peut-être opportun de se renseigner : pourquoi M. Thor, depuis le début, a-t-il interdit l'accès à Dionysos ? Ce matin, il a seulement évoqué la maladie. La piste du trio peut se révéler bonne.

– D'accord. Téléphone à Agathe et Quentin. Je veux un curriculum vitae complet concernant Dionysos. Quand a-t-il été planté ? Ses maladies... etc. Et tout, aussi, sur le domaine des Cimes bleues. Qu'ils m'envoient leur rapport sur mon portable, et inutile de t'appeler avant pour savoir s'ils peuvent le faire ! On y va ? Direction le lycée hôtelier pour vérifier les dires de M. Thor. Ah, tiens, tiens...

Alex Sandre sortait de l'ascenseur. Toujours aussi classe. Gilles fut forcé d'en convenir. Petit signe de tête aux policiers. Sourire. Sur ses lèvres flottait un air de connivence.

– Quel besoin a-t-il de mettre une cravate, ici, à Issinjean ? murmura Gilles. Je te parie qu'il a passé la matinée, avec le trio, à échafauder des hypothèses sur le mort du noyer, à chercher des suspects.

– À faire notre boulot, en quelque sorte ! Tu le crois vraiment, Gilles ?

– À *essayer* de faire notre boulot ! Essayer seulement ! bougonna-t-il.

Fred haussa les épaules.

– Le trio l'a plutôt harcelé de questions sur son métier d'écrivain. Et sur le polar qu'il est en train d'écrire. (La lieutenante eut un sourire et ajouta :) Henriette « Marple » s'est fait un plaisir de lui souffler des idées de meurtres...

– Ouais, tu as sans doute raison, dit Gilles.

Il ne pouvait détacher son regard de l'écrivain. Ce dernier, pensif, ne prêtait plus attention à eux, attaquait la truite aux pommes de terre apportée par l'hôtelier. Il ne releva plus la tête de son assiette.

*

*   *

Issinjean. Comme dans toutes les villes de province, les commerces étaient fermés à l'heure du déjeuner. Il y avait un rayon de soleil très agréable. Fred était une collègue parfaite. Gilles lui sourit. Il eut envie de lui prendre le bras pour remonter la rue. Il le faisait avec Léna.

Il ferma les yeux. Toujours ce nœud au cœur quand il pensait à son ex-compagne. Pourquoi l'avait-il laissée partir ? Pourquoi avait-il été incapable de la retenir ?

Foutu métier ! Foutues enquêtes ! Valaient-elles vraiment la peine ? Pourquoi ne lui avait-il pas écrit pour lui dire qu'elle lui manquait ? Pourquoi n'avait-il pas téléphoné pour prendre de ses nouvelles ?

Il avait la réponse à chacune de ces questions qui venaient en ribambelle.

Fred marchait à son côté, mains enfoncées dans les poches de son anorak.

– J'appelle le commissariat, dit-il.

Aucune nouvelle concernant la photo diffusée.

Il appela aussi les journaux. Rien non plus. Toujours rien. L'inconnu restait un inconnu !

– Le lycée, c'est par là... dit Fred.

Après la tranquillité du centre-ville, Gilles ressentit la foule des lycéens comme une agression. Des jeunes de tous côtés. Criant, s'interpellant, courant, riant... Fred lui désigna une femme qui se tenait toute droite dans la cour, l'air mauvais.

– La CPE, chuchota-t-elle. La salle des profs est là-bas, Gilles.

Salle des profs bruyante aussi. Les enseignants criant, s'interpellant, riant... Des élèves avec vingt ans de plus, au fond. Une jeune femme soufflait sur un thé bouillant dans un gobelet en plastique.

– M. Bitambi, s'il vous plaît ?

Elle leur désigna une tête penchée sur un casier.

Ils s'approchèrent.

– Monsieur Bitambi ?

L'homme se retourna. Visage beau et carré. Traits semblant avoir été gravés au couteau, pensa Gilles. (Léna pratiquait parfois la peinture au couteau.) Par habitude, il présenta sa carte.

– Commissaire Lafosse et lieutenante Djan. Nous aimerions vous interroger.

Le professeur lui parut sur la défensive.

– Pourquoi... moi ?

Il désigna ses collègues.

– Pourrions-nous parler dans un endroit tranquille ?

Il entraîna Fred et Gilles dans une salle vide.

– J'ai cours dans un quart d'heure.

– Ce sera rapide. Le directeur des Cimes bleues a fait appel à vous pour soigner le noyer de la résidence ?

– Oui, commissaire.

– Pouvez-vous nous expliquer dans quelles circonstances ?

– C'est tout simple. Il m'a appelé un jour au lycée. Enfin, pas moi précisément, il a appelé le standard et a demandé un professeur connaissant la flore. On l'a dirigé vers moi. Il m'a alors exposé ses craintes sur la santé du noyer de sa résidence, Dionysos. Je lui ai proposé de venir le voir. Nous sommes convenus d'un rendez-vous un soir après mes cours. C'était au mois de mai. Un seul coup d'œil m'a permis de me rendre compte que l'arbre était atteint d'un champignon, ennuyeux certes, mais pas dangereux.

– Qui l'a soigné ?

– Lui. Je lui ai pourtant proposé mes services, gracieusement, c'est ma partie, j'adore les arbres, mais M. Thor a refusé catégoriquement. Je n'ai pas insisté.

– Cela vous a étonné qu'il veuille s'en occuper lui-même ?

– Oui ! Et il a voulu à tout prix installer des barricades... Certes, ce noyer est un arbre exceptionnel, vraiment magnifique, mais des palissades si hautes, des bâches de protection si larges...

– Vous êtes retourné le voir ?

– Oui. J'ai constaté qu'il était guéri.

– Il y avait toujours les palissades ?

– Oui, vraiment impressionnantes, je vous dis... Mais M. Thor a toujours eu à cœur de protéger ce noyer.

– Expliquez-vous.

– Eh bien, en début d'année scolaire, j'aurais souhaité emmener mes élèves visiter le parc des Cimes bleues, plus particulièrement leur faire admirer Dionysos. Pour leur donner le goût de leur futur métier. J'enseigne l'horticulture. Une vocation peut naître d'une main posée sur le tronc d'un arbre, vous savez, comme un aide-soignant prenant un bébé dans les bras. Ou un musicien caressant un instrument de musique. M. Thor a refusé net. Et il y a toujours eu un grillage autour du noyer.

– Pourquoi ?

– Je ne sais pas. Pour que les visiteurs, justement, ne touchent pas le tronc, ou ne tassent pas trop la terre autour. Remarquez, il n'a peut-être pas tort. Les gens ne sont pas toujours respectueux. Vous avez vu les falaises en Bretagne, les menhirs à Carnac ?

– Dès le début, M. Thor a voulu protéger Dionysos ?

– Oui, je peux vous l'assurer. Un jour, il ne s'y attendait pas, aux actualités télévisées nationales, on a parlé de la région. Le journaliste a cru bien faire en parlant des monuments à voir, et notamment de Dionysos. M. Thor, paraît-il, était fou et a écrit au journaliste en question pour que cela ne se reproduise plus.

– À votre avis, pour quelle raison ?

– Il aurait certainement préféré que l'on évoque la particularité de sa maison de retraite : l'accueil des chiens. Un noyer comme argument publicitaire...

– Vous êtes originaire d'Issinjean ?

– Oui, pourquoi ?

– Dionysos, vous l'avez toujours connu ?

– Je l'ai surtout connu quand j'avais dix-sept ou dix-huit ans, du temps où la résidence était la gendarmerie d'Issinjean.

– La bâtisse des Cimes bleues a été une gendarmerie ?

– Oui, commissaire.

– Et Dionysos ?

– Dionysos se tenait sur la place, devant la gendarmerie. Déjà magnifique. Déjà imposant.

– Bien, merci.

Pourquoi M. Thor tenait-il tant à protéger le noyer ? Pourquoi avait-il soigné Dionysos lui-même ? Il donnait l'impression de ne vouloir voir personne approcher l'arbre.

Pourquoi n'avait-il pas dit que le bâtiment des Cimes bleues avait hébergé une gendarmerie ?

– Une maison de retraite autrefois gendarmerie, l'anecdote est amusante.

– Ah oui, tu trouves, Fred ? Vraiment ?

– Y a-t-il des gendarmes à la retraite dans cette maison de retraite anciennement gendarmerie ? *That is the question*, Gilles, *isn't it?*

– Nous avons déjà une femme d'ancien commissaire, ça ne te suffit pas ? Rappelle Agathe et Quentin, qu'ils activent leurs recherches sur Dionysos. Il nous faut sa biographie d'urgence.

Dionysos était-il au centre de l'intrigue ?

La découverte du mort, tout nu, sous cet « arbre-dieu » avait-elle une valeur symbolique ? Ce n'était pas banal, il fallait le reconnaître.

Le noyer au pouvoir magique ne pouvait être atteint par la foudre, ne pouvait être tué par la puissance du ciel.

Mais sous le noyer un inconnu, lui, avait été foudroyé, tué par la puissance de l'homme.

Quel rapport entre le mort et le noyer ?

Vengeance ? Justice ? Rite ?

N'était-il pas ridicule de s'attarder sur l'identité d'un arbre quand on ne connaissait même pas celle de la victime ?

À nouveau la foule du lycée. Entrée en cours.

Gilles regarda tous les élèves. Parmi eux, il ne reconnut pas un seul des apprentis des Cimes bleues, cuisinier, serveur ou jardinier.

Il eut une pensée pour le « petit » Robin Marien. Il était quinze heures. Le jeune apprenti devait déjà ratisser les allées du parc aux Cimes bleues.

Locaux administratifs. Bureau de la proviseure. Gilles hésita. Fred lui dit :

– Pourquoi ne pas lui rendre visite ?

La proviseure semblait elle aussi sur la défensive. Comme M. Thor. Comme M. Bitambi. Comme l'hôtelier.

– Ah, commissaire, j'ai entendu dire que mes profs avaient été interrogés pour les apprentis. Je me porte garante...

Il la dévisagea. C'était une femme à la personnalité forte. « Pour gérer deux mille élèves, il vaut mieux de la poigne », songea-t-il.

– Vous connaissez M. Thor, bien sûr ?

– Oui, un homme tout à fait charmant !

Il montra la photo de la victime.

– Je ne le connais pas, commissaire. Et j'ai lu les journaux. Je vous aurais contacté si j'avais...

*

* *

– Gilles, je peux rentrer chez moi ? Je voudrais...

– Oui, Fred, inutile de me donner des explications. Je te dois bien ça...

– Que vas-tu faire, toi ?

Retourner interroger M. Thor ?

Rôder à nouveau aux Cimes bleues ?

– Je vais à l'hôtel prendre une douche bien chaude, puis réfléchir, dormir...

– Bonne fin de journée, Gilles.

Oui, rentrer à l'hôtel. Prendre un papier, et ainsi qu'il le faisait pour chaque enquête coucher les indices, ses réflexions par écrit... Relire aussi le rapport d'Agathe et Quentin.

Il remonta la rue. Releva le col de son blouson.

« Releva le col de son blouson. » Il haussa les épaules. Un geste banal qu'un metteur en scène de polars aurait souligné. Pour cette raison, il détestait les policiers. Mettre en évidence un geste anodin !

Toutou Toilettage, Cabinet médical...

Une silhouette courait devant lui. Un garçon jeune. Un peu courbé. Il le reconnut. Robin Marien. Il regarda sa montre. Dix-sept heures dix. Que faisait Robin Marien dans le centre-ville ? Gilles hésita à le suivre, puis abandonna l'idée.

Il s'arrêta chez le vétérinaire. Acheta un nouveau paquet de graines de tournesol.

Soirée triste. Longue.

L'hôtelier lui apporta un plateau-repas dans sa chambre. Il grignota en regardant les actualités régionales. À l'affût d'une information sur le crime. Mais si quelqu'un avait reconnu le mort, le commissariat l'aurait averti en priorité.

Le cadavre avait été découvert deux jours auparavant. En principe, dans une enquête, quelqu'un connaissait le mort, ou croyait le connaître. Ou au moins quelqu'un avait été la dernière personne à le voir vivant.

Pour le mort du noyer, aucun appel.

Était-il étranger à la région ? À la France ?

Il appela le commissariat.

– Vous avez envoyé la photo du mort du noyer à Interpol ?

– Bien sûr, commissaire. Ça n'a rien donné.

– Dites, j'ai une idée, j'aimerais que vous rajeunissiez le visage du mort : ajoutez des cheveux, par exemple. Vous pouvez le faire ? Merci.

Dans quelques jours, il récupérerait sa voiture. L'hôtel n'était pas déplaisant, certes, mais rien ne valait un bon chez-soi.

Gilles tendit l'oreille. Le calme plat. Que faisait Alex Sandre dans sa chambre ? Écrivait-il ses romans la nuit ? Dormait-il déjà ? Et l'hôtelier ? Du rez-de-chaussée ne parvenait aucun bruit.

Le commissaire éteignit la télé, au beau milieu d'une émission de cuisine, et plongea aussitôt dans un sommeil profond.

Il rêva de recettes. Tarte aux noix. Salade d'endives aux noix. Fromage aux noix. Liqueur de noix... Tout en haut du noyer, un rossignol se mit à chanter à tue-tête. Le commissaire se réveilla en sursaut. Il émergea de dessous la couette. Il tâta la petite table à côté de lui, à la recherche de son portable.

6

– Allô ?

C'était Fred.

– Alors, Gilles, que fais-tu ? Il est neuf heures trente.

– Neuf heures trente ! Donne-moi un quart d'heure. J'arrive.

Il avait baissé les volets roulants. La chambre était totalement obscure, c'est pour cette raison qu'il avait tant et si bien dormi.

Il bondit hors du lit. Releva les stores à toute vitesse. Temps gris. Quelques passants dans la rue.

Il prit une douche. Descendit.

Il hésita. Fred avait dit : « Je t'attends aux Cimes bleues. » Il prit quand même le temps de boire son café, assis à une table.

– Pas de croissants, commissaire ?

– Non, merci.

Il déposa la clé de sa chambre sur le comptoir. Machinalement, son regard s'attarda sur le tableau des clés. La 205 était accrochée : Alex Sandre était sorti.

Où était l'auteur de romans policiers ? Il hésita à demander à Éric Toulet, se ravisa. L'auteur était tout de même libre d'aller et venir.

La voiture de Fred était garée non loin du noyer. Gilles repensa à son rêve encombré de noix. Quand récoltait-on les noix ?

En novembre ! C'était donc la pleine saison.

Or, il n'y avait aucune noix sur le noyer.

Il se posait de curieuses questions. Des questions surréalistes, songea-t-il. Comme s'il faisait un effort, pour s'adapter aux lieux, aux gens, à l'affaire.

Interroger M. Thor sur son souhait d'isoler Dionysos.

Il aperçut Fred derrière une fenêtre du rez-de-chaussée. Quelques instants plus tard, elle surgissait sur les marches du perron.

– En t'attendant, Gilles, je me suis permis d'interroger le directeur.

– Sur l'isolement infligé à Dionysos ?

– Oui, exactement.

– Alors ?

– Il s'est énervé. Il a expliqué, agacé, qu'il ne pouvait pas veiller sur la santé de Dionysos si n'importe qui l'approchait, que les promenades autour de l'arbre tassaient la terre, ce qui était mauvais...

– Hum, ça peut s'expliquer ainsi.

– Et surtout que ses feuilles contiennent du juglon, une substance toxique. Celle-ci donne des troubles à celui qui s'attarde sous son feuillage. M. Bitambi n'a pas pensé à nous le dire. Je lui ai demandé aussi pourquoi, sous son noyer, il n'y avait aucune noix, alors que c'est la pleine saison.

Gilles plongea son regard dans celui de la lieutenante. Il pourrait aller n'importe où, en France, en Europe, dans le monde, aucun autre adjoint ne serait jamais ainsi sur la même longueur d'onde que lui.

– Et qu'a-t-il répondu ? Parce qu'effectivement, un noyer sans noix...

– Il a haussé les épaules. « Au-delà de deux cents ans, un noyer ne produit plus de noix, lieutenante ! » Il avait l'air abasourdi que je l'ignore. Tu veux l'interroger encore ?

Gilles fit la moue. Fred avait posé les bonnes questions.

– J'ai bien entendu vérifié sur Internet en t'attendant.

– Et... ?

– Rigoureusement exact. *Juglans regia* ne produit plus de noix au-delà de deux cents ans. Au fait, Gilles, devine sur qui je suis tombée, ce matin, qui me guettait ?

– Alex Sandre !

– Perdu ! Mais ça va t'irriter tout autant. Je te le donne en mille...

– Le trio ! laissa-t-il tomber, à l'avance fatigué, désabusé.

– En pleine forme ! J'étais à peine arrivée depuis quelques secondes, ils m'ont... accueillie ! Si j'osais, je dirais même « cueillie » pour être en harmonie. (Elle plongea la main dans la poche de son jean.) Ils m'ont donné ça !

Une feuille de format A4 qu'elle déplia. En gros caractères, il était écrit :

Alex Sandre, le célèbre auteur de romans policiers, participe à l'émission télévisée « Littérature et frissons » demain soir (vendredi) en direct depuis Bruxelles.

TOUS À VOS TÉLÉVISEURS !

Gilles regarda Fred en secouant la tête.

Elle ajouta :

– C'est un tract, en quelque sorte. Ils en ont une centaine qu'ils comptent distribuer à tous les pensionnaires, et en ville aussi ! Les militants du « policianisme ». Le fan-club du bel Alex Sandre !

– C'est n'importe quoi, d'autant plus qu'Alex Sandre est ici, à Issinjean, et non à Bruxelles.

– Il faut croire que non, Gilles. Il a dû partir pour Bruxelles.

La clé sur le panneau, à l'hôtel ! Alex Sandre avait quitté Issinjean sans le tenir au courant !

Fred regarda le commissaire.

– Il a quand même le droit de quitter la ville, d'aller où bon lui semble, non ? Il n'est pas suspect ?

La capacité de la lieutenante à lire dans ses pensées devenait agaçante, à la fin.

– Oh, toi, dès l'instant que le génial écrivain...

– En tout cas, le trio a bien fait de nous avertir. À coup sûr, je regarderai l'émission. Toi aussi, tu devrais, Gilles. Tiens, quand on parle des loups...

Le trio, à la queue leu leu, se dirigeait vers la sortie, vers les piliers. Henriette en tête, puis Madeleine, Julien. Chacun avec un paquet de feuilles dans les mains.

– Tout Issinjean va être au courant.

Gilles, soudain, eut froid dans le dos. Et si Alex Sandre, lors de l'émission télévisée du lendemain, évoquait le crime, le mort du noyer, la police qui piétinait ? Fred lui prit le bras et, tout doucement, lui murmura :

– Il est invité pour parler de son métier d'écrivain, de sa façon d'écrire, pas de la réalité.

Le trio s'éloignait en trottinant. Fred replongea la main dans la poche de son jean.

– Elle m'en a donné deux. « Un aussi pour le commissaire », m'a-t-elle dit. Henriette a bien insisté : « Vous le donnerez au commissaire, hein, lieutenante. Vous insisterez : il doit regarder l'émission ! »

Gilles esquissa un sourire. Fred imitait très bien miss Marple.

Ethel Rigault parut surpris de les voir. Il se dirigeait vers sa remise.

– Vous avez une piste, commissaire ?

Le monde à l'envers ! Les gens lui posaient toujours des questions.

– Robin Marien a-t-il travaillé hier ?

– Heu... Oui, commissaire, hier après-midi.

– Il ne s'est pas attardé, comme à son habitude ?

– Au contraire, il m'a demandé l'autorisation de partir pour voir un camarade malade, je crois... Je peux aller m'occuper de mes roses ?

– Faites !

Les apprentis... Ne pas oublier les apprentis.

Gilles et Fred déambulèrent dans le parc sans trop savoir. Cette enquête était vraiment bizarre. On ne savait par quel bout la prendre.

Rossignolade.

– Allô ? Ah, Agathe... Bien, bien... Je réceptionne. Vous avez même consulté les archives départementales... Très bien, très bien.

Gilles se tourna vers Fred.

– Ils m'envoient le rapport sur Dionysos et Les Cimes bleues.

Petit bip. Le rapport arrivait déjà sur son portable. C'était fou. Quand il avait débuté, tout était plus lent. Maintenant, fax, e-mails, photos-robots arrivaient directement sur les portables.

– Tu vas l'imprimer chez M. Thor ?

Gilles hésita, puis :

– Non, si nous allions au Gallon, plutôt, il y a un coin internet avec imprimante.

– Commissaire !

Lilyane Latrand, Prince Charles dans les bras, s'arrêta, essoufflée, devant eux :

– Félicitations ! Il paraît qu'on va vous voir à la télé !

– Mademoiselle Latrand, vous confondez...

– Ah, commissaire ! Vous êtes génial, je suis sûre que vous parlerez de moi, n'oubliez pas : c'est moi qui ai découvert le corps. Je vous regarderai, commissaire, je vous regarderai...

– Viens, Fred.

*

* *

La clé d'Alex Sandre était toujours accrochée au panneau. Forcément.

– M. Alex Sandre s'est absenté ? demanda Gilles, l'air faussement innocent.

– M. Sandre, ah oui... Bien sûr, il est parti pour Bruxelles.

L'hôtelier, lui aussi, comme le trio, comme toutes Les Cimes bleues et, à cette heure, certainement toute la ville, était au courant.

– D'ailleurs, commissaire, il a laissé quelque chose pour vous. J'ai oublié de vous en avertir tout à l'heure.

Il tendit une enveloppe. Le tract ?

Gilles déplia la feuille de papier. Une lettre, au texte court, tapée à l'ordinateur.

Commissaire,

Je m'absente pour deux jours. Je vais à Bruxelles, où je dois participer à une émission télévisée. Je ne voudrais pas qu'en ne me voyant pas vous vous inquiétiez pour moi.

Cordiales salutations,

Alex Sandre.

– Il se fout ouvertement de moi !
– Mais non, Gilles, il préfère te prévenir, il a raison, non ? Tu commençais à t'inquiéter, à le suspecter.
– Nous pouvons utiliser l'imprimante, monsieur Toulet ?
– Elle est à la disposition des clients de l'hôtel, vous en faites partie.

Le coin internet était sympa. Un peu comme celui des Cimes bleues.
Gilles connecta son portable à l'imprimante. Trois mégas d'informations ! Agathe et Quentin avaient sacrément travaillé !
Gilles et Fred s'assirent dans les chauffeuses, le temps de l'impression.
L'hôtelier s'approcha.
– Je ne veux pas vous déranger, mais puisque vous êtes là... Vous comptez déjeuner ici ?
La lieutenante demanda :
– Que proposez-vous comme plat du jour ?
– Tartiflette.
– J'adore.
– Nous déjeunerons là, dit Gilles, d'autant plus que...
Il désigna l'extérieur par la fenêtre. Une bruine commençait à tomber.
Il attrapa les feuilles jaillies de l'imprimante. Il lut :

Rapport Cimes bleues / Dionysos.
Il semblerait que Dionysos, le noyer des Cimes bleues, situé à gauche de l'ancienne bâtisse du domaine, ait été planté dans les années 1718-1720, par le marquis Hugues de Laulière. Ce dernier a fait construire les bâtiments des Cimes bleues pour son usage personnel (et celui de sa famille : son épouse et

ses trois enfants). Toute l'aile gauche était alors réservée aux domestiques. Le marquis, pour amuser ses enfants, en même temps que la construction, planta le noyer. C'est lui qui le baptisa Dionysos, du nom du dieu grec. Il aurait voulu qu'on appelle le domaine le « domaine de Dionysos », mais tout le monde disait le « domaine du marquis ».

Le marquis de Laulière décède en 1750. Sa femme hérite du domaine et l'occupe jusqu'à sa mort, en 1762. Le fils aîné le reprend alors et y habite jusqu'à son décès, en 1800.

Hugues de Laulière a monté une affaire de textile à Issinjean. Son fils puis son petit-fils reprennent l'affaire et le domaine. Le premier, Luc de Laulière, de 1800 à 1840. Le second, Geoffroy, de 1840 à 1884.

Geoffroy de Laulière, sans héritier et très croyant, lègue en donation la totalité du domaine – bâtiments, parc, jardin et entreprise – à une communauté de moines. Ils reprennent l'entreprise de textile et, fait très rare, de 1884 à 1940, Les Cimes bleues, propriété privée au départ, deviennent un monastère.

En 1940, la communauté de moines décide de vendre l'entreprise et de créer dans les bâtiments des Cimes bleues un collège. Les Cimes bleues deviennent donc un collège privé de 1940 à 1964.

En 1964, les moines ne peuvent plus faire face aux frais d'entretien du parc, du jardin... Ils vendent l'ensemble à la municipalité d'Issinjean. Pendant six ans, la municipalité, faute d'accord entre les élus, le laisse à l'abandon. En 1970, un consensus est trouvé : les bâtiments des Cimes bleues deviennent une gendarmerie.

De 1970 à 2004, les gendarmes disposent dans le domaine de bureaux et de logements de fonction. Mais le coût se révèle aussi trop élevé pour la commune. En 2004, celle-ci, après avoir décidé de construire une nouvelle gendarmerie à l'extérieur de la ville, accepte de vendre le domaine à M. Thor. Ce dernier s'est porté acquéreur pour le transformer en maison de retraite.

Fred interrompit Gilles.

– Cela a dû coûter un certain prix.

– Andrée Blanchon, la comptable, m'a dit qu'il avait hérité et emprunté.

Gilles reprit sa lecture.

La mention de l'existence du noyer apparaît seulement en 1840 sur l'acte de succession. Les termes sont « Un noyer centenaire, faisant partie des biens immeubles. Dix mètres de hauteur. Cinquante centimètres de diamètre ».

– Agathe et Quentin n'ont pas ménagé leur peine.

En plus du rapport, l'imprimante avait émis des photos. Gilles les regarda, les passa à Fred.

Une première photo datait de 1930. On reconnaissait le bâtiment. On voyait des moines et Dionysos, beaucoup moins haut mais bien imposant déjà.

Il y avait ensuite toute une série de photos d'élèves, en uniforme, prises sous le noyer. Rentrée scolaire : le noyer, sur toutes les photos, avait ses feuilles.

1942. 1947. 1953. 1960. 1964. Agathe et Quentin avaient sélectionné quelques années seulement. Toujours le même noyer, et le même style d'élèves, se tenant bien droits. Seul l'uniforme avait changé avec le temps.

Puis photos de gendarmes, avec képi, sous le noyer toujours.

Il y avait aussi deux articles de presse.

Inauguration de la gendarmerie, ce 3 avril 1970. *Monsieur le maire, en grande cérémonie, a coupé le cordon d'inauguration...*

(Photo en gros plan du noyer.)

Inauguration de la maison de retraite : Les Cimes bleues. *M. Thor, le directeur, nous a fait part de son souhait de satisfaire les personnes âgées en...*

Propos identiques à ceux qu'il leur avait tenus, à Fred et à lui.

Machinalement, Gilles attrapa des graines de tournesol, commença à les décortiquer.

– Tu vas te couper l'appétit, Gilles, avec ces saloperies.

Il remit les graines dans sa poche.

– Habitation principale d'un marquis et de ses descendants. Puis monastère. Collège privé. Gendarmerie. Et enfin maison de retraite... murmura-t-il.

Il n'y avait pas que les arbres qui vivaient. Les maisons aussi. Il avait toujours eu une attirance pour les vieilles maisons. Elles avaient une histoire.

Léna rêvait d'avoir avec lui une petite maison dans le Luberon, ancienne, en vieilles pierres, avec des pièces chargées de passé. Pourquoi n'avaient-ils pas réalisé ce rêve commun à ses débuts dans la police, du temps de son affectation à Avignon, quand le réaliser était encore possible ? Une maison entourée de lilas, de genêts... Un peu comme celle de ses grands-parents.

Il aperçut les montagnes par la fenêtre.

Il était un imbécile.

Léna, si loin maintenant. Et lui, sans nouvelles d'elle.

Mais aux Cimes bleues, le passé semblait tout

particulièrement lourd. Et pesante l'oppression qui lui tombait dessus dès qu'il y mettait les pieds.

Oui, Agathe et Quentin avaient fait du bon boulot.

– Tu les remercieras pour moi, Fred.

Du bon boulot, mais les recherches des deux stagiaires ne donnaient pas l'identité du mort. Et encore moins celle du criminel.

– Gilles, tu imagines combien cet arbre a dû entendre de confidences ? Entre collégiens, entre moines, entre gendarmes...

Lui aussi venait de se faire cette réflexion. Dionysos, le noyer des Cimes bleues, immense, au centre du domaine, faisait songer à l'arbre de Saint Louis, sous lequel le roi rendait la justice.

– Il y a quand même un fil conducteur, Gilles.

– ... ?

– Les uniformes. Uniformes de moine. De collégien. De gendarme. Tu te rappelles, on se demandait pourquoi le mort était nu.

Fred avait raison. Le mort était peut-être un ancien gendarme, ou un ancien collégien, ou un ancien moine.

« Un peu tiré par les cheveux, quand même », songea-t-il, mais il se garda bien de le dire à son adjointe.

– On va dans la salle de restaurant ?

Il y avait déjà beaucoup de monde. Plongés dans la lecture du rapport d'Agathe et Quentin, ils n'avaient pas entendu les clients arriver.

Leur table était libre. Et celle d'Alex Sandre, vide.

Le restaurant avait ses habitués – Gilles reconnaissait quatre ouvriers et deux jeunes femmes, présents les jours précédents –, dont eux désormais.

Tartiflette délicieuse.

Rossignolade.

Gilles ouvrit son portable et se dirigea vers le hall. Lui-même appréciait peu les gens qui répondaient au téléphone en public.

– Allô ?

– Le commissariat de Saint-Étienne, Isabelle Davidien à l'appareil. Vous aviez demandé que la photo du mort d'Issinjean soit diffusée à tous les commissariats de France, le visage rajeuni. Nous l'avons aussitôt affichée ici.

– Oui, oui, et alors ?

– Une femme dit reconnaître son amoureux de l'époque où elle avait vingt ans.

Enfin, quelqu'un reconnaissait la victime du noyer ! Enfin, l'enquête allait pouvoir avancer.

– Elle est sûre d'elle ?

– Elle a hésité avant de venir. Elle a apporté une photo de son ancien amoureux. Nous l'avons comparée à celle du mort. La ressemblance est vraiment troublante. Vous voulez la rencontrer ? Le mieux serait peut-être que vous l'interrogiez ici, à Saint-Étienne.

– Pourquoi pas ?

– Nous lui demandons de revenir à quelle heure, commissaire ?

Il calcula. Le temps de manger, de prendre la route...

– Seize heures.

Il allait raccrocher quand il ajouta :

– S'il vous plaît, quel était le nom de son amoureux ?

– Valéry Bonzom.

– Et quel âge a-t-elle ?

– Soixante-deux ans.

Fred l'attendait.

– J'ai commandé deux cafés avec le dessert : crème brûlée. Alors ?

Il raconta la découverte et, au moment même où la lieutenante exprimait ses doutes, il réalisa qu'il les partageait.

– Si c'était son amoureux quand elle avait vingt ans, et qu'elle en a maintenant soixante-deux, ça ne colle pas ! Puisque Anne Cartry dit que la victime était âgée de quarante ans environ...

Oui, le calcul tombait sous le sens. Si le mort était l'ancien amoureux de cette femme, il devait avoir au moins le même âge qu'elle.

– C'était trop beau pour être vrai !

Il rappela le commissariat.

– Isabelle Davidien ? Dites, pour cette photo... Cette femme doit se tromper...

– Écoutez, Agathe a agrandi la photo apportée par elle pour qu'elle soit exactement au même format que celle du mort. En les mettant côte à côte, je les ai là sous les yeux, elles sont quasiment identiques.

– Bon, on arrive.

De toute façon, l'enquête stagnait. Autant suivre la seule piste qui se présentait, même si elle semblait bancale.

À présent, la pluie tombait à verse.

– Me conduire jusqu'à Saint-Étienne ne t'ennuie pas, Fred ?

– Non, bien sûr. Tu dormiras chez toi ?

Il hésita. Retrouver son appartement... Mais le lendemain, comment retourner à Issinjean ?

– Non, je reviendrai avec toi. Mais je veux bien passer chez moi prendre quelques affaires.

Gilles but son café, donna le chocolat noir qui l'accompagnait à sa lieutenante.

– Je me demande, murmura-t-il, si la pluie va *les* empêcher de venir.

Fred comprit tout de suite.

– Ne manquons pas le spectacle des « miss Marple », avec capuche en plastique sur les cheveux, et Julien avec un... béret peut-être...

À cet instant précis, la porte s'ouvrit dans une bourrasque.

Les trois pieds nickelés entrèrent.

Sans capuche.

Sans béret.

Hilares.

– Bonjour, monsieur Toulet. Nous nous sommes laissé surprendre par la pluie !

Ils se mirent à rire comme des baleines. Expression stupide, car les baleines rient peu.

– Rien ne les arrête, chuchota Fred.

Henriette eut son habituel lever de canne en leur direction.

– Heureusement, lança-t-elle, que nous avons laissé Simenon, Hercule et Colombo à la maison !

Gilles et Fred attendirent un peu que la pluie faiblisse.

Henriette, Madeleine et Julien savouraient leur crème brûlée. Et leur liqueur de noix de coco.

Ils parlaient tout bas, mais, par instants, des bribes de conversation arrivaient jusqu'aux policiers.

Gilles crut reconnaître les mots « noyer », « meurtre », « émission télévisée »...

La pluie n'avait pas totalement cessé, mais elle tombait à présent comme au lendemain du crime, quand les branches du noyer gouttaient à la manière de stalactites fondues.

– Allons-y, Fred.

Ils regagnèrent la voiture.

Fred traversa la ville.

– Attends, ralentis...

La silhouette qui courait, là... Encore Robin Marien. Que faisait le jeune apprenti sous la pluie au lieu de travailler aux Cimes bleues ? M. Rigault lui avait peut-être accordé un congé ?

Le jeune garçon s'engouffra sous un porche.

Gilles nota l'adresse : 19, Grand-Rue.

L'apprenti était plutôt musclé, costaud. Il avait nettoyé la pioche. Et il était là, alors qu'il n'aurait pas dû être là.

« Tout cela m'ennuie », pensa Gilles.

Le paquet entier de graines de tournesol passa de ses mains à sa bouche durant le trajet en voiture.

– Tu n'as pas assez mangé ? ironisa Fred.

Il vérifia : aucune épluchure n'était tombée sur son siège.

La vue des montagnes le rendait nerveux et boulimique.

En compagnie de Fred, le trajet, cependant, lui parut rapide.

*

* *

– Elle vous attend, déclara Isabelle Davidien.

Une femme distinguée.

– Bonjour, commissaire. Je m'appelle Marie Belet. Mon nom de jeune fille est Dusely. J'ai donné la photo de Valéry, Valéry Bonzom.

Isabelle Davidien apporta les deux photos.

Gilles s'installa à son bureau. Ah, retrouver son « chez-soi », son lieu de travail, le réconfortait ! Les habitudes...

Il disposa à plat les deux photos sur le bureau.

Presque identiques. Le mort était plus chauve, c'était tout. Les yeux peut-être un peu plus clairs. La ressemblance était troublante.

Machinalement, il retourna celle qu'avait apportée Marie Belet.

Valéry Bonzom. 1968.

Les visages sur les deux photos semblaient identiques.

Gilles refit le calcul. Valéry Bonzom, mathématiquement, ne pouvait pas être le mort du noyer. Aujourd'hui, il aurait la soixantaine également. Et non la quarantaine, âge donné par la médecin légiste.

Pour l'instant, Marie Belet n'avait pas l'air de faire le rapprochement avec le mort du noyer.

– Je ne comprends pas, dit-elle. Pourquoi le cherchez-vous ?

– Madame, dites-nous d'abord tout ce que vous savez sur ce Valéry Bonzom. Qui était-il ? Que faisait-il ? Comment le connaissiez-vous ? Qu'est-il devenu ?

Gilles suivait son instinct : interroger cette femme.

Elle eut un soupir.

– C'était mon premier grand amour. En 1967. Il avait vingt-quatre ans. Moi, dix-neuf. Il était beau, gentil, attentionné... Il travaillait à la fabrique de gants d'Issinjean comme ouvrier. Nous nous étions rencontrés à la crémerie ! Il achetait la spécialité de la région, de la fourme d'Ambert, pour son casse-croûte du midi. Et moi, je faisais les courses pour ma famille. Il m'a abordée très naturellement, j'ai tout de suite été sensible à son charme.

Elle en parlait comme si c'était hier.

D'un geste, Gilles l'encouragea à poursuivre.

– Nous nous sommes vus régulièrement, mais il était issu d'un milieu modeste, il n'a pas plu à ma famille, plutôt bourgeoise. Elle ne l'a pas accepté.

Elle s'arrêta un instant. Gilles eut l'impression qu'elle hésitait. Elle reprit :

– Et puis, à dix-huit ans, il avait eu des démêlés avec la police.

– Quels démêlés ?

– Oh, je ne sais plus. Pas grand-chose, des larcins... Vous savez, des erreurs de jeunesse, comme on dit. C'est tellement vieux, tout ça. Bien après les événements de 1968, à compter du 4 mars 1969 exactement – je n'ai jamais oublié cette date –, je n'ai plus entendu parler de lui.

– Comment ça ?

– Il a disparu ! Il ne m'a donné aucun signe de vie par la suite.

– Jamais ?

– J'ai essayé de retrouver sa trace, en vain. Ses parents ont déménagé. Je n'ai jamais rien su.

Elle avait soudain les larmes aux yeux. Cette femme de soixante ans, assise devant lui, émue à l'évocation de son premier grand amour disparu, était touchante.

Les premières amours...

Gilles pensa à son premier amour. Une histoire qui avait duré quelques mois. Il était ado et amoureux d'une fille de sa classe. Puis il avait rencontré Léna. Léna avait tout effacé. Tout balayé. Coup de foudre ? Non, coup de soleil. Qui le brûlait encore.

Il se rappelait quand même Magali. Malgré le temps qui passe, malgré les autres passions que l'on vit par la suite, ne garde-t-on pas, au fond de son cœur, un petit coin à part pour la personne qu'on a aimée pour la première fois ?

Marie Belet, visiblement, n'avait pas oublié. Elle dit, comme sur un ton d'excuse :

– Il était ma jeunesse. Je ne sais plus dans quel film, un film dans lequel de jeunes soldats vivent des choses atroces... il y a une phrase écrite en préambule... Je ne me souviens plus exactement, mais elle dit cela : « Époque horrible mais chère à mon cœur, car elle était ma jeunesse. »

Gilles lui sourit.

– 1968 n'a quand même pas été une époque de tueries...

– Non, commissaire, avec le recul, c'était même une belle époque, pleine d'idéalisme... Ce dont je garde un souvenir douloureux, c'est cette séparation brutale, sans explications. J'ai eu du mal à m'en remettre. J'étais terriblement amoureuse. Puis je suis partie faire des études à Paris. À la grande satisfaction de ma famille, je suis devenue conseillère juridique.

– Vous vous êtes mariée ?

– Bien plus tard... Une fois que...

– ... vous avez fait votre « deuil » ?

– Exactement, commissaire.

Pour la première fois, depuis le début de l'enquête, hormis avec le jeune Robin Marien, qui lui était sympathique, et la comptable peut-être, Gilles se sentait en phase avec une personne interrogée. Devant lui, enfin, quelqu'un d'humain, avec ses faiblesses, et qui lui paraissait terriblement vrai. Marie Belet avait cette qualité : la fidélité dans les souvenirs, et cela plaisait à Gilles.

– La vie est ainsi faite, commissaire. Vous vivez des événements malheureux, des deuils, des séparations, vous croyez que vous ne vous en remettrez jamais, et puis la vie continue, vous oubliez, un peu... Quelques années plus tard, oui, je me suis mariée, avec un homme simple, d'origine modeste, comme si...

– ... vous ne vouliez pas renier votre jeunesse ?

– Je vous parais peut-être, comment dire, tournée vers le passé, nostalgique, mais cette phrase, « époque chère à mon cœur car elle était ma jeunesse », vous y penserez peut-être plus tard.

– Possible, dit-il.

Elle le regarda droit dans les yeux.

– Qui est-ce, sur la photo affichée ? Ce n'est pas Valéry, si ?

– Vous avez entendu parler du crime aux Cimes bleues, à Issinjean ?

– Le mort du noyer...

Elle savait, évidemment. Les radios, les journaux, les télés locales avaient abondamment, à sa demande à lui, Gilles, évoqué l'affaire.

– Vous... Vous croyez que le mort du noyer est... Valéry Bonzom ?

Au même instant, elle se tut.

« Elle réfléchit, elle calcule, pensa Gilles, et très vite elle va me dire : "Impossible, commissaire." »

– Impossible, commissaire. Valéry avait vingt-cinq ans en 1968. Aujourd'hui, s'il vit toujours, il en a presque soixante-dix. Non, ce ne peut être le mort du noyer. Une coïncidence, cette ressemblance ?

– Peut-être.

– Vous croyez aux coïncidences, commissaire ?

– Dans mon métier...

Il ne finit pas sa phrase.

Elle se levait, lui tendait la main.

– Je peux récupérer ma photo, commissaire ?

– Oui, nous l'avons scannée, au cas où. Je vous remercie, madame, de vous être déplacée.

– J'ai été très heureuse de parler de lui. Il y avait si longtemps que je ne l'avais pas évoqué.

– Si nous apprenons quelque chose sur lui, voulez-vous que nous vous en informions ?

Elle hésita, puis eut son sourire.

– Pourquoi pas ?

Gilles regarda sa silhouette disparaître.
– Fred, Agathe et Quentin sont toujours là ?
– Oui.
– Tu veux bien leur demander de venir ?
Il s'installa devant son ordinateur, lança Internet, puis tapota « Valéry Bonzom ». Il n'espérait pas grand-chose, mais il fallait tenter.
De nombreux Bonzom apparurent : « Stéphane », « Marianne », « Philippe », « Rémi »... Mais aucun « Valéry ».
Il tapota le nom et le prénom sur les Pages blanches. Pas de Valéry Bonzom.
On frappait.
Les deux stagiaires.
– Valéry Bonzom, né en 1943 dans le département. J'aimerais que vous fassiez des recherches.
– Aux archives, comme pour Dionysos ?
– Oui, pourquoi pas, et aussi au fichier « casier judiciaire ».
S'il avait vraiment eu des démêlés avec la police, cela faciliterait l'enquête.
– Vous voulez le rapport pour quand ?
– Hier soir.
– OK, on a compris. On s'y met tout de suite, et aussi demain à la première heure.
– Pour une fois, les deux inséparables, travaillez chacun de votre côté, ça ira plus vite.
Il hocha la tête quand ils furent partis. Il surprit le sourire de Fred.
– Qu'y a-t-il ? demanda-t-il.
– Tu n'as pas l'impression que souvent nous deux, toi et moi, nous menons les interrogatoires ensemble ?
Elle n'avait pas tort.
Fred ajouta :

– Les hommes ne savent pas travailler seuls, c'est connu.

Il faillit répondre, se ravisa. Au fond, il y avait du vrai dans ce qu'elle disait.

– Tu m'accompagnes chez moi, Fred ? Je ne serai pas long.

Re-sourire.

Gilles fit très vite. Fred attendit en bas de l'immeuble dans la voiture.

En entrant dans le salon, la toile de Léna, *Champ de genêts*, accrochée au-dessus du canapé, le surprit. Terriblement ensoleillée dans ce logement qui ne l'était plus.

Il revit Marie Belet, son bouleversement en évoquant son amour de jeunesse.

« Et moi ? Dans dix, vingt, trente, quarante ans, est-ce que je penserai encore à Léna ? »

Il écouta le répondeur téléphonique. Aucun message. Des correspondants, seulement, qui avaient essayé de le joindre.

Dans l'armoire, il attrapa des chemises, des chaussettes... et glissa le tout dans un sac.

Coup d'œil à la boîte aux lettres en descendant. Facture. Facture. Courrier administratif.

Qu'espérait-il ? Une lettre d'amour de Léna ? Après tout ce temps ?

*

* *

– Tu te souviens de ton premier amour, toi, Fred ?

Il faisait sombre sur la route. Bientôt nuit. Il pleuvait. « La voiture avalait les kilomètres. » Enfant, il avait lu cette phrase. Elle lui avait plu. Par temps de pluie, phares allumés, les véhicules avalent les kilomètres.

– Oui, je m'en souviens.

Elle se tourna vers lui.

– C'était ma prof d'anglais. Jeune, belle, intelligente, très séduisante. Beaucoup d'élèves, garçons, filles, étaient amoureux d'elle. Amour resté platonique, bien évidemment. J'avais quinze ans, tu penses.

Elle aussi avait une certaine nostalgie dans la voix. Fred avait pourtant à peine vingt-six ans.

– On a tous, paraît-il, un sosie, pensa tout haut Gilles Lafosse. Valéry Bonzom a peut-être, lui, un sosie décalé dans le temps.

– À moins qu'il n'existe un lien de parenté entre le mort et lui... Tu avoueras que la coïncidence prête à réfléchir : ce mort retrouvé à Issinjean, ville où a vécu Valéry Bonzom !

– Agathe et Quentin vont certainement trouver des éléments.

Il était vingt heures quand Fred déposa Gilles au Gallon.

– À demain, Gilles ; je te « rossignole » si tu ne te réveilles pas ?

– Promis, je me réveillerai. Rendez-vous aux Cimes bleues. Bonne soirée, Fred.

Il rentra vite dans le hall. La salle était vide. Le comptoir de l'accueil aussi.

Gilles appuya sur la sonnette dorée.

– Ah, commissaire ! Plateau-repas ?

Gilles hésita. L'hôtelier n'était pas antipathique.

Il jeta un œil machinal : la petite clé de la 205 était toujours à sa place.

– Vous mangez, le soir, monsieur Toulet ?

L'hôtelier comprit.

– Vous aimeriez partager mon repas ? Je vous propose une omelette... J'ajoute des œufs ?

Gilles sourit. Un large sourire qu'il n'avait pas eu depuis... un certain temps.

L'hôtelier était un homme simple. Agréable, qui n'aimait pas se compliquer la vie tout en prenant son métier au sérieux. Il tint d'abord à apporter les deux plateaux-repas au couple puis revint.

Gilles passa une excellente soirée. M. Toulet laissa de côté le sujet du crime. Il parla écologie, beauté de la région. Il avait un accent agréable. Gilles l'écouta avec plaisir. Ne plus penser – tout au moins le temps du repas – au mort du noyer le revigora. Il se rappela les *Maigret*. Il avait beau s'en défendre, parfois il agissait comme le célèbre commissaire de fiction, qui s'attablait avec les témoins, les victimes et même les suspects.

À vingt-deux heures, il quitta l'hôtelier, lui serrant la main. Et il aperçut le tract affiché sur le pilier dans la salle.

Alex Sandre, le célèbre auteur de romans policiers, participe à l'émission télévisée « Littérature et frissons » demain soir (vendredi) en direct depuis Bruxelles.

TOUS À VOS TÉLÉVISEURS !

M. Toulet surprit son regard.

– Je n'ai pas eu le cœur à leur interdire de l'afficher, commissaire, et puis...

Il ne termina pas sa phrase.

Mais Gilles la finit mentalement : « Et puis M. Sandre n'est pas antipathique... »

Dans sa chambre, il n'alluma pas la télé. Il brancha son mp3. Sélectionna « Oiseaux de la campagne ». Il les avait tous téléchargés : oiseaux de la Méditerranée, de l'Atlantique, des mers du Sud, des Caraïbes, de la jungle, de la nuit, de la forêt... Il aimait les écouter en boucle.

– Tu ne peux pas écouter autre chose, mon pauv' gars ? lui murmurait Léna à l'oreille avant de l'embrasser.

Oui, il pouvait aussi écouter la musique du film *Le Fabuleux Destin d'Amélie Poulain*, le *Requiem* de Mozart, tout Mozart, tout Verdi, le *Stabat Mater* de Pergolèse, les suites de Bach, et Bob Marley, et les Rita Mitsouko, et Polnareff, et Henri Tachan...

En boucle. Toujours les mêmes morceaux, les mêmes artistes.

Il s'endormit dans le pépiement des oiseaux de campagne...

7

Il rêva.

Léna, convoquée par un commissaire qui ressemblait au mort. Des photos devant elle. Lui, Gilles, à vingt-cinq, à trente ans.

– Vous avez connu cet homme, madame ?

Regard désespéré de Léna, qui cherche, ne se souvient pas.

Il se réveilla en sursaut. En sueur. Il n'avait pas baissé les volets roulants, mais il ne faisait pas encore jour.

Il consulta son portable. Six heures.

Il se leva, alla au lavabo et but un verre d'eau.

Cette vision de Léna cherchant désespérément son nom... La journée commençait bien !

Il inspira profondément. Douche. Quelques mouvements de gym.

Il s'ankylosait dans cette région. Dans cette affaire. Dans sa vie !

L'hôtelier n'était pas à l'accueil. Peut-être dormait-il encore ? En province, parfois, les hôteliers vivent comme s'ils étaient chez eux, servent le petit déjeuner des clients seulement quand ils sont debout... en préparant le leur.

Il faisait froid. Il descendit la rue.

La boulangerie était ouverte. Odeur de croissants chauds.

– Cinq cents grammes de chouquettes, s'il vous plaît, et quatre croissants.

Il aperçut les tablettes de chocolat.

– Et cinq tablettes de chocolat noir à 70 %.

« Le monde appartient à ceux qui se lèvent tôt. » Sa grand-mère lui avait tant répété cette phrase. Si gentiment, lui préparant son petit déjeuner... tard. Elle avait raison.

Un jour, à Lausanne, avec Léna, ils s'étaient levés tous deux aux aurores, puis promenés dans les rues calmes, désertes. Ils s'étaient arrêtés sur une place qui dominait la ville, assis sur un banc. Ils avaient vu une vieille femme, sur le banc voisin. Mignonne comme tout. Elle avait sorti une carte postale de sa poche et l'avait regardée longuement. Sans le vouloir, il avait lu le texte :

Chère Bonne-Maman,

Je passe de très bonnes vacances et je t'embrasse bien fort.

La carte était usée, abîmée d'avoir été lue et relue, sortie de la poche.

Carte postale... Et s'il envoyait tout simplement une carte postale à Léna ?

19, Grand-Rue. Il s'arrêta. Hier, Robin Marien était entré dans cette maison.

Il regarda le nom sur la plaque : *Chevrier*.

*

* *

Dès qu'il arriva aux Cimes bleues, il aperçut, sur le noyer, l'affiche :

Alex Sandre, le célèbre auteur de romans policiers, participe à l'émission télévisée « Littérature et frissons » demain soir (vendredi) en direct depuis Bruxelles.
TOUS À VOS TÉLÉVISEURS !

Le trio avait osé. Quand ? Hier encore, l'affiche n'y était pas. Il se retourna.

Des pas derrière lui. Un taureau, fulminant... M. Thor. Gilles, tel le toréador, eut un mouvement de recul pour éviter la bête. Le directeur pila devant lui. Il avait l'air en colère, contrarié, agacé, énervé, ennuyé, catastrophé. Il bougonna :

– Ils exagèrent à la fin.

Il arracha la feuille.

– Pas sur Dionysos, tout de même !

– Bonjour, monsieur Thor, dit calmement Gilles.

Le directeur agissait comme s'il n'était pas là. Il parlait à voix haute, mais pour lui.

– Ah, vous êtes là ? Bonjour commissaire.

Gilles l'observa. Le directeur était nerveux. Les traits tirés.

– Ça ne va pas ?

– Heu... Si. Non, j'ai des soucis, comme tout le monde.

– En rapport avec le crime ?

– Mais non, commissaire, vous ramenez tout à vous...

Gilles le regarda, effaré.

– Je peux vous aider peut-être ? demanda-t-il.

– Vous ? Certainement pas ! N'importe qui, mais pas vous !

C'était un cri du cœur.

« Bien », pensa Gilles. Il eut soudain l'envie sadique de se venger. De prendre un prétexte quelconque et d'interroger le directeur à n'en plus finir. N'avait-il pas une question à lui poser ? Juste pour l'embêter ?

– Je vous laisse, commissaire, j'ai du travail.

Il froissa le tract, le jeta par terre, et fonça vers le perron.

Gilles se baissa, ramassa la feuille. M. Thor n'était vraiment pas dans son état normal. Un papier par terre dans son beau domaine !

– Attendez, monsieur Thor. Quand pourrai-je interroger votre gardien de nuit ? Je n'ai pas pu le faire jusqu'à présent et...

– Vous allez pouvoir le faire aujourd'hui, il ne travaille pas à l'extérieur, il est aux Cimes bleues toute la journée. Voulez-vous que je vous l'envoie ?

– Je vais aller chez lui.

– C'est juste après le service comptabilité.

Le directeur repartit, de son allure de zombi.

Gilles aperçut Andrée Blanchon, toujours pimpante avec son chapeau. Elle fit un détour pour venir lui serrer la main.

– Bonjour, commissaire. Que se passe-t-il ? M. Thor est d'une humeur massacrante, aujourd'hui. Il y a eu un autre crime ? demanda-t-elle en souriant.

– Il ne manquerait plus que ça ! dit Gilles.

Elle était sympathique, mais la manière d'être de M. Thor avait contrarié le commissaire. Il n'avait pas envie de plaisanter, même avec la comptable.

– Vous trouvez que M. Thor...

– Je ne l'ai jamais vu comme ça ! Dieu sait combien ce scrogneugneu peut être désagréable, mais exécrable comme aujourd'hui...

– Qu'a-t-il, à votre avis ?

– Il est contrarié, je ne sais pas pourquoi, et je m'attends à ce qu'il s'en prenne à moi. (Elle éclata de rire.) Aux abris ! Je vais me terrer dans mes comptes, commissaire, si vous avez besoin de moi...

Avec soulagement, il entendit la voiture de Fred. Il attendit qu'elle en descende.

– Des chouquettes ! Sympa, Gilles, j'adore les chouquettes !

Un instant, il avait craint qu'elle n'aime pas ça. Souvent, ses initiatives tombaient à plat.

– Et des plaquettes de choc' ! Agathe et Quentin viennent de m'appeler. Ils sont aux archives. Enfin, Agathe est aux archives, Quentin cherche de son côté. Cette nuit, paraît-il, il y a eu des appels au commissariat. Des personnes ont reconnu le mort, enfin... le mort « rajeuni », Valéry Bonzom. Deux anciens camarades de classe.

– Des gens de Saint-Étienne ?

– Oui, j'ai dit à Quentin de les convoquer et de les interroger. J'ai bien fait ? Tous deux viendront ici en début d'après-midi te faire leur rapport. Ou même avant, s'ils ont fini. Gilles, regarde...

Le trio passa.

– Ils ont déjà pris leur petit déjeuner ? Il est à peine huit heures trente !

– Ils sont capables de tout, dit Fred.

Silhouettes jaune, mauve, verte, suivies des trois toutous, teckel, basset, pékinois. Le trio leur fit un signe de la tête. Henriette leva sa canne.

– Ils continuent de distribuer leurs tracts ?

– Pas sûr, ils n'avaient pas de feuilles.

– À mon avis, ils estiment que nous ne sommes pas à la hauteur et ils mènent leur enquête.

Cela en avait tout l'air. Henriette semblait toujours avoir un sourire narquois quand elle l'apercevait, lui, Gilles, commissaire chargé de l'affaire. Que croyait-elle ? Trouver elle-même l'assassin ? Avant lui ?

Il soupira. Elle en était peut-être bien capable, hélas.

Peter Vlaovitch, le gardien, avait quarante ans. L'entretien s'écoula, normal, banal. Gilles et Fred inspectèrent le bureau. L'ordinateur, l'alarme... Mêmes explications que M. Thor, que le jardinier.

– Que pensez-vous de M. Thor ?

– Rien, il m'emploie, c'est tout. Je fais avec.

– Avec ?

– Avec sa personnalité, son caractère.

– Qu'a-t-il de spécial, son caractère ?

– Il est changeant. Aujourd'hui, par exemple, il est infernal.

« Infernal », le terme attribué au trio par Fred et lui. C'était plutôt comique.

– Monsieur Vlaovitch, pourquoi n'étiez-vous pas là le soir du crime ? Où étiez-vous dans la nuit de dimanche à lundi ?

– Chez ma sœur, gravement malade, à Paris. Toute ma famille peut en témoigner.

Le gardien, comme M. Thor, avait les traits tirés.

– Bien, je vous remercie.

– Tu pourras vérifier, Fred, s'il te plaît ? Viens avec moi, je voudrais avoir une précision.

Elle croqua dans une barre de chocolat noir.

– OK.

– Monsieur Rigault, connaissez-vous l'adresse de Robin Marien ?

– Non, je ne m'occupe que du jardinage. En fin de stage, je rédige un rapport, mais pour le dossier il faut voir avec M. Thor.

Le directeur était assis à son bureau, immobile, la tête baissée entre ses mains.

À leur entrée, il posa sur les deux policiers un regard hagard.

« Curieux, pensa Gilles aussitôt, il donne l'impression d'avoir envie de pleurer. »

Le directeur bégaya :

– Vous voulez l'adresse d'un des apprentis jardiniers ? Celle de Robin Marien ? (Il consulta son fichier.) Robin Marien est interne au lycée, mais l'adresse de ses parents est 66, rue Gabriel-Péri.

– Pas 19, Grand-Rue ?

– Je vous ai dit rue Gabriel-Péri !

Ton désagréable du directeur.

– Bien, je vous remercie.

*

* *

– Ah ! Voilà Agathe et Quentin, annonça Fred.

Les stagiaires garèrent le véhicule du commissariat à côté de la voiture de la lieutenante. Ils s'avancèrent, dossiers dans les bras. Visiblement contents.

– Nous avons des infos !

Gilles regarda Fred. Elle comprit et proposa :

– Allons déjeuner tous les quatre au Gallon.

Manger avec des jeunes les réconforta. Ils étaient ravis de découvrir les paupiettes de veau, accompagnées de haricots mange-tout.

– Vous ne connaissez pas ? demanda Gilles.

– Heu... Non. Nous mangeons souvent au Mc Do.

– « Mc Do en prison ! » dit Gilles. On arrête des gens pour beaucoup moins grave que cela. Voici un vrai criminel qui insidieusement tue je ne sais combien de personnes en les habituant à manger sa saloperie, et qui devrait être condamné.

Fred posa sa main sur son bras. Il sourit.

– Alors, ces paupiettes, vous aimez ?

– Pas mauvais. Bon, nous avons consulté les archives départementales, nous avons procédé un peu comme pour Dionysos. Tout est là...

Quentin tapota le dossier devant lui puis débita :

– Valéry Bonzom est né à Issinjean le 26 avril 1943. Fils unique. Des parents peu aisés. Enfance à Issinjean. École primaire à Issinjean. Passe le certificat d'études en 1953 puis, tenez-vous bien...

Gilles se redressa sur sa chaise, avec un clin d'œil à Fred. Quentin poursuivait :

– Puis, de 1953 à 1960, le collège à Issinjean.

– Tu veux dire...

– Oui, Valéry Bonzom a été élève... aux Cimes bleues ! Enfin, dans les bâtiments qui sont devenus par la suite Les Cimes bleues. C'est un sacré indice, une piste à suivre, non ?

Gilles eut un sourire. C'était intéressant, certes, mais quel rapport avec le mort ? L'enquête avait permis de retrouver un individu qui ressemblait au mort de façon frappante mais qui n'était pas lui – et qui avait été élève au collège (devenu par la suite la maison de retraite) en 1960 ! Le crime venait d'avoir lieu, et sur une autre personne !

– Nous avons trouvé son casier judiciaire. Pas vierge. Mais pas non plus trop épais. Je vous résume : vol en magasin, vol d'un sac à l'arraché... Après le collège, vous savez ce qu'est devenu Valéry Bonzom ?

Il est parti en 1969 vivre en Espagne, à Madrid. Il a trouvé un travail chez un commerçant.

– Marié ?

– Oui, puis divorcé. Un fils.

– Il vit toujours à Madrid ?

– Il est décédé l'année dernière d'une crise cardiaque.

Crise cardiaque. Arrêt du cœur. Gilles eut un petit pincement en pensant à Marie Belet.

– Nous avons cherché ce qui l'aurait poussé à quitter la région brutalement, comme vous nous l'avez demandé. Nous avons épluché la presse locale. Celle d'Issinjean et celle de Saint-Étienne.

– Alors ?

– Rien. L'entreprise où il travaillait n'a pas fait faillite. Il était un employé apprécié. Son père aussi était un excellent ouvrier dans une entreprise en pleine expansion. Toute la famille avait de bons rapports avec les voisins...

– Étendez plus large : Lyon, la région, et fouillez également le passé des parents. Cherchez ce fils qu'il a eu.

Cela n'avait peut-être aucun rapport avec le mort, mais il avait envie, quand il annoncerait le décès de son premier amour à Marie Belet, de lui apporter du réconfort en lui donnant l'explication de sa disparition brutale en 1969.

– Vous croyez que...

Non, il ne croyait pas.

– On verra bien.

Il fit signe à Éric Toulet.

– Quatre cafés, s'il vous plaît, avec les îles flottantes.

– C'est quoi, cette affiche ? (Quentin se leva brusquement, se dirigea vers le palier. Il revint.) Super, ce soir Alex Sandre passe à la télé.

– Vous... Vous connaissez ? demanda Gilles aux deux stagiaires.

– Bien sûr ! À l'école de flics, on nous en a parlé.

N'importe quoi ! À l'« école de flics », comme ils disaient, on parlait de fiction, maintenant !

Fred chuchota :

– À l'« école de la vie », on parle bien de littérature.

– Eh bien justement, on n'apprend pas la vie dans les livres.

– Un peu, Gilles, quand même.

Les stagiaires repartirent.

Rossignolade. Le garagiste.

Un sourire se dessina sur les lèvres de Gilles.

– Ma voiture est prête.

Le garagiste avait fait vite.

– Prête pour le week-end, inespéré ! commenta Fred.

– J'irai la chercher en fin d'après-midi. Je retourne d'abord interroger M. Thor. Je vais régler ma chambre.

– Vous nous quittez, commissaire ?

La clé d'Alex Sandre était toujours accrochée.

Gilles demanda :

– Quand M. Sandre doit-il revenir ?

– Aussitôt son émission terminée. Vous savez que c'est ce soir, commissaire ?

– Oui, je sais.

– Il m'a informé qu'il revenait demain. Le temps de retourner à Paris pour prendre le premier train pour Issinjean.

– Bien, merci encore.

– Au plaisir de vous revoir, commissaire.

– Fred, ça suffit pour toi, aujourd'hui. Rentre chez toi, maintenant.

– Je peux ? Tu ne veux pas que je vienne avec toi ? D'accord. Alors bon retour dans ton appartement, à lundi ! On se retrouvera où ?

Il hésita. Au commissariat de Saint-Étienne ou aux Cimes bleues ?

– Je te téléphonerai.

*

* *

M. Thor était toujours prostré à son bureau. Ce n'était absolument pas dans les habitudes du directeur, Gilles en était certain. Il l'interpella d'une voix forte :

– Monsieur Thor !

– Qu'y a-t-il ?

Le directeur semblait ailleurs, émerger d'on ne savait où.

– Vous êtes originaire d'Issinjean ?

– Non, commissaire, je suis né à Quimper.

– Et vous avez décidé de venir ici ?

– Oui. Les montagnes m'ont emballé.

– Vous mentez ! C'est impossible.

– Je mens ?!

– Les montagnes, vous n'avez pas pu être emballé par elles !

– Je les trouve belles, commissaire. (M. Thor s'énervait, il ajouta :) D'ailleurs, elles *sont* belles ! J'ai eu envie de m'installer ici.

– Où habitent vos parents ?

– Mon père est décédé il y a un an, et ma mère vit à Quimper. Je vais la voir quelquefois. Elle a eu du mal à se remettre du deuil. Commissaire, je suis fatigué...

Gilles soupira.

– Bonne fin de journée, monsieur Thor.

Le bouledogue replongea dans l'état d'abrutissement où Gilles l'avait trouvé. Il n'allait certainement pas passer une bonne fin de journée, vu les idées noires qui semblaient le ronger.

Gilles remonta la rue.

Vétérinaire. Il s'arrêta, s'acheta un petit sac de graines de tournesol.

Cabinet médical.

19, Grand-Rue. Que faisait Robin Marien à cette adresse ?

Gilles hésita à sonner.

Pourquoi ? Parce que cela revenait à agir comme si le jeune apprenti était suspect. Cela pouvait lui porter tort.

Devant le bureau de tabac, malgré le froid, l'éternel présentoir de cartes postales, classiques. La première, sur le devant, gondolée. Gilles choisit la moins abîmée, la toute dernière sur le présentoir. Des montagnes enneigées.

Le garage. Le tas de pneus. Les traces d'huile sur le sol. La musique crachotante de la petite radio posée sur une étagère au milieu des outils...

Le garagiste lui tendit son poignet à serrer.

Le moteur se mit à ronronner au premier tour de clé, impeccable. Les deux pneus neufs rajeunissaient la voiture.

– Qu'est-ce que je fais des vieux ? Je les garde encore un peu ?

Gilles hésita.

– Oui, s'il vous plaît.

Il prit la route. Cela faisait du bien de retourner chez soi. Il avait bien fait de dire à Fred de rentrer tôt :

il y avait du monde sur l'autoroute. Et le soir tombait vite.

Pourquoi M. Thor était-il aussi maussade ? Une seconde, Gilles, en découvrant les yeux du directeur embués de larmes, avait été à deux doigts de le prendre en pitié. Pitié ! Avoir pitié de M. Thor, qu'il comparait à un bouledogue !

*

* *

Gilles introduisit la clé dans la serrure de son appartement.

Le champ de genêts, au-dessus du canapé, le réchauffa immédiatement. Il se surprit à siffloter. Rien de tel que quelques nuits à l'hôtel pour faire apprécier davantage son chez-soi.

Douche chaude. Plateau-repas. Il en avait pris l'habitude avec l'hôtelier.

Il fureta dans le congélateur. Lasagnes aux épinards. *Four chaud. 45 minutes.* Il enfourna la barquette, s'assit à sa table. Carte postale devant lui. Il hésita.

Mon amour au-delà des cimes...

Nous deux de chaque côté des cimes...

Les montagnes semblaient toujours devoir le séparer de Léna.

Comment lui dire ? Lui faire comprendre ?

Il mit la carte de côté. « Plus tard. »

M. Thor dissimulait-il quelque chose ? Et ce mort du noyer qui ressemblait étrangement à Valéry Bonzom, ancien élève au collège d'Issinjean...

Et si le mort du noyer avait un lien de parenté avec un résident de la maison de retraite ?

« Je vais mettre Agathe et Quentin sur le coup. »

Robin Marien n'était pas clair, lui non plus. Ça lui causait du souci.

Rossignolade.

– Allô, Gilles ? J'ai téléphoné à la famille de Peter Vlaovitch pour vérifier. Il est bien allé là-bas, mais pas le soir du meurtre !

Sacrée Fred.

– Merci, Fred. Mais maintenant : profite.

Peter n'avait pas d'alibi.

Petit bruit. Un message s'afficha. Toujours Fred.

Ce soir sur TV5, 20 h 50, le « beau ténébreux ». N'oublie pas.

Il sortit les lasagnes du four, brûlantes.

Il alluma la télé. TV5. La météo. « Demain, chute importante des températures. »

Il s'ouvrit un côte-de-Beaune, histoire de se réchauffer, bien qu'il règne un climat douillet chez lui.

Il s'installa confortablement dans le canapé, lasagnes sur la table basse. Depuis le départ de Léna, il ne mangeait plus vraiment à table. Il pique-niquait devant la télé, mais avec de vrais plats.

« *Cher monsieur Alex Sandre, nous vous remercions de nous consacrer deux heures de votre temps pour répondre en direct depuis Bruxelles à nos questions... Qui ne connaît pas vos célèbres romans ? Ce que les téléspectateurs connaissent peut-être moins, c'est votre travail, votre manière d'écrire... Nous allons en quelque sorte...* »

Le journaliste eut un petit rire.

« *... mener notre enquête...* »

Alex Sandre occupait tout l'écran. Fred avait raison : la télé, avec le maquillage, modifiait les visages. Mais,

Gilles regretta de devoir le constater, l'écrivain restait toujours très beau.

Voix profonde.

« *C'est moi qui vous remercie de l'honneur que vous me faites en me recevant... Je suis très heureux...* »

Gilles goûta les lasagnes.

Le journaliste pouvait mener son enquête sur Alex Sandre ; lui, Gilles Lafosse, commissaire en titre, avait son affaire à résoudre. Réelle, elle.

Il ne pouvait s'empêcher de ressasser. Pourquoi le mort du noyer ne serait-il pas le fils de Valéry Bonzom ? Peut-être. Mais à quoi cela rimait-il ? Pourquoi était-il venu se faire tuer sous Dionysos ?

« Interroger Peter, à nouveau. M. Thor, à nouveau. »

Qui était le mort ? Qui était cet inconnu assassiné aux Cimes bleues, et retrouvé totalement nu sous un noyer tricentenaire ? Quel rapport avec Valéry Bonzom ?

Qui avait abattu un outil, probablement la pioche nettoyée par le jeune Robin, sur cet inconnu ?

Et le jeune Robin dans tout cela ?

Pourquoi M. Thor empêchait-il l'accès à Dionysos ? Par mesure de sécurité ? Pour protéger l'arbre uniquement ? Mentait-il ? Connaissait-il le mort ?

Pourquoi, après le crime, n'avait-il pas fait remettre, comme avant, du grillage autour du noyer ?

« *Trois clés sont indispensables dans l'écriture d'un roman policier : une ambiance, des personnages à forte personnalité, et surtout... un lecteur piégé.* »

Alex Sandre avait un beau regard intelligent ; il était très photogénique. Et sa voix passait remarquablement bien.

« *Cette troisième condition, le lecteur piégé, est, à mon avis, la plus importante. Elle est même indispensable.*

– Votre œil pétille, monsieur Sandre, en disant cela.

– Faire du lecteur une “victime” est jubilatoire. L’écrivain essaie de mener le lecteur par le bout du nez. Il le balade vers tels suspects, puis vers tels autres... vers telles solutions possibles, lui fait prendre différentes voies qui s’annulent les unes après les autres... Il lui laisse aussi des espaces blancs que le lecteur noircit de ses suppositions, de sa propre enquête.

– Comment ça ?

– Cela est vrai pour tous les livres. Les auteurs laissent des blancs, des silences : le lecteur, selon son vécu, sa personnalité, écrit ce qu’il veut. Pour en revenir à ce que nous disions, le seul but de l’auteur – et c’est là l’essence même du récit policier –, en tout cas pour moi, est de conduire le lecteur dans... un piège. Dans un ravin, dans un filet qui l’emprisonne.

– Vous pouvez expliquer, monsieur Sandre ?

– Faire croire au lecteur qu’il a compris, puis, d’un coup, le déconcerter, le tromper. Le lecteur doit découvrir, à la dernière page – mieux, à la dernière ligne – qu’il a été berné par l’auteur. Et ce depuis le début. En refermant le livre, le lecteur doit s’écrier : “Ah, d’accord ! C’était ça !” “Ah, ce salaud d’écrivain, il m’a bien eu.” Il doit se sentir floué, dupé.

– Seulement dupé ?

– Dupé et heureux, bien évidemment. Heureux d’avoir été... dupé. Certains lecteurs, certaines lectrices m’écrivent : “Je ne m’attendais pas à cette fin, vous m’avez tué, monsieur Sandre !”

– Complicité entre l’auteur et son lecteur ?

– Oui, le lecteur, en commençant le roman, devine qu’il va être piégé, il le sait, il s’y attend, il essaie de déjouer le piège... Malgré tout, à la dernière minute, à la dernière seconde, il est piégé ! »

Alex Sandre regarda la caméra. Il s'adressa aux téléspectateurs :

« *Vous qui lisez un roman policier en ce moment, cherchez à déjouer le piège !*

– Quelques mots sur votre roman en cours, monsieur Sandre ?

– Je ne parle jamais de mon roman en cours.

– Oui, bien sûr, mais peut-on savoir où vous l'écrivez ? Où le légendaire crayon qui tombe au hasard sur un point d'une carte, d'une mappemonde, s'est-il posé, cette fois ? »

Alex Sandre eut un sourire énigmatique.

« *Je ne dis jamais non plus où j'écris...*

– Eh bien, sur ce mystère, monsieur Sandre, nous allons vous souhaiter un excellent futur roman, où que vous l'écriviez... »

Gilles versa dans son verre ce qu'il restait de la demi-bouteille de bourgogne.

– Eh bien moi, mon vieux, tu ne me piégeras pas, parce que je ne te lirai pas.

Il ne pouvait s'empêcher de reconnaître que l'écrivain avait été intéressant.

– Mais voilà la différence entre nous, écrivaillon : toi, tu pièges le lecteur, ce qui ne sert strictement à rien ; moi, je piège... le criminel.

Musique. Générique de fin.

Gilles lava ses couverts.

Sur la table, il aperçut la carte des cimes pour Léna.

« Des blancs, des silences... Le lecteur écrit ce qu'il veut. »

Finalement, une carte postale était une bonne idée. Il prit un stylo :

Saint-Étienne, le 26 novembre, 23 heures

Mon amour par-delà les cimes.

Il laissa tout le reste de la carte postale en blanc.

Léna lirait ce qu'elle voudrait. Ce qu'elle aurait envie de lire.

Il glissa la carte dans une enveloppe. Écrivit l'adresse qu'elle lui avait donnée en partant. Il y avait six mois. Timbra.

« Je vais la poster tout de suite ? »

Il se décida, enfila son blouson.

Dehors, un vent glacial soufflait. Les rues étaient peu éclairées. Quelques silhouettes avec leurs chiens. Il en était toujours ainsi : promenade des toutous après la télé...

Il pensa aux Cimes bleues. Les pensionnaires, certainement, pour ne pas sortir tard, promenaient leurs « chéris » avant de regarder leur feuilleton. Avant le dîner. Pour cette raison, Prince Charles avait eu besoin de « faire son pissou » le matin de bonne heure...

Il y avait une boîte aux lettres deux rues plus loin. Il y courut.

8

Contrairement aux dernières nuits, il ne rêva pas. Ou ne se souvint pas de ses rêves. Rêvait-il plus facilement quand il était ailleurs que chez lui ?

Le lendemain, il eut du mal à émerger.

– Putain de sonnerie.

Il chercha à tâtons. Ce n'était pas la sonnerie du réveil.

Rossignolade.

Même pas sept heures.

– Allô ? bougonna-t-il.

– Commissaire Lafosse ? Isabelle Davidien, excusez-moi... On a trouvé un mort aux Cimes bleues.

– Quoi ?

Quasi la même phrase que le lundi.

Isabelle Davidien poursuivait :

– Il s'agit du directeur, M. Thor.

Gilles eut un choc. Même si le directeur n'était pas particulièrement sympathique, même si Gilles ne le connaissait que depuis une semaine... La veille encore, il lui avait parlé.

– Prévenez Fred Djan, qu'elle fasse le nécessaire, qu'elle me rejoigne directement aux Cimes bleues.

Il ferma les yeux. Même réponse aussi de sa part qu'au début de la semaine...

Il prit quand même le temps, très bref, de se faire un café, de se doucher, de se raser. La voiture démarra au quart de tour.

M. Thor assassiné ! Il avait raccroché trop vite. Il aurait dû demander plus de détails. Certes, le directeur n'inspirait pas la sympathie, mais tout de même, sa disparition le consternait.

Gilles revit son visage, la veille, assombri. Son regard inquiet. M. Thor se sentait-il en danger ? Est-on maussade, de mauvaise humeur quand on se sait en danger ?

Le paysage défilait. Il roulait trop vite. Il ralentit.

Les montagnes noires... Pas blanches comme celles de la carte postale.

Avait-il bien fait d'envoyer ce texte si court, cette carte presque blanche, au recto comme au verso, à Léna ?

« Je n'aurais pas dû ! »

Il regrettait à présent. Léna hausserait les épaules et, immédiatement, écarterait la carte de sa vie...

« Je n'ai même pas eu le courage de lui écrire une longue lettre, de m'expliquer. »

Expliquer quoi ? Et comment ?

Il arrivait à Issinjean.

Le panneau *RÉSIDENCE DES CIMES BLEUES. MAISON DE RETRAITE.* La barrière, le flic de fonction qui le salua.

Près du noyer, la voiture de Fred était garée. Il se souvint de M. Thor qui accourait vers lui, lundi, en colère. Mais M. Thor n'accourait pas vers lui aujourd'hui.

« Mais, nous sommes... samedi ! »

Il réalisa soudain que, sous le choc de l'annonce, il avait réagi comme il l'aurait fait en semaine. Pauvre Fred ! Elle était là ! Elle lui sacrifiait même son jour de repos. Comme si la semaine passée n'avait pas été assez prenante.

Il se gara.

– Excuse-moi, Fred, nous sommes samedi, je sais... Mais tu récupéreras, j'y veillerai.

– T'inquiète pas, Gilles. Anne Cartry et la police scientifique arrivent.

– Où est-il ?

– Dans son bureau.

Gilles s'attendait à trouver ce nouveau cadavre au même endroit que le premier, sous le noyer.

Il traversa la cour. Crissement du gravier. Le perron. Il jeta un œil à la petite caméra. Le long couloir. La plaque en cuivre bien astiquée : *BUREAU DE M. THOR, DIRECTEUR*.

Il ouvrit la porte.

Pourquoi s'attendait-il à trouver M. Thor assis à son bureau ? Le directeur était adossé à la fenêtre. Son corps, visiblement, avait glissé, recroquevillé sur le sol, jambes sur le plancher, tête baissée, le menton touchant la poitrine.

– Il a été poignardé ; regarde, il y a du sang, expliqua Fred.

Gilles s'approcha sans toucher à rien. Une rigole de sang avait effectivement coulé sur le pull du directeur.

– Qui l'a trouvé ?

Ethel Rigault, le jardinier. Il a vu la porte entrouverte, il a aussitôt appelé le commissariat.

– Où est-il, maintenant ?

– Dans sa remise. Je lui ai dit de continuer son travail, que nous l'interrogerions plus tard.

Bruit de moteurs. Gilles souleva le rideau, regarda par la fenêtre. Anne Cartry arrivait. Elle se gara près du noyer, descendit de sa moto. Au même instant, la voiture de la police scientifique s'engageait dans l'allée.

Le bureau spacieux fut vite envahi d'agents, de matériel... et parut aussitôt minuscule. On étouffait.

– Je vous tends une main fraîche, commissaire, excusez-moi, dit la médecin légiste.

Elle posa sa mallette, enfila ses gants de travail.

Les deux hommes de la police scientifique, les mêmes que pour le mort du noyer, firent un signe de tête en guise de bonjour et commencèrent aussitôt leur travail : photos, lumière bleue...

Anne Cartry attendit que les premières photos de M. Thor, tel qu'il avait été découvert, aient été prises. Puis elle s'accroupit auprès de lui, l'examina. Le corps s'affaissa, glissa un peu plus sur le plancher. Yeux blancs révulsés, aussi impressionnants que ceux du mort du noyer quand il avait été retourné. Cette vision était... Gilles n'arrivait pas à trouver le terme... terrifiante. M. Thor, hier encore, fulminait, de mauvaise humeur, désagréable... Maintenant, devant eux, son regard fixe ne les voyait pas. C'était si soudain, si brutal.

Une semaine auparavant, à peine, M. Thor découvrait lui-même un homme mort, au regard fixe lui aussi, yeux blancs... L'idée de la vie qui peut basculer d'un instant à l'autre lui causait un certain effroi.

– Il a probablement été tué par quelque chose d'effilé, de pointu. Style lame de couteau, petit poignard ou bistouri. La pointe est rentrée en plein cœur. Le meurtrier l'a plantée dans le mille. Sans hésitation. Volontairement, certainement. Plus sûr qu'un jeu de fléchettes. Un seul coup a été porté. La mort a été instantanée.

Anne Cartry se releva, ajouta :

– L'autopsie en dira plus, bien sûr, mais je situe le décès vers vingt-trois heures, à un quart d'heure près. L'œil, la raideur... Vingt-trois heures quinze, pas plus tard. À mon avis...

Elle s'écarta pour laisser la police relever des indices près du corps, mais continua son explication.

– L'assassin l'a affronté, de face, obligeant la victime à reculer jusqu'à la fenêtre, où elle s'est trouvée acculée. Là, le meurtrier a porté son coup.

– Violent ?

– Oui, étant donné la profondeur de la blessure et le sang écoulé. Il y a eu presque un corps à corps. Le meurtrier a dû s'approcher tout près de la victime pour avoir enfoncé l'arme aussi profondément.

– Quelqu'un de... vigoureux ?

– Certainement.

Comme pour le mort du noyer.

– Dites, commissaire, je voulais vous appeler, pour le premier mort. Toujours personne à prévenir, une famille à avertir ? On garde le corps à la morgue ?

– Oui, on avance un peu. Dès que j'en sais plus, je vous avertis.

– Bon, j'y vais. Dès réception du corps, je fais l'autopsie. Je vous envoie le rapport sur votre portable ?

Elle était déjà partie.

Gilles laissa travailler les deux policiers.

Fred avait des cernes sous les yeux.

Vibreur de son portable, qui résonna sur la scène du crime. Agathe.

– Le fils de Valéry Bonzom s'appelait Jean Bonzom. Né le 3 octobre 1971 à Lille. Il travaille dans un théâtre, au décor. Porté disparu depuis plusieurs jours. C'est son employeur qui a signalé sa disparition. Il est célibataire, sans famille.

– Merci, Agathe. Au fait, tu travailles le samedi, maintenant ?

– Oui, je préfère, quitte à récupérer ensuite. Nous cherchons toujours ce qui aurait pu pousser Valéry Bonzom à quitter aussi brusquement la région.

– Très bien.

– Il y a encore un mort aux Cimes bleues ?

Gilles faillit être désagréable et répondre : « Tu es à Saint-Étienne, au commissariat, à la source, demande à Isabelle Davidien. » Il se ravisa :

– Oui, le directeur.

– Bon, à plus, nous sommes à votre disposition.

*

* *

Deux crimes pour le prix d'un ! Deux crimes alors que la victime du premier restait inconnue.

Jean Bonzom, né le 3 octobre 1971, ce qui lui faisait le même âge que le mort du noyer. Trente-huit ans. Le mort du noyer pouvait très bien être ce Jean Bonzom, fils de Valéry Bonzom. Mais quel lien entre Christian Thor et Valéry Bonzom ?

– Merde, Agathe ne m'a pas envoyé la photo de ce Jean Bonzom, déclaré disparu !

Il aurait pu comparer. Mais la piste ne pouvait se révéler intéressante que si ce Jean ressemblait à Valéry, son père. Que s'il ressemblait au mort du noyer ! Et si tel était le cas, il faudrait demander à l'employeur de venir reconnaître le corps.

On emportait le cadavre du directeur sur un brancard.

– Attendez...

Gilles ne pouvait s'en empêcher.

Il regarda une dernière fois le visage. Comme pour lui rendre hommage.

Anne Cartry lui avait fermé les yeux.

Les deux policiers s'approchèrent.

– Les empreintes digitales, les traces sur les surfaces lisses, les cheveux... foisonnent. Nous en avons pour un bon bout de temps. Vous allez disposer d'un tas d'ADN.

Évidemment. Dans le bureau du directeur, tout le monde pouvait venir : pensionnaires, personnel, visiteurs... Pour le mort du noyer : pas le moindre indice ; aujourd'hui : trop d'indices. Ce petit « trop » allait entraver l'enquête plutôt que la faire avancer, Gilles le pressentit.

– Nous ne sommes pas sortis de l'auberge, conclut Fred.

N'avait-elle pas eu cette réflexion en début de semaine avec le mort du noyer ? Et ils n'étaient toujours pas sortis de l'auberge ! Ni de la maison de retraite !

– Commissaire, il faudrait procéder à la prise d'empreintes digitales de tout le monde, résidents, personnel... Si des empreintes différentes sont mises en évidence, alors peut-être...

– Bien sûr. Tu t'en charges, Fred ? Les pensionnaires, les apprentis, horticulture et cuisine, le personnel... J'appelle Agathe pour t'aider, si tu veux.

– Non, ça ira, Gilles. Je pose des questions, aussi ?

– Juste pour savoir si quelqu'un a entendu ou vu quelque chose d'anormal.

Fred acquiesça. L'interrogatoire de chacun allait être plus court que pour le mort du noyer : on connaissait la victime, et la lieutenante s'était familiarisée avec les pensionnaires, leurs habitudes.

Vibreur du portable.

– Je vous envoie la photo de Jean Bonzom, annonça Agathe. L'employeur m'en a donné une, j'ai oublié de vous le dire tout à l'heure.

Les policiers scientifiques rangeaient leur matériel, et, dans la mallette, de nombreux scellés, des monceaux d'indices, des éprouvettes étiquetées s'entassaient.

– Trop d'informations tuent l'information, dit simplement l'un des agents.

Gilles soupira. Par la fenêtre, il aperçut le noyer, le mur qui entourait le parc, les montagnes au-delà. Cette impression qu'on se moquait de lui, qu'il ne maîtrisait pas la situation l'envahit une fois de plus. Très désagréable.

Avait-on tué M. Thor dans son bureau à dessein ? Parce que dans un bureau, forcément, les traces d'ADN pullulent...

Petit bip. La photo de Jean Bonzom apparut sur l'écran de son portable.

– Fred, regarde.

Malgré la taille réduite du portrait... Oui, cela paraissait être le mort du noyer.

Gilles entraîna Fred dans le coin internet, brancha son portable à l'imprimante.

Le visage d'un homme âgé de la quarantaine apparut sur le papier. Chauve. Regard clair.

Agathe avait légendé : *Dernière photo connue. Vieille d'un an.*

– C'est le mort du noyer, murmura Fred, n'est-ce pas, Gilles ?

– Oui, je crois.

Le commissaire appela Anne Cartry pour l'informer.

– Je vais faire venir l'employeur pour qu'il identifie la victime.

Enfin !

Le mort du noyer était Jean Bonzom, fils de Valéry Bonzom. Sans famille. Quelques cousins lointains.

Gilles Lafosse ne cessait de récapituler.

Pourquoi, alors qu'il habitait Lille, le fils de Valéry Bonzom était-il venu jusqu'aux Cimes bleues ? Pour rencontrer Christian Thor ? M. Thor l'avait-il contacté ?

Pourquoi l'avait-on tué ? Et qui ?

Pourquoi sous le noyer ? Nu ?

Et maintenant le directeur ! Pas à coups de pioche. Avec un outil pointu. Un outil de jardinage ? Encore.

Les jardiniers n'utilisaient-ils pas aussi de petits poignards pour retourner la terre, pour planter ? Là, l'ustensile avait été « planté » en plein cœur...

Et ses pneus ? Avaient-ils été crevés par le même outil que celui qui avait tué le directeur ?

Il demanda à l'un des policiers de passer au garage.

– Je voudrais savoir si l'outil qui a servi à les crever est le même que celui qui a servi à tuer le directeur. Et de quel outil il peut s'agir ?

– D'accord, commissaire. Pour l'ADN, donnez-nous un peu de temps.

– Vous en avez fini avec le bureau ?

– Interdisez-en l'accès encore quelques jours, il vaut mieux, commissaire. Nous avons pris l'ordinateur, nous ferons parler le disque dur... s'il doit parler.

À présent, le silence régnait dans le bureau. Devant la fenêtre, au sol, les policiers avaient dessiné à la craie les contours du cadavre.

Gilles regarda le noyer. Le noyer aimantait les regards.

Ethel Rigault avait découvert le mort.

Utilisait-il de petits poignards pour soigner ses plantes ?

Gilles devait l'interroger en priorité. Soudain, il sursauta. Sur le bureau de M. Thor, le téléphone retentissait. Strident. Lancinant. Gilles prit un mouchoir – même si la police avait relevé les empreintes – pour décrocher le combiné. Voix de femme.

– Allô, monsieur Thor ? Ici, madame Laporte, proviseure du lycée hôtelier et d'horticulture, nous avons un souci pour un de nos élèves, apprenti chez vous...

Il baragouina un « Hummmm » qui pouvait très bien passer pour une réponse de M. Thor. La proviseure, d'ailleurs, poursuivait :

– Je voudrais vous entretenir de cet élève...

Gilles hésita à dire qui il était.

– Je vous rappelle, madame.

Il raccrocha. Il serait toujours temps, plus tard, de convoquer la proviseure, de l'interroger sur l'élève... ou de se rendre lui-même au lycée. Il avait peut-être réagi comme l'aurait fait M. Thor, finalement.

Au lycée, personne ne devait être au courant du crime pour l'instant.

*

* *

– Commissaire !

Le cuisinier.

Gilles venait de sortir du bureau, qu'il avait fermé à clé.

– J'ai appris que... enfin que... notre directeur...

Il avait l'air bouleversé.

– Commissaire, que dois-je faire ? Servir les repas ?

– Oui, servez les repas. Mon adjointe informera les pensionnaires tout à l'heure, à l'apéritif.

Ainsi avait réagi M. Thor, cinq jours auparavant, pour le mort du noyer.

Ethel Rigault était dans sa serre. Gilles le trouva, assis sur les marches du perron. Le jardinier leva vers lui un regard triste, comme désabusé. Il dit simplement :

– C'est terrible. M. Thor qui hier encore...

– Monsieur Rigault, c'est vous qui avez découvert M. Thor ce matin ?

– Oui, commissaire, je vais souvent le matin lui dire bonjour, j'ai trouvé la porte de son bureau entrouverte et...

– Quelle heure était-il ?

– Sept heures.

– L'arme qui a tué votre directeur peut très bien être... (Gilles regarda autour de lui.) un outil... (Il en désigna un, accroché au mur, avec une lame pointue de huit à dix centimètres.) comme celui-ci.

– Oui, commissaire, et alors ? Je ne suis pas le seul à en disposer, et je peux même vous dire que le trousseau de chacun des apprentis en contient un. Cela s'appelle un « couteau de jardin numéro 8 ».

– À propos d'apprentis, Robin Marien travaille-t-il aujourd'hui ?

– Non, commissaire, nous sommes samedi.

– Pourtant, j'ai vu des apprentis cuisiniers...

– Eux travaillent le week-end, par roulement. Il faut bien restaurer les pensionnaires. Les arbres, les fleurs...

– ... peuvent attendre lundi ?

– Oui, commissaire, en quelque sorte. Autre chose ?

– Vos relations avec M. Thor ?

– Mais vous le savez, je vous l'ai déjà dit : de travail, uniquement de travail.

– Quelqu'un aurait pu lui en vouloir au point de...

– Je ne sais pas, commissaire, je ne sais pas.

Gilles hésita à lui montrer la photo de Jean Bonzom. Il se décida, tout en pressentant une réponse qui n'avancerait à rien.

– Je ne le connais pas, mais on peut dire qu'il ressemble au mort du noyer.

– Vous restez à la disposition de la police.

Ethel Rigault acquiesça de la tête.

Gilles quitta la remise.

Il faisait humide, froid, triste.

– Commissaire !

C'était Andrée Blanchon. Livide, l'air catastrophé.

– C'est épouvantable, je ne l'aimais pas, cependant... Je vais continuer la comptabilité, mais que vont devenir Les Cimes bleues sans M. Thor ? Les résidents, le personnel, les chiens... ? Qui va le remplacer ? La maison de retraite va-t-elle continuer ?

Elle ne posa aucune question sur le meurtre, mais toutes celles qui touchaient au devenir de la résidence semblaient pour elle cruciales.

Gilles décida d'appeler la municipalité pour trouver une solution provisoire. Il était inenvisageable de renvoyer ainsi, du jour au lendemain, les pensionnaires et leurs chiens.

Les ennuis ne faisaient que commencer.

Quand il raccrocha, Fred venait à sa rencontre.

– J'ai interrogé les apprentis à la cuisine et j'ai relevé leurs empreintes.

– Fred...

Elle suivit son regard.

Grand, élancé, toujours élégant, Alex Sandre se dirigeait d'un pas alerte vers le groupe jaune-mauve-vert, installé sur le perron.

– Il est déjà revenu de Bruxelles, murmura Gilles.

– Bruxelles est à seulement deux heures de Paris. Pour peu qu'il ait voyagé de nuit... Tu as regardé l'émission, hier soir, Gilles, au fait ? Avec tout ça, j'ai oublié de te demander.

– Oui, je l'ai regardée.

– Il était passionnant, non ?

– Oui. Que fait-il ici ? Pourquoi est-il venu ce matin aux Cimes bleues ?

Le trio l'embrassait. L'écrivain dut se baisser pour se mettre à la hauteur d'Henriette, toute petite à côté de lui.

– Il embrasse même Julien Monjon...

Il remit un petit sac à Henriette. Elle lui décocha un sourire radieux.

Déjà, Alex Sandre repartait. Déjà, les trois allaient se précipiter à l'intérieur, pour l'apéritif. Gilles les interpella :

– Attendez !

Il les rejoignit au pas de course, Fred sur ses talons.

– Ah, commissaire, dit Alex Sandre, aimablement.

– Commissaire, enfin ! dit Henriette. Nous venons d'apprendre la nouvelle, M. Thor retrouvé ce matin...

Le trio savait, évidemment !

Cascade de questions. Gilles coupa court. Il dit avec humeur :

– Vous m'interrogerez en temps voulu, n'est-ce pas ?

Henriette et ses deux compères ne comprirent même pas la note d'humour.

– Oui, commissaire, nous tenons à savoir.

– Madame Bruguière, comment savez-vous que M. Thor a été...

– Commissaire, enfin ! Mon époux était commissaire DI-VI-SION-NAI-RE ! Vous pensez bien qu'avec toutes ces allées et venues ce matin j'ai tout de suite compris.

– Mais comment savez-vous que c'est précisément M. Thor ?

– Une évidence, commissaire. Son bureau, l'inquiétude...

Gilles se tourna brusquement vers Alex Sandre.

– Et vous, le saviez-vous ?

– J'arrive directement de Bruxelles, commissaire. Mes amis viennent de m'apprendre la nouvelle, et je suis... très étonné.

– De quoi ?

– De... Qu'on en veuille à un homme qui a permis à tant de personnes âgées de vivre heureuses avec leur compagnon canin...

Alex Sandre attendait, n'osant repartir.

Gilles lorgna le petit sac au bras d'Henriette. L'inscription était minuscule, mais il put lire : *Chocolats fins. Bruxelles.*

Henriette remarqua son regard.

– Des chocolats, commissaire : Alex Sandre a eu la gentillesse de penser à nous en rapporter. Vous voulez en goûter un ?

– Non, sans façon.

– Et vous, lieutenante ? Un chocolat noir ? Ça requinque. Nous avons bien besoin d'un remontant dans cette nouvelle affaire, n'est-ce pas ?

Elle tendit sa canne à Alex Sandre.

– Tenez-la-moi une seconde, s'il vous plaît...

Elle désenrubanna le baluchon.

– Ce n'est pas la peine, madame Bruguière.

– Si, si, j'y tiens...

Elle ouvrit la boîte. Les chocolats étaient enveloppés dans du papier doré. On aurait dit de minuscules lingots d'or.

Fred en saisit un, le déshabilla.

– Merci.

– Commissaire ?

– Non, merci.

Henriette referma la boîte, reprit sa canne. Elle se pencha vers Hercule :

– Ce soir, mon chéri, tu en auras un, tes petits camarades, Simenon et Colombo, aussi, mais pas maintenant. (Elle se tourna vers Fred.) Je suppose que vous allez relever nos empreintes digitales ; si votre bonté pouvait aller jusqu'à commencer par nous... Ainsi nous serons libres pour nous rendre au Gallon prendre le dessert avec notre ami. Et, commissaire, nous aimerions que vous nous interrogiez en premier.

– Vous comprenez, le week-end, les desserts de M. Toulet sont encore meilleurs, expliqua Madeleine.

– Et on sert des cerises à l'eau-de-vie en digestif ! ajouta Julien.

Un homme venait d'être tué, et le trio devisait sur le perron gourmandises et chocolats...

Alex Sandre demanda :

– Je peux y aller, commissaire ? Je dois me reposer. Voyager de nuit, vous savez...

– Oui, bien sûr.

La silhouette de l'écrivain s'éloigna, distinguée, élancée.

– Venez, lieutenante, dit Henriette, je parie que c'est vous qui allez annoncer la terrible nouvelle à nos camarades.

*

* *

La salle de restaurant était pleine de résidents avec leurs toutous. Les pensionnaires étaient installés de telle façon, avec leur chien sur les genoux, qu'ils donnaient l'impression d'assister à un spectacle, tournés vers l'entrée du réfectoire comme si celle-ci constituait l'estrade d'une scène de théâtre.

Dès qu'ils entrèrent, les regards se rivèrent sur eux.

Grand silence.

Au premier rang, aux fauteuils d'orchestre en quelque sorte, le trio s'installa.

Derrière, Mlle Latrand, Prince Charles dans les bras. Gilles reconnut Mme Chairbaunel, Mme Marty...

À l'annonce de la nouvelle, des murmures s'élevèrent. Étonnés. Attristés. Curieusement, aucun autre pensionnaire n'avait remarqué l'arrivée de la police scientifique et de la médecin légiste le matin.

Les résidents prirent connaissance du nouveau meurtre comme s'il s'agissait d'un accident, de manière tout à fait naturelle. Était-ce de l'égoïsme ?

– Nous passerons dans vos chambres comme lundi dernier... Merci par avance de votre accueil et bon appétit.

Avec ces mots, quelques jours plus tôt, M. Thor n'avait recueilli que des hochements de tête approbatifs ; Gilles, lui, eut droit à des murmures mécontents.

– Commissaire ?

Un des jeunes apprentis venait à lui.

– Mme Blanchon me fait dire qu'elle a demandé en cuisine qu'on vous prépare deux repas. Il y a une table libre pour vous dans la salle.

Délicate comptable.

– Commissaire ! Lieutenante ! N'oubliez pas, nous en premier. Nous vous attendrons... (Henriette consulta sa montre.) à treize heures trente, dans ma chambre, « Glycine ». Vous la connaissez déjà...

Il fallait toujours qu'elle mène la danse !

Il eut envie de répliquer. L'œil de la vieille dame pétillait. Il se ravisa. Elle avait peut-être quelque chose à leur apprendre sur le meurtre.

Ils s'installèrent à la table désignée par le jeune serveur.

Brouhaha – tellement plus bruyant que le restaurant du Gallon... Des chuchotements montaient. L'inquiétude faisait peu à peu hausser le ton aux pensionnaires.

– Que va-t-on devenir ?

– *My God*... Mon pauvre Prince Charles chéri !

– C'est vrai, Gilles, c'est catastrophique pour eux !

– J'ai appelé la mairie tout à l'heure. Ils vont essayer de trouver de toute urgence un remplaçant provisoire. Peut-être faut-il désigner un employé des Cimes bleues, quelqu'un d'ancien dans la maison qui mobilisera tous les autres... Ça devrait pouvoir tenir ainsi quelque temps.

Fred murmura :

– Tu te rends compte, une ancienne gendarmerie devenue le cadre de deux crimes, c'est...

– ... totalement surréaliste.

Il avait cette même impression depuis le début.

– Mais pour Jean Bonzom et M. Thor, c'est on ne peut plus réaliste.

*

* *

Gilles, comme pour le premier interrogatoire, n'eut pas besoin de frapper.

Le trio ouvrit la porte.

– Il va falloir faire vite, commissaire, l'hôtelier du Gallon ne sert pas les desserts après quinze heures.

Le trio avait déjà l'index en l'air. Fred plaça le tampon encreur sur une commode. Ils s'avancèrent.

– Vous savez, commissaire, dans le bureau de notre cher regretté directeur, les empreintes ne doivent pas manquer.

– Avez-vous vu ou entendu quelque chose hier au soir ?

– Hier soir, nous regardions Alex. Merveilleux. Vous avez vu quand il a mouché le journaliste qui insistait...

Le meurtre avait eu lieu pendant l'émission, qui était retransmise en direct. Le meurtrier avait-il choisi délibérément l'heure de diffusion de « Littérature et frissons » ? Encore fallait-il qu'il soit au courant. Mais toute la résidence des Cimes bleues, tout Issinjean, grâce au trio, était au courant.

– Si nous avions pu nous douter, commissaire, que pendant que nous regardions notre ami...

Pour être dépitée, Henriette était dépitée. Si elle avait pu voir quelque chose et ramener sa fraise une fois de plus !

– Il nous a scotchés, littéralement scotchés... Surtout avec son idée de silence, de blanc dans le texte.

– Tout le monde a regardé l'émission ?

– Aux Cimes bleues ? Bien sûr. Nous en avions fait la promo.

Elle prit un air entendu.

– Tout le monde, sauf...

– Sauf qui ?

Elle eut un sourire malicieux.

– Sauf M. Thor !

– M. Thor, et aussi le meurtrier ou la meurtrière.

– Maintenant qu'il est mort, on peut le dire, il avait quand même un foutu caractère ; parfois, il était blessant.

– Qu'essayez-vous de me dire, madame Bruguière : qu'il avait des ennemis ?

– Ah, commissaire, c'est vous qui menez l'enquête. Hercule est pressé de sortir. On y va, Hercule... Le commissaire a fini avec nous, n'est-ce pas, commissaire ?

– D'habitude, vous n'amenez pas les chiens au Gallon ?

– Nous les laissons seulement quand il pleut. Hercule, Colombo et Simenon ne nous quittent jamais. Bon, nous y allons... Nous sortons avec vous, commissaire.

Le trio les mettait dehors. Ils enfilaient manteaux, gants... Les résidents aussi bien que les toutous. Hercule avait une casquette. Pas une casquette classique, à carreaux : une casquette de jeune loubard avec l'inscription *Chicago Bulls*. Colombo portait une doudoune, et Simenon des sortes de santiags. Le trio infernal accompagné du trio des toutous au look d'enfer !

– Fred, pendant que tu prends les empreintes des autres résidents, je vais interroger Peter, puis je passerai au lycée.

Gilles descendit les marches du perron.

Les trois silhouettes, verticales, suivies des trois autres horizontales, prenaient le chemin de la sortie, vers les piliers. Au niveau du noyer, Henriette s'arrêta brusquement. Elle se retourna, eut comme une hésitation, fit un signe aux deux autres, puis revint sur ses pas. Elle trottinait, Hercule à ses côtés. Elle s'arrêta devant Gilles, essoufflée.

– Commissaire, attendez, nous allions oublier... Cela nous est revenu par hasard... Un soir, dans le parc, depuis la fenêtre de ma chambre, nous avons aperçu... un prêtre.

– Un prêtre ?

– Oui, ou un curé. Un ecclésiastique en tout cas, avec sa chasuble... Sur le moment, nous n'y avons pas prêté attention. Après tout, un des résidents pouvait avoir demandé à M. Thor la visite d'un prêtre, pour se confesser...

– Ce n'est pas le cas ?

Henriette sourit. Elle avait mené l'enquête.

– Non, nous avons demandé à nos camarades. Nous nous sommes alors dit qu'un prêtre pouvait aussi être venu aux Cimes bleues en tant que futur résident... Mais en réfléchissant bien...

– C'était quand ?

– Nous n'arrivons pas à nous en souvenir exactement. Moi, je penche pour trois jours avant le meurtre du noyer, Madeleine et Julien pensent que c'était la veille. Enfin, si cette information peut vous aider, commissaire... Allez, viens, Hercule.

Gilles préféra ne rien répondre.

Elle repartait déjà. L'information était capitale, et elle se décidait à la lui livrer seulement maintenant. Elle avait choisi, il en était sûr, de ne la partager qu'aujourd'hui.

Fred murmura :

– Elle se régale à distiller les indices au compte-gouttes. N'empêche que...

Oui. Le mort pouvait très bien être un prêtre. Ce prêtre aperçu pouvait être le mort du noyer.

Fred reprit :

– Ça se tient. Et le meurtrier a déshabillé sa victime, jusqu'au slip, pour qu'on ne sache pas qu'il était prêtre. Parce que l'uniforme d'un ecclésiastique – la chasuble – est trop parlant. Miss Marple fait avancer l'enquête d'un bond, et elle le sait. Tu aurais dû la remercier, Gilles.

– J'appelle Agathe tout de suite.

Agathe sut le renseigner.

– Non, commissaire, Jean Bonzom n'est pas prêtre. Il travaille dans un théâtre, aux décors, aux costumes.

Gilles raccrocha, transmit la réponse à Fred.

– Bingo, Gilles ! Et dans ce théâtre, je te parie qu'on joue des pièces avec des ecclésiastiques comme protagonistes... À tous les coups, le mort du noyer est venu aux Cimes bleues déguisé en prêtre, avec une chasuble empruntée au théâtre.

– Et le meurtrier l'a déshabillé pour qu'on n'identifie pas le prêtre.

– Le meurtrier ne savait donc pas que le mort n'était pas prêtre.

Pourquoi le mort, ce Jean Bonzom, avait-il voulu se faire passer pour un prêtre ?

Pourquoi l'avait-on tué ? Sous un noyer tricentenaire ?

Gilles soupira. Ils avançaient un peu sur le meurtre du noyer, mais un second meurtre était à résoudre. Il avait l'impression d'avoir toujours un métro de retard. Il s'irritait de voir affluer des informations... sur le meurtre précédent.

Cependant, les deux affaires étaient certainement liées.

– Tu aurais dû, dès le début, être peut-être plus aimable avec nos trois amis, accepter leur aide.

– Et puis quoi encore ! bougonna Gilles. Allez, à tout à l'heure, Fred.

Il prit le couloir. Ainsi qu'il l'avait demandé, les scellés avaient été posés sur la porte du bureau de M. Thor. Il avança.

Soudain, son regard fut attiré par un minuscule objet, par terre, dans un coin, contre le mur. Il se baissa. Un noyau de cerise troué. Il le ramassa. Petit noyau dans sa paume, qui lui disait quelque chose. Mais quoi ?

Il soupira.

Il peinait, il ramait. Comme jamais.

Il l'enfouit dans sa poche et réalisa que, depuis deux jours, il survivait sans graines de tournesol.

*

*   *

Bureau de Peter.

Forcément, sur l'écran, il avait vu quelque chose. Il ne pouvait pas ne pas avoir vu la veille le meurtrier entrer aux Cimes bleues. À moins que celui-ci ne fût déjà dans la résidence. Un pensionnaire ? Un membre du personnel ?

Peter était assis dans son fauteuil. « Je le réveille », songea Gilles aussitôt.

Le gardien avait des cernes. « Normal, quand on apprend que son employeur a été tué. »

– Monsieur Vlaovitch, hier soir, vous étiez là ?

– Oui, commissaire.

– Vous avez obligatoirement vu quelque chose sur votre écran. Quelqu'un entrant au niveau des piliers, ou accédant au perron.

– Non, je n'ai rien vu. Si j'avais vu quelque chose, peut-être que M. Thor serait encore en vie.

– Vous n'avez rien entendu, non plus ? Votre bureau n'est pas loin de celui du directeur.

– Écoutez, commissaire, j'étais là hier soir, mais j'ai dû m'assoupir.

Peter avait l'air buté. Disait-il la vérité ? S'il était le meurtrier, quel pouvait être son mobile ?

« Un face à face... » avait dit Anne Cartry.

Le meurtrier avait peut-être menacé le directeur sans faire le moindre bruit. Oui, la scène pouvait s'être écoulée dans le silence le plus total. Gilles l'imagina une seconde. Une ombre s'avance vers M. Thor. Ce dernier, forcément pris de court, recule, effrayé, épouvanté. Il veut crier, mais aucun son ne sort de sa bouche. Il recule jusqu'à la fenêtre ; alors la silhouette s'approche jusqu'à bloquer le directeur contre la fenêtre et lui enfonce un poignard... en plein cœur. Et s'en va, en toute discrétion. Cela pouvait parfaitement s'être déroulé ainsi, rapidement. Et le gardien pouvait très bien s'être assoupi et ne pas avoir été réveillé.

– Monsieur Vlaovitch, avez-vous vu un prêtre aux Cimes bleues ?

– Un prêtre ? Quand ?

– Ces derniers temps.

– Non.

La question semblait l'étonner.

– M. Thor vous a paru comment, hier soir ?

– Je l'ai à peine vu hier soir. Il m'a paru énervé. Mais il était toujours énervé.

*

* *

Gilles emprunta le sentier qui conduisait au lycée. Pourquoi la proviseure avait-elle appelé M. Thor ce matin ?

La grille de l'établissement scolaire était fermée.

Samedi après-midi. Normal. Et le calme autour. Ambiance bien différente de celle de la semaine.

Il appuya sur la touche de l'interphone.

Il y avait un gardien, obligatoirement.

« S'il est comme Peter... » songea le commissaire. Il sautilla un peu sur place pour se réchauffer. Il appuya de nouveau sur le bouton.

– Oui ?

Il reconnut la voix de la directrice elle-même.

– Commissaire Gilles Lafosse. Puis-je m'entretenir avec vous ?

Il y eut un temps. Puis un déclic. La porte s'ouvrit.

La proviseure était en jean, décontractée.

– Bonjour, commissaire, que me vaut l'honneur ?

– Madame Laporte, ce matin, vous avez appelé M. Thor à son bureau.

– Oui, M. Thor m'a demandé de lui signaler les problèmes que nous pourrions rencontrer avec les apprentis qu'il a la gentillesse de prendre aux Cimes bleues. Ce matin, je n'ai même pas eu le temps de m'expliquer, il m'a raccroché au nez.

– C'est moi qui ai décroché ce matin, et que vous avez donc eu au bout du fil.

– Je ne suis pas sûre, commissaire, que la police doive se mêler...

– Exposez-moi le problème que vous vouliez soumettre à M. Thor. Je vous écoute.

– Eh bien, c'est au sujet d'un de nos internes, apprenti aux Cimes bleues.

– Son nom ?

Avant même que la proviseure ne prononce ce nom, Gilles sut de qui il s'agissait.

– Robin Marien, un des jeunes apprentis en horticulture.

– Et alors ?

– Nous nous sommes rendu compte que parfois, la nuit, il faisait le mur.

– Comment ça ?

– Il arrivait à tromper la surveillance de la CPE, et il découchait.

– Pour aller où ?

– Ah, ça, commissaire, je n'en sais pas plus... Mais nous voulions en informer M. Thor, car nous en avons la responsabilité.

– Où est Robin Marien en ce moment ? Au lycée ?

– Non, c'est le week-end. Il est reparti dans sa famille à midi.

– Je peux avoir ses coordonnées ?

– Bien sûr.

Elle fureta, écrivit sur un bout de papier, le tendit à Gilles.

– Et quand a-t-il fait le mur ?

– La semaine dernière, déjà, la CPE, sans en être totalement sûre, avait remarqué son absence ; et puis, hier au soir, il est sorti.

– Vous en êtes certaine ?

– Oui, la CPE a constaté dans la nuit qu'il n'était pas là et a guetté son possible retour. Elle l'a vu revenir à six heures du matin. Il a regagné le dortoir, son lit, comme si de rien n'était.

– Merci, madame Laporte.

– Vous savez, commissaire, cet élève est sans problème, avenant, agréable, travailleur.

– Quand avez-vous vu M. Thor pour la dernière fois ?

– Je... Je l'ai vu il y a une semaine environ. Pourquoi ?

Elle avait hésité.

– Pour quelle raison le rencontriez-vous ?

– Pour les stages des apprentis, évidemment. Une fois par trimestre, nous demandons aux entreprises qui acceptent de prendre nos élèves en stage de venir faire le point sur leur travail. Il y a Les Cimes bleues, mais aussi la supérette d'Issinjean, la boucherie...

– M. Thor assistait-il à ces réunions ?

– Non. La plupart du temps, il envoie le jardinier, ou le chef cuisinier, mais la semaine dernière, il est venu.

– Et ?

– Et rien, commissaire. Vous savez, il prend nos élèves, c'est tout.

– Il les paie ?

– Une rémunération symbolique. Les apprentis, c'est beaucoup de souci, d'investissement... Je ne comprends pas, commissaire, pourquoi la police se dérange pour une simple fugue de jeune. Car il s'agit d'une fugue, je suppose. Il s'est passé quelque chose ?

Gilles laissa tomber :

– Madame Laporte, M. Thor a été retrouvé ce matin, dans son bureau, mort.

– Mon Dieu ! Assassiné ! C'est ça ? (Elle s'assit à son bureau.) C'est dramatique. Que vont-ils devenir, mes apprentis, sans lieu de stage ? (Elle se rattrapa aussitôt :) Pauvre M. Thor, un homme si agréable...

« M. Thor, un homme si agréable... » Elle lui avait déjà dit cela. On était en plein surréalisme !

« Et mes apprentis, que vont-ils devenir ? » Curieuse réaction. Mme Blanchon, elle aussi, s'était tout de suite écriée : « Que vont devenir les pensionnaires ? » Mais Mme Blanchon n'avait pas utilisé le pronom possessif.

Il semblait que la comptable était la seule personne ayant de l'humanité.

Et Robin Marien ? Pourquoi avait-il fait le mur ? Justement le soir du meurtre de M. Thor ? Peut-être aussi le soir du premier meurtre ?

Soudain, Gilles s'arrêta dans la descente qui le menait aux Cimes bleues. Brutalement. Et un grand froid le parcourut. Le noyau de cerise, ramassé tout à l'heure dans le couloir menant au bureau du directeur... Il se rappelait maintenant. Il l'avait déjà vu... autour du cou du jeune apprenti. Comme un fétiche. Comme une médaille.

– Merde, murmura-t-il pour lui-même.

Gilles hésita. Devait-il ajouter le noyau aux pièces à conviction, aux indices ?

Il haussa les épaules. Ce noyau ne voulait rien dire. Robin Marien pouvait très bien l'avoir perdu bien avant le crime... Oui, mais les locaux étaient toujours impeccables.

En tout cas, la dernière fois que Gilles l'avait vu, l'apprenti le portait, pendu autour de son cou.

Il appela chez les Marien. Tomba sur la mère.

– Je voudrais parler à Robin.

– Il est revenu de son cours de judo. Je vous le passe.

Voix timide de Robin à l'autre bout du fil. Timide ou apeurée ? Inquiète ?

Gilles ne put trancher. L'adolescent ne manifesta aucune surprise quand Gilles déclara : « Commissaire Lafosse. »

Il devait l'interroger. Mais pas par téléphone. Il voulait voir la réaction de Robin.

– Robin, je veux te rencontrer lundi, à huit heures, aux Cimes bleues.

– D'accord, commissaire.

Gilles raccrocha. L'adolescent n'avait même pas demandé pourquoi.

À peine refermé, son portable rossignola.

– Anne Cartry. L'employeur dont vous m'avez parlé, ce matin, est venu à l'institut médico-légal. Il a reconnu formellement le mort. Ce dernier s'appelle Jean Bonzom et travaillait dans son théâtre. Jean Bonzom n'a plus de famille. Des cousins éloignés. Je les préviens ?

– Oui, merci.

Le mort du noyer était Jean Bonzom.

Enfin, on connaissait de façon certaine l'identité du premier mort.

Pourquoi l'avait-on tué ?

Et pourquoi venait-on de tuer M. Thor ?

Rossignolade à nouveau. Il consulta sa montre. Dix-sept heures. Son portable rossignolait volontiers à la tombée du jour. Comme tous les rossignols.

C'était Agathe. Il sentit à sa voix enthousiaste qu'il y avait du nouveau.

– Comme vous nous l'avez demandé, nous avons cherché un événement qui se serait passé entre l'époque à laquelle Valéry Bonzom est arrivé au collège et le moment où il a quitté la région...

– Oui, oui...

– Valéry Bonzom a quitté la région en avril 1969.

Gilles revit Marie Belet.

– Et...

– Le 2 février 1969, à Lyon, un casse a eu lieu à la bijouterie Au diamant d'or, une des plus belles enseignes de France.

Gilles attendit qu'Agathe reprenne son souffle.

– Un casse extraordinaire, sans précédent, une réussite du genre. La bijouterie a été dévalisée de tous ses diamants. Uniquement de ses diamants. Le bijoutier a été indemnisé par l'assurance, mais il a dû fermer boutique peu de temps après.

– Escroquerie à l'assurance ?

– Cela n'a jamais été évoqué. C'était un vrai casse, vous savez, comme à la télé, aux petits oignons, si je puis dire. La police a cherché pendant des années puis a classé l'affaire. Les braqueurs n'ont jamais été retrouvés.

Valéry Bonzom avait eu des démêlés avec la police...

– Et Valéry Bonzom ?

– J'y arrive. Il a été soupçonné, mis en garde à vue, puis relâché. Rien n'a jamais pu être prouvé. Il y avait des empreintes, mais pas les siennes. Je vous envoie les articles de journaux que nous avons scannés : l'arrestation de Valéry Bonzom, la liste des bijoux volés avec les photos...

– Merci, Agathe, vous avez fait du bon boulot.

*

* *

Gilles reprit le chemin des Cimes bleues.

L'enquête avançait par à-coups.

Un casse en 1969. Alors que le père du mort du noyer habitait la région.

Le nœud se resserrait. Légèrement.

Ce casse était une piste.

Il accéléra le pas. Vite retrouver Fred. Avoir son opinion.

Petit bip. Les documents sur le casse étaient réceptionnés sur son portable. Dix mégas. Du bon boulot, oui.

Il faisait froid. Mais en traversant l'allée qui conduisait au perron, Gilles avait soudain moins froid. Il monta l'escalier. En raison de la mort du directeur, il s'attendait à voir un grand désordre dans le couloir des chambres. Or il observa le même calme que les jours précédents.

Fred sortait de la chambre de Lilyane Latrand. Elle aperçut Gilles, plaqua sa main sur son front :

– *My Gooood !* s'exclama Fred, singeant la professeure d'anglais.

– Ça va ? Tu as trouvé quelque chose ?

– J'ai mon lot d'empreintes. (Elle lui montra le dossier.) Pas une ne manque. Je suis allée également en cuisine. J'ai vu les apprentis qui s'y trouvaient...

– On va les scanner et les envoyer tout de suite à la police scientifique pour qu'elle effectue des recoupements avec les traces retrouvées dans le bureau de M. Thor.

– J'ai aussi posé des questions.

– Alors ?

– Ils ne savent rien. C'est très curieux, je m'attendais à ce qu'ils soient déboussolés, déstabilisés ; ils m'ont reçue comme si de rien n'était... Lilyane Latrand m'a même proposé « du *tiiii* ». Leur directeur est mort, et leur vie continue sans aucun changement.

Fred se faisait la même réflexion que lui, quelques instants plus tôt. Elle soupira :

– Ainsi est la nature humaine... Les gens ont des habitudes, ils prennent un pli de vie et...

Gilles soupira à son tour. Lui aussi, parfois les habitudes...

– À la limite, le trio me paraît plus humain, à vouloir nous aider à trouver...

– Viens, dit Gilles.

– Tu as du nouveau de ton côté ? Le lycée et Peter ont donné quoi ?

– Peter n'a pas d'alibi, quant au lycée...

Il eut un vague geste de la main. Il parlerait de Robin Marien à Fred plus tard.

Pourquoi décidait-il de ne pas en parler maintenant ? Pour lui cacher le noyau de cerise, pour retarder... « J'ai peur tout simplement qu'elle dise "C'est une véritable piste, à ne pas négliger". »

– Agathe m'a fait parvenir... (Il se dirigea dans le salon vers le coin internet, brancha son portable.) un dossier de dix mégas, nous en avons pour un bon bout de temps. Je t'explique, Fred.

L'ordinateur moulinait : il afficha 60 pages à imprimer.

– 1969, à Lyon, casse d'une bijouterie, à cent cinquante kilomètres d'Issinjean, exposa Gilles.

Fred comprit immédiatement :

– Tu penses à Valéry Bonzom, à ses démêlés avec la police ?

– Il a été arrêté mais relâché. La police n'a jamais retrouvé les braqueurs. Ils étaient deux, Fred, seulement deux.

Les feuilles sortaient de l'imprimante.

– Écoute...

Il attrapa la première feuille, un article de journal, lut à haute voix.

– *2 février 1969. STUPEUR DANS LE MILIEU DE LA BIJOUTERIE. La bijouterie Au diamant d'or, la plus belle de Lyon, spécialisée en bijoux taillés dans des diamants rares, a fait l'objet d'un casse, ce jour. Un casse éclair. À la fermeture du magasin, deux braqueurs, déguisés en prêtres...*

– En prêtres !

Gilles fit un petit signe à la lieutenante.

– Je continue... *déguisés en prêtres, cagoulés et armés, ont fait irruption dans la bijouterie. Le personnel n'avait pas encore mis en marche le système d'alarme. Les deux vendeuses présentes n'eurent pas le temps de réagir. Menottés, bâillonnés, yeux bandés, les membres du personnel ont été victimes d'un braquage digne d'un scénario télévisé. En moins d'un quart d'heure, avec une maîtrise totale, des gestes sûrs, et dans un silence complet, les deux braqueurs ont emporté TOUS les diamants de la bijouterie. Dans les vitrines sont restés les autres bijoux. Le butin s'élèverait à des centaines de millions de francs. La police est sur les dents.*

– Des centaines de millions d'euros, donc, dit Fred.

Gilles saisit d'autres feuilles. Il y avait six articles. Les journalistes reprenaient les mêmes mots : « braquage éclair ». Certains même faisaient de l'humour : *Pas le temps de dire la messe pour les deux prêtres... Le vin de messe a été bu jusqu'à la lie...*

– Le mort du noyer était peut-être déguisé en prêtre pour rappeler le braquage, dit Fred, mais quel lien avec Les Cimes bleues, avec M. Thor ?

– Il y a les rapports de police.

Gilles poursuivit :

– *La police a émis l'idée d'une fraude à l'assurance. Les deux braqueurs ont-ils été commandités par le bijoutier ? Celui-ci a été interrogé, soupçonné puis relâché. Les braqueurs se sont volatilisés. Le bijoutier a préféré fermer la boutique.*

Gilles soupira.

– Bon, Fred, j'emporte tous ces documents.

– Bonne soirée en perspective...

– Je scanne les empreintes à la PJ et on rentre. Demain, Fred, repos !

– Oui, grasse matinée, j'ai une amie à la maison.

Gilles aussi avait envie de traîner sous la couette le lendemain. Enfin, il essaierait. Il le savait au fond : il ne déconnecterait pas de l'affaire.

– Et s'il s'agissait d'un vrai prêtre, de deux vrais prêtres ?

– Je vais approfondir, Fred, mais à mon avis, à l'époque déjà, les policiers avaient dû explorer cette voie.

– En tout cas, Gilles, nous avançons. Nous connaissons l'identité du mort du noyer : Jean Bonzom, le fils de Valéry Bonzom, venu aux Cimes bleues... déguisé en prêtre... comme les braqueurs lors du casse de 1969...

Oui, ils avançaient à petits pas. Mais sûrement.

– Peut-être.

Le tout était de découvrir le lien avec M. Thor. Pourquoi avait-on tué le directeur ? Et pourquoi avait-on tué Jean Bonzom, le fils peut-être d'un des deux braqueurs du fameux « casse éclair » ? Qui était l'autre braqueur ?

D'ailleurs, tout n'était que suppositions. Et Robin Marien, dans tout cela ? Robin Marien qui avait fugué les soirs des meurtres ? Et Peter Vlaovitch sans alibi ? Et Ethel Rigault, à l'origine de la découverte des deux crimes ? Tout le monde était suspect.

– Sûrement, il existe un rapport entre le braquage et ces deux crimes, dit Fred. Dans la liste de camarades de collège de Valéry Bonzom, Gilles, tu n'as pas M. Thor ou Ethel Rigault, ou quelqu'un d'autre des Cimes bleues ?

– Non, j'ai regardé. Seulement Valéry Bonzom. (Il ouvrit un dossier.) Tiens, par ordre alphabétique et par années...

– Une résidente qui se serait mariée, qui aurait changé de nom... ?

– Il faudrait vérifier.

– Je m'en occupe, Gilles, ce n'est pas sorcier. Je connais toutes les résidentes. Donne-moi ta liste.

Il était vingt heures. Les Cimes bleues semblaient dormir. Animation uniquement dans les cuisines. René Chanu revenait des chambres avec les gamelles des toutous vides. La maison de retraite continuait à vivre malgré tout.

Il faisait sombre dans le parc. Sous le perron, la lumière s'alluma. Ils avancèrent. Le gravier crissa. La silhouette noire du noyer était toujours aussi imposante. Ils regagnèrent leurs voitures, garées non loin de l'arbre.

– À lundi, Fred.

– À lundi, Gilles.

Le jardin était peu éclairé, mais une intuition poussa Gilles à jeter un œil... Il n'y voyait pas très bien et il se baissa.

– Merde ! Merde ! Merde !

Fred revint sur ses pas.

– Qu'y a-t-il ?

Il désigna les pneus arrière de sa voiture.

– Ce n'est pas vrai ? Encore ? Quelqu'un veut te mettre des bâtons dans les roues...

Gilles n'avait pas besoin de vérifier, il en était sûr, c'était la même entaille ; le même outil avait crevé ses pneus, comme les précédents, et avait tué M. Thor. Le meurtrier était donc aux Cimes bleues ! Et y était encore aujourd'hui.

Qui avait osé crever ses pneus, avec force, sous l'œil de tout le monde, de la police présente dans la matinée, des résidents qui se promenaient, de lui Gilles, et de Fred ? Sous leur nez ? À sa barbe ? Qui ?

Le meurtrier le narguait !

Fred prit la peine de se baisser.

– Il n'y est pas allé de main morte, murmura-t-elle. Entaille très profonde. Le couteau a été enfoncé avec rage. Que fait-on, Gilles ?

« Que fait-on, Gilles ? » Elle lui avait aussi dit cette même phrase en début de semaine. Il avait l'impression de revivre sans cesse les mêmes scènes. Impression très désagréable qui accentuait la sensation de piétiner, d'échouer.

– Dépose-moi au Gallon.

Il n'avait même pas envie de parcourir à pied le chemin qui conduisait à l'hôtel. Il se sentait abattu, soudain. Découragé.

Fred démarra sa voiture. Gilles regarda dans le rétro. La masse du noyer disparut bientôt du petit miroir.

L'alarme n'avait pas encore été branchée. Peter allait-il continuer à s'occuper du système de sécurité ?

– Au revoir, Fred. Donne-moi la liste des élèves. Coincé au Gallon, je vais plus trouver le temps que toi.

*

* *

– Je peux avoir la chambre de la dernière fois, la 206 ?

Gilles n'était pas en état de discuter, d'expliquer. L'hôtelier, heureusement, ne fit aucune remarque, ne manifesta aucun étonnement de le revoir.

– Oui, elle est libre.

Il tendit la clé. Aimable. Était-il au courant du nouveau crime ?

Il était au courant, bien sûr, puisque le trio était venu prendre son dessert et son café. Ils avaient mis au parfum Alex Sandre, leur grand ami, mais aussi tout l'hôtel. Gilles le sentait. Ils avaient dû bavasser tout l'après-midi. Suppositions. Hypothèses. Critiques aussi peut-être à l'encontre de la police.

– Vous mangez dans votre chambre, commissaire, ou en salle... Le samedi, j'ouvre le soir.

Gilles aperçut Alex Sandre qui s'essuyait délicatement les lèvres, s'apprêtant à se lever.

– En salle.

Il alla s'asseoir. À la table où Fred et lui avaient mangé les jours précédents, pas loin de celle de l'écrivain. C'était idiot, mais assis à une autre table il aurait moins bien mangé. L'écrivain aussi était un homme d'habitudes. Même table. Comme lui.

« Alors, je ne vais pas critiquer les pensionnaires de la résidence », songea-t-il.

Ça sentait bon. L'hôtelier, quelle chance ! était un excellent cuisinier.

Se retrouver à nouveau dans cet hôtel, le week-end, était insupportable.

À part le romancier, la salle de restaurant était vide. Évidemment en plein hiver, à la morte-saison... Qui viendrait voir des montagnes noires à cette période ?

La mauvaise humeur le reprenait.

Il était là, seul, dans un hôtel, de luxe certes, mais désaffecté... alors que Léna était dans le Sud.

« J'aurais dû lui donner mon adresse à l'hôtel... ironisa-t-il pour lui-même. C'est l'endroit où on a le plus de chances de me joindre, maintenant. »

Léna avait-elle reçu son message ?

Il n'aurait jamais dû laisser la carte si blanche. Idée stupide. Idée d'un lâche qui n'ose pas écrire.

Il regarda Alex Sandre d'un œil mauvais... C'était à cause de lui...

– Commissaire...

Alex Sandre était devant lui, souriant.

– J'aurais volontiers mangé avec vous, ce soir, mais j'ai fini, et excusez-moi si je vous fausse compagnie, mais, vous comprenez, je suis en plein cœur de mon roman...

– Bien sûr, bon travail, bonne soirée, dit Gilles avec un sourire affable, tout en pensant « Pourvu qu'il n'évoque pas Les Cimes bleues, l'enquête ».

Visiblement, l'écrivain n'avait aucune envie d'aborder l'affaire. Il était déjà reparti.

« Pauvre imbécile, si tu savais à quel point, ce soir surtout, je préfère manger seul ! »

– Voilà, commissaire.

L'hôtelier disposa devant lui un foie de veau accompagné de carottes et de navets si bien cuits qu'ils paraissaient caramélisés.

Du foie de veau ! Il n'en avait plus mangé depuis... sa grand-mère, dans le Luberon. Il se laissa bercer par les souvenirs.

En dessert, du caillé. Ce mets-là aussi, il n'en avait plus dégusté depuis des lustres.

Il se sentit soudain observé. Éric Toulet guettait sa réaction. Rapport à sa cuisine.

Gilles lui fit un petit signe du pouce : « OK. »

Pourquoi, dans cette affaire, était-il toujours épié par quelqu'un ? Il avait l'impression qu'on le guettait en permanence.

« Merde ! Qui mène l'enquête ? Qui doit observer ? Fureter ? »

Brusquement, il pensa au trio.

« Un soir, dans le parc, nous avons aperçu un prêtre, commissaire... »

Le trio le mettait toujours sur des pistes qu'il n'aurait pas trouvées sans son aide.

« Devrais-je les associer... ? »

Henriette serait la plus heureuse, elle triompherait.

« Cher commissaire... ! » Il l'imaginait. Collaborer avec lui, elle n'attendait que ça. À défaut, elle l'aiguillait, en silence, l'air de rien.

« Je devrais être reconnaissant. » Il ne l'était pas. Aucune envie de dire merci.

Deux fois, elle l'avait mis sur la bonne piste. La première, en l'informant que M. Thor avait interdit l'accès à Dionysos, la seconde en évoquant la silhouette de prêtre.

Des pistes non négligeables, il devait le reconnaître. Mais il n'aimait pas qu'on se mêle de ses affaires. Car Henriette et ses compères n'agissaient absolument pas comme des témoins, mais bien comme des protagonistes.

Il fit défiler dans son esprit la journée écoulée. L'annonce du second crime. Son arrivée aux Cimes bleues. L'interrogatoire de Peter. Le trio, avec Henriette et la boîte de chocolats belges offerte par Alex Sandre, l'écrivain les embrassant... Leurs paroles, celles de miss Marple-Henriette surtout : « À mon avis, dans le bureau de notre cher directeur, les empreintes ne doivent pas manquer... », « Tout le monde a regardé l'émission sauf... » Il avait eu la sottise de demander qui. « M. Thor ! » Elle l'aidait, tout en se moquant de lui. Qu'avait-elle dit encore ?

Il attrapa le dossier « mort du noyer », se leva.

– Dé-li-ci-eux, monsieur Toulet, dit-il en passant. Bonne nuit.

– Bonne nuit, commissaire.

L'hôtelier savait vraiment se faire discret.

Il posa le dossier sur la table de sa chambre.

Celui-ci s'épaississait. Photos des deux victimes à présent : le mort du noyer, puis M. Thor.

Comptes rendus de la police scientifique. Rapports d'autopsie. Anne Cartry, dans le second rapport, avait bien confirmé l'utilisation d'un poignard, d'un outil pointu en tout cas, enfoncé brutalement. *La victime a mangé du riz avec de l'omelette, du fromage blanc...* M. Thor n'avait pas mangé au Gallon, c'était le moins qu'on puisse dire. *Homme fort, lourd, imposant... Entaille profonde... Le coup porté a été énergique... Vu la corpulence de la victime, le meurtrier est forcément costaud, en pleine santé physique, certainement sportif.*

Gilles soupira pour lui-même :

– Cela écarte tous les pensionnaires de la résidence.

Robin Marien aurait-il pu... ? Il était costaud, et la jeunesse a des forces en excès...

Ethel Rigault était maigre mais nerveux. Peter Vlaovitch aussi.

À l'évidence, ce ne pouvait être une femme. Difficilement, en tout cas. Il posa le rapport d'autopsie. Saisit la photo de Valéry Bonzom. Celle que Marie Belet lui avait confiée. Valéry Bonzom avait été collégien à la fin des années 1950. Fred avait suggéré de comparer le nom de jeune fille des pensionnaires de la résidence avec ceux des élèves féminines du collège à la même époque. C'était une bonne idée. Il prit les listes par années et par ordre alphabétique.

A... B... jusqu'à Z. Aucun nom d'élève ne correspondait au nom de jeune fille d'une pensionnaire de la résidence.

Il compara toutes les années.

Il prit la peine de vérifier s'il n'y avait pas, parmi les élèves, un Rigault, un Vlaovitch, un Thor, sans trop y croire. Effectivement, aucun nom d'habitant de la résidence.

Il détailla les photos.

Qui cherchait-il parmi ces élèves ? Le second braqueur, en admettant que Valéry Bonzom soit le premier ? Quelqu'un qui aurait connu Valéry Bonzom au collège ? Une petite amie d'un camarade de classe ? Une amie de Marie Belet, dont le petit copain aurait été en classe avec Valéry Bonzom ?

Année 1957. Lettres R, S, T...

TICONMINUS. Le dernier nom.

Il referma le dossier.

TI-CON-MINUS. Quand on séparait les syllabes... quel drôle de nom. Pas facile à porter.

Le dossier du noyer. La biographie de Dionysos. Les articles sur le « casse éclair ». Les rapports de police... Installé sur son lit, il reprit minutieusement chaque élément.

Monsieur Valéry Bonzom, vous avez eu des démêlés avec la police. Le soir du 2 février 1969, à 19 heures, où étiez-vous ?

L'alibi, à l'époque, n'avait pu être invalidé. Valéry Bonzom, faute de preuve, avait été relâché. Quelque temps plus tard, un client de la bijouterie avait évoqué un tic des yeux chez l'un des deux braqueurs. Or Valéry Bonzom, quand il était nerveux, clignait de l'œil droit. Un début de preuve. Mais Valéry Bonzom avait alors disparu.

Photo du suspect. Jeune. Plutôt beau. Gilles repensa à Marie Belet. Elle avait peut-être songé à cet homme toute sa vie... Après l'affaire du casse de la bijouterie, il était parti pour Lille. S'était marié. Avait eu un fils. Ce dernier, âgé de quarante ans, avait été retrouvé mort sous le noyer. Nu. Dévêtu de sa chasuble de prêtre !

Valéry Bonzom avait-il quitté la région parce qu'il avait été suspecté ou parce qu'il était vraiment le braqueur ? En tout cas, il cherchait à se faire oublier !

Et qui était le second braqueur ?

Gilles reparcourut les interrogatoires de l'époque. Celui du bijoutier, des deux vendeuses.

La commissaire de l'époque s'appelait... Karine Raczynski. Karine Raczynski ! Cette dernière était chef de la PJ à Paris, maintenant. Fallait-il passer par Issinjean pour monter en grade ? Elle était restée un an à Issinjean. Puis mutation dans le XIIIe arrondissement de Paris, ensuite à la PJ. Parfois, il la voyait aux actualités nationales, interrogée sur des affaires. Une femme extraordinaire, qui, à chaque fois, avait une vue d'ensemble, et qui fonctionnait au feeling. Le feeling, l'enquête classique, le flair étaient-ils toujours au goût du jour, dans ce XXIe siècle envahi par les nouvelles technologies ? Et pourtant les nouvelles technologies ne suffisaient pas... Il fallait des commissaires ayant de l'humanité, fonctionnant à l'intuition.

Karine Raczynski s'était cassé le nez à l'époque. Lui, Gilles Lafosse, n'allait pas rivaliser avec la directrice de la PJ sur une affaire vieille de... quarante ans ! Pourtant l'affaire du « casse éclair » était, il le sentait, liée aux crimes.

Il parcourut les journaux de l'époque. Certains journalistes parlaient de « vol à l'arraché », de « casse du siècle », d'autres titraient « Les diams braqués ». Agathe avait joint la liste des bijoux « disparus » établie par la police. Gilles ne put s'empêcher d'émettre un sifflement.

Trois ans auparavant, il avait dû enquêter sur un vol dans une bijouterie. Un vol non négligeable. Il avait établi la liste des pierres volées, liste presque insignifiante à côté de celle qu'il avait en main, photos à l'appui. Que des diamants de couleur, les plus chers.

58 pièces.

Une bague 18 carats. Marquise.

Une bague 18 carats. Émeraude.

Un pendentif composé de trois pierres...

Des photos plus étincelantes les unes que les autres.

... une parure de quarante pierres...

Le montant estimé du vol n'avait même pas été mentionné. Une fourchette : au minimum cinquante millions de dollars. L'inscription de la somme en dollars dans les journaux français voulait tout dire. Combien de smics pour la plus modeste des pièces dérobées ?

Il se rappelait avoir étudié la question des diamants. Les 4 C.

C comme *carat*. Le poids.

C comme *color*. La couleur. Il existe des diamants de couleur rouge, jaune, rose, bleu, cognac, champagne...

C comme *clarity*. La pureté.

C comme *cut*. La taille du diamant.

Visiblement, la bijouterie Au diamant d'or présentait dans ses vitrines les diamants les plus gros, les plus colorés, les plus purs, les plus étincelants, les plus travaillés...

Qu'étaient devenus les braqueurs ? Et les diamants volés ?

Le premier braqueur était certainement Valéry Bonzom, le père du mort du noyer, Jean Bonzom. Ce Valéry Bonzom était décédé à Lille un an plus tôt.

Le second braqueur ?

Les bijoux ?

Toujours les mêmes questions...

Gilles regarda son lit envahi de dossiers. Puis l'heure : minuit cinquante-deux.

Une chambre d'hôtel perdue dans les montagnes en guise de bureau de commissariat !

Et pourtant, dans la chambre 206 du Gallon, avec toutes ces feuilles autour de lui, Gilles Lafosse n'avait peut-être jamais été autant commissaire.

Il s'allongea. Les photos des diamants et de tous les protagonistes défilaient dans sa tête.

Derrière sa porte, de l'autre côté du couloir, Alex Sandre était-il en train d'écrire ?

Gilles sombra dans un sommeil profond.

Il rêva encore.

Léna couverte de bijoux. Léna au milieu de la salle de réfectoire, entourée de chiens, couverts eux aussi de bijoux...

Il se réveilla en sursaut.

9

Il était onze heures quand il ouvrit les yeux.

Il tendit l'oreille. Aucun bruit. Il releva les volets roulants, prit sa douche.

– Bonjour, commissaire.

L'hôtelier lui servit le café, des croissants.

– Je ne mangerai pas ici à midi, monsieur Toulet.

Gilles faillit demander si Alex Sandre, lui, déjeunerait sur place... Il s'en abstint mais l'hôtelier le renseigna sans le vouloir.

– Merci de me prévenir, commissaire, mais de toute façon, le dimanche, je ne fais pas restaurant.

Une fois dehors, sans qu'il le veuille, ses pas l'amenèrent au 19, Grand-Rue. Pourquoi Robin Marien s'était-il rendu à cette adresse ?

Il sonna. Sonna encore. Personne.

Puis ses pas le conduisirent aux Cimes bleues.

Les piliers. Le panneau. Il appuya sur l'interphone. Peter était-il devant son écran de surveillance ? Qui assurait la permanence ? Petit déclic. Le portail s'ouvrit.

La magnifique allée de marronniers. Des arbres imposants, mais dès lors qu'on avait vu Dionysos...

Dionysos, dressé tout droit, avec ses moignons, paraissait une statue gigantesque, un monument.

Pourquoi M. Thor n'avait-il pas fait remettre du grillage ?

Gilles contourna sa voiture garée tout près du noyer.

Que croyait-il ? Trouver ses pneus réparés ?

Ses pneus étaient toujours bel et bien à plat.

Il rôda autour du véhicule. Rien. Aucun indice.

Rossignolade. Le maire.

– Commissaire Lafosse, excusez-moi de vous appeler un dimanche, je voulais vous tenir informé. Dès la semaine prochaine, un directeur provisoire va être nommé pour assurer l'intérim. La municipalité va essayer de reprendre en charge la maison de retraite. Vous comprenez, cette originalité, l'accueil des chiens, constitue vraiment un atout pour notre commune. J'ai demandé au personnel, au chef cuisinier et à la comptable surtout, de faire le maximum...

Gilles ne put placer un mot. Le maire avait l'air beaucoup plus préoccupé par le devenir économique de sa région que par la prise en charge des pensionnaires.

Il fit un tour aux cuisines. Le chef s'affairait avec ses cuisiniers.

Même sans M. Thor, la maison tournait.

– Ordre de la municipalité, dit le chef cuisinier. S'il ne s'agissait pas de pensionnaires âgés, que je respecte, jamais je n'aurais accepté...

Tout paraissait calme. Beaucoup plus calme, même, sans le directeur. Étrange.

– Ah, commissaire !

Andrée Blanchon.

– Vous êtes là un dimanche, madame Blanchon ?

– Oui, exceptionnellement : le maire m'a demandé

de rester sur place ; et puis, abandonner les retraités... Quelqu'un va venir la semaine prochaine, j'avance la comptabilité.

– Vous n'avez pas de famille ?

– Si, commissaire, mais que voulez-vous...

– Dites, un prêtre ne serait pas venu ici, aux Cimes bleues, il y a quelque temps ?

– Un prêtre ? Pourquoi ? Une confession ? Une extrême-onction ? Non, commissaire.

– Et pour s'inscrire comme pensionnaire ?

– Il en faudrait, des deniers du culte ! (Elle lui sourit.) La pension est très chère.

Elle était sympathique, certes. Elle n'avait pas l'air bien costaude, certes. Mais peut-être aurait-elle pu mobiliser assez de force pour le coup de pioche ? Pour le coup de poignard porté à M. Thor ?

Comme pour Robin Marien, la possibilité de la culpabilité d'Andrée Blanchon lui déplaisait.

– Madame Blanchon, avez-vous vu ou entendu quelque chose, avant-hier au soir ?

– Commissaire, j'ai appris que le crime a été commis à vingt-trois heures.

– Qui vous l'a dit ?

– Je ne sais plus, Ethel ou Peter... À vingt-trois heures, comme chaque soir, j'étais chez moi depuis longtemps. (Elle ajouta :) Idem en ce qui concerne le premier crime. Bien sûr, le seul qui peut en témoigner, c'est mon mari. Je ne sais pas si comme alibi...

– Vous avez regardé l'émission « Littérature et frissons », vendredi soir ?

– ... ?

– Une émission sur les romans policiers.

– Oh, figurez-vous, commissaire, que je déteste les romans policiers !

Il sourit. Voilà pourquoi elle lui était si sympathique.

– Voici le numéro de mon domicile. Si vous voulez appeler mon mari...

– Merci, je vais le faire.

Par acquit de conscience seulement. Il n'aurait su expliquer pourquoi, mais il était sûr qu'elle ne pouvait être la coupable. Elle consacrait son dimanche, son jour de repos, à la maison de retraite parce qu'on avait tué son employeur. Quel intérêt aurait-elle eu à le tuer ? Alors qu'elle était à deux mois de la retraite ?

Il frappa chez Peter. Pas de réponse. Poussant la porte, il trouva le gardien assis – endormi – devant l'écran de l'ordinateur. Cet homme-là était toujours endormi. Évidemment, travaillant le jour, veillant la nuit...

– Bonjour, commissaire.

Il tendit une main molle.

– Bonjour, monsieur Vlaovitch. Je suis ennuyé, vous avez prétendu être dans votre famille le soir du premier meurtre, or vous nous avez menti...

Le gardien eut un regard étonné. Étonné et inquiet.

– Concernant le crime de M. Thor, poursuivit Gilles, vous affirmez avoir été là, et cependant vous n'avez rien vu. (Une intuition poussa Gilles à durcir sa voix.) C'est très, très, très ennuyeux. Pour vous.

Peter se gratta la joue.

– Avez-vous vu sur l'écran un jeune apprenti, la nuit du second crime, et même la nuit du premier, s'introduire aux Cimes bleues ?

– Quel apprenti ?

– Peu importe. Je vous demande si vous avez aperçu un jeune sur votre écran.

– Heu... Non, commissaire.

Gilles soupira.

– Écoutez, monsieur Vlaovitch, si vous persistez dans vos affirmations, à savoir que vous avez séjourné dans votre famille le soir du premier crime et que vous vous trouviez devant votre écran le soir du second, je vais devoir vous inculper.

– Mais, commissaire...

– Soit vous étiez devant votre écran et vous avez vu et entendu le meurtrier entrer, soit vous n'étiez pas devant votre écran. Vous vous trouviez ailleurs...

Gilles laissa passer un silence, puis il laissa tomber :

– Ou alors...

Silence plus pesant encore.

– ... c'est vous qui avez tué !

Il laissa le gardien abasourdi, sans voix.

S'il avait un alibi, il devait réagir. Peter Vlaovitch était incontestablement un suspect. Mais pourquoi aurait-il tué Jean Bonzom, retrouvé nu sous le noyer ?

Pourquoi aurait-il tué M. Thor ?

Gilles décida d'aller voir Ethel Rigault. Il ne l'avait pas interrogé sur son emploi du temps de l'avant-veille.

Personne dans la remise. Personne dans le parc. Personne dans le jardin.

C'était dimanche, bien sûr. Et les plantes, contrairement aux pensionnaires qui avaient besoin des cuisiniers, pouvaient vivre sans Ethel le week-end.

*

* *

– Commissaire !

Il se figea. Il reconnaissait la voix, l'aurait reconnue entre mille.

« Je me retourne ? Je ne me retourne pas ? Je fais semblant de ne pas entendre ? »

– Commissaire ! Commissaire ! Commissaire !

Les trois à la fois.

– Waouf ! Waouf ! Waouf !

Et le trio de chiens aussi.

Les six le doublèrent, se plantèrent devant lui. Sourire aux lèvres. Tous les six, oui. Simenon, le teckel, Colombo, le pékinois, et Hercule, le basset, semblaient lui sourire. En se moquant. Et au-dessus des museaux ricanant, accroché à ses cannes, le trio infernal. Hilare.

– Vous voyez bien, commissaire, nos chiens veulent s'entretenir avec vous !

Henriette ajouta :

– Et nous aussi, avec plaisir. Voulez-vous prendre le *tiiii* avec nous ?

Madeleine poursuivit :

– Pas au Gallon, il est fermé. Dans notre chambre « Glycine ».

Gilles, pour ne pas montrer son agacement, se mordit les lèvres. Il faisait froid. Il hésitait.

Comment allait-il terminer sa journée ? À tourner en rond aux Cimes bleues, au risque d'attraper une pneumonie ? À ruminer dans sa chambre au Gallon ?

Henriette l'avait fait avancer dans l'enquête. Miss Marple était perspicace, la proposition de *tiiii* déguisait peut-être une main tendue...

– Avec plaisir.

Il les suivit.

L'humidité remontait de la terre.

« Comment puis-je être aussi lâche ? pensa-t-il aussitôt. Lâche, hypocrite et menteur. "Avec plaisir !" »

Dès leur arrivée dans la chambre, chacun déshabilla son chien. Henriette ôta sa casquette à Hercule, Julien libéra Simenon de ses santiags, et Madeleine débarrassa Colombo de sa doudoune. Les chiens jappèrent.

– Tenez, les p'tits chéris...

Henriette déposa dans chaque assiette – en porcelaine, peinte à l'or fin avec leurs noms respectifs – un chocolat de la fameuse boîte offerte par l'écrivain. Les chiens gobèrent la friandise aussi sec. Henriette présenta la boîte à Gilles :

– Toujours pas, commissaire ?

Elle la tendit ensuite à ses camarades. D'un même geste, les pieds nickelés engloutirent chacun son chocolat.

Gilles chercha en vain des graines de tournesol au fond de sa poche. À cet instant, il en aurait eu besoin. Pour prendre son mal en patience. Sa main buta seulement sur le petit noyau de cerise. Il sentit sous ses doigts le minuscule trou.

Autour du cou de Robin Marien, il se souvenait maintenant, le noyau était accroché à un lacet de cuir. Où était passé le lacet ? Drôle de collier pour un jeune de seize ans. Un collier d'enfant. Robin Marien s'était-il aperçu de la perte du noyau ?

« Fred me manque », songea Gilles. Oui, il aurait aimé qu'elle sourie au trio, fasse la conversation à sa place.

Madeleine prépara le *tiiii*. Julien sortit des biscuits. Henriette tapota les coussins sur le canapé.

– Prenez place, commissaire !

Fred aurait ri, souri tout au moins de la situation. Elle en aurait apprécié toute la saveur.

Gilles opta pour la même attitude. L'affairement du trio à le recevoir était amusant au fond. Il s'installa confortablement. Autant tirer parti...

Hercule vint rôder auprès de lui. Comme autour d'un arbre. Il sembla même à Gilles que le basset hésitait à uriner. Puis Colombo se planta devant lui, gémissant, quémandant une caresse. Il repartit bredouille. Puis Simenon se frotta à son jean.

– Allez, mes chéris, couchés !

Les « chéris » trottinèrent vers leurs couffins. La chambre d'Henriette était le QG. Les chiens y disposaient chacun d'un couffin ; la pièce comptait encore un canapé, deux fauteuils, une théière... Ils avaient regardé l'émission d'Alex Sandre tous les trois – tous les six – dans cette chambre.

– Un biscuit, commissaire ?

Il ne voulut pas être encore impoli. Il examina le biscuit.

– Amusant, n'est-ce pas ? Figurez-vous qu'au lycée d'à côté la section restauration propose une formation pâtisserie. Alors, nous leur passons commande régulièrement. Vous pouvez le manger, commissaire, il ne vous tirera pas dans la bouche.

Gilles déposa le biscuit en forme de revolver sous sa langue. Pain d'épices. Depuis l'enfance, il détestait le pain d'épices.

– Vous avez aussi les formes « loupe », « fusil », « arme blanche », « menottes »...

Dément !

Un collègue, un jour, avait évoqué une affaire d'ours... dans laquelle une frappadingue, style Henriette, présidente du Club des ours en peluche, présentait à l'heure du *tiiii*, non seulement des biscuits, mais aussi des morceaux de sucre, des cuillères, des tasses... en forme d'ours.

Lui, Gilles Lafosse, était invité au Club des policiers ! Des policiers tocards ! « Que suis-je venu faire dans cette galère ? » pensa-t-il une fois de plus.

Il but une gorgée de thé. À la bergamote. Il l'aurait parié. Évidemment, il détestait.

Les trois avaient l'air heureux de sa compagnie. Il devait faire bonne figure.

– Commissaire, nous ne voulons pas vous ennuyer, vous savez... Nous avons un peu suggéré nos hypothèses à notre ami Alex Sandre pour connaître son avis...

– Ah ? Et... ?

Henriette secoua la tête.

– Il nous a à peine écoutés. Il ne veut absolument pas être déconcentré dans l'écriture de son roman.

– Logique, grommela Gilles Lafosse.

– Alors, il nous a dit... Savez-vous ce qu'il nous a dit ?

– Non !

– « Faites part de vos hypothèses au commissaire. »

Ben voyons...

Henriette minaudait devant lui. Elle attendait.

– Vous avez des hypothèses ? finit-il par soupirer.

– Bien sûr, commissaire.

Et voilà... Elle était partie. Elle refaisait l'enquête. Gilles était cependant curieux de savoir.

– *Primo*, commença-t-elle... *Secundo*... Puis nous avons pensé...

Gilles écouta. Le trio, finalement, n'était pas plus avancé que lui. Il ignorait même tout du braquage... Et Gilles se garda bien de l'évoquer.

Cependant, il l'aurait parié, Henriette ne l'avait pas fait venir pour rien. Elle avait quelque chose dans le regard...

– Enfin, commissaire, votre métier est passionnant, mais fatigant. Quoique l'informatique, les nouvelles technologies aient tout révolutionné...

« Elle ne va tout de même pas me faire un cours sur le progrès. »

Il se leva.

– Je dois rentrer.

Il aperçut son image dans le miroir. Il entendit son ton mielleux alors qu'il balbutiait.

– Je vous remercie.

« Je suis ridicule. Comment ai-je pu m'abaisser à venir ? »

Henriette ne s'arrêtait plus.

– Vous avez l'air de ne pas vouloir nous faire confiance, commissaire. Vous avez tort. Et le tort tue...

Elle porta sa main à la bouche pour pouffer.

– « Tor-tue »... Eh bien, commissaire, nous avons été ravis ! Si vous voyez notre ami au Gallon, transmettez-lui notre bonjour. Nous avons vu, pour votre voiture, les pneus crevés ; si c'est pas malheureux... Les gens n'aiment pas la police...

Ce fut Madeleine qui ajouta :

– Nous, nous aimons la police.

Il n'en pouvait plus.

*

* *

Il remonta le col de son blouson. Une fois de plus. Phrase de roman policier.

Nuit noire dehors. Et très froide, contrastant avec le surchauffage de la chambre « Glycine ».

Il regarda l'heure à son portable. Dix-neuf heures. Déjà. Le temps avait passé drôlement vite en compagnie du trio. Il se rendit compte qu'il ne s'était pas du tout ennuyé.

– Commissaire...

La silhouette de la comptable, pressée.

– J'ai vu, pour votre voiture... Les pneus... Je vous raccompagne quelque part ?

Le vent picotait les joues de Gilles, lui collait une barre glaciale sur le front. Cinq minutes d'un tel froid et il allait souffrir de maux de tête toute la soirée. Toute la nuit.

– Merci. Au Gallon, je veux bien.

Il s'assit, côté passager.

Le portail s'ouvrit. Peter Vlaovitch montait donc toujours la garde.

– Je suppose que, le week-end, Peter ouvre et ferme comme si c'était la nuit.

– Oui, commissaire. Je ne sais pas ce que vous lui avez dit, mais il avait l'air soucieux après votre départ. Le mot « soucieux » est faible : paniqué, plutôt.

Rues pratiquement désertes. Un gros chien errant, style doberman. Qui n'avait pas la chance d'être petit. D'être l'animal de compagnie d'un pensionnaire des Cimes bleues.

– Et voilà, commissaire.

Il lui serra la main.

– Merci.

Il ferma doucement la portière. Fit un dernier geste à la comptable.

La porte d'entrée du hall du Gallon s'ouvrit.

Il appuya sur la petite sonnette posée sur le comptoir.

Il attendit. Personne. Appuya de nouveau.

La salle était vide. Normal, puisque l'hôtelier ne servait pas de repas le dimanche. Où dînait Alex Sandre, ce soir ?

« Le cadet de mes soucis ! »

Où était donc l'hôtelier ?

Enfin, ce dernier arriva.

– Ah, commissaire, cela ne vous ennuie pas si je vous apporte votre plateau-repas un peu plus tôt ce soir ? Il y a un feuilleton à la télé que je ne veux pas rater.

– Non, dès que vous voulez. Je ne bouge pas.

Ah, ça, il n'allait plus bouger. Cocon dans la 206. Peut-être la télé, aussi.

– C'est quoi, le feuilleton que vous voulez regarder ?

Le patron du Gallon eut un mouvement de surprise. Il hésita :

– Eh bien, eh bien...

Il courut chercher le programme télé.

– Là, vous voyez...

Il désigna le programme de la chaîne Arte. Un documentaire baptisé *Himalaya.*

Gilles le dévisagea. Éric Toulet n'avait pas l'air à l'aise. Voulait-il vraiment regarder la télé ? Sinon, que voulait-il faire ?

L'Himalaya. Le froid. Vraiment, l'hôtelier voulait regarder cette émission ?

« Remarque, les montagnes de l'Himalaya sont blanches, elles, au moins. »

Quelle journée...

Avait-il avancé ? Deux heures d'entretien avec le trio... pour rien !

Henriette, certes, l'avait fait avancer avec le prêtre. Mais elle se donnait de l'importance. Elle parlait, parlait... pour ne pas dire grand-chose. Gilles espérait que feu M. Bruguière ait su mettre le holà à ces monologues.

De qui, de quoi, vais-je rêver cette nuit ?

Il éteignit la télé.

10

Il rêva d'une fabrique de friandises... Des biscuits à la frangipane en forme de chien... Des chiens avec casquette, bottines...

Un rêve d'enfant un peu bizarre, agréable et dérangeant à la fois.

Il se leva tôt.

Petit déjeuner en salle.

– Alors, l'Himalaya ? demanda-t-il.

– L'Him... Ah, oui...

Gilles sortit.

« C'est fou comme je suis suspicieux dans cette affaire : l'hôtelier peut avoir reçu une maîtresse, un amant, un enfant non reconnu... »

Pourquoi empiétait-il ainsi sur la vie privée des gens ? Mais Gilles ne lui avait rien demandé la veille au soir ; alors, pourquoi l'hôtelier, de lui-même, avait-il évoqué cette émission ?

Il arriva aux Cimes bleues, dossier à la main. Bien épais.

Sa voiture l'attendait toujours non loin du noyer, pneus à plat. Dionysos trônait toujours dans le jardin.

Il aperçut, à la fenêtre de la chambre « Glycine », le rideau entrouvert. Le trio le guettait. L'attendait, peut-être.

Aujourd'hui, il ne se laisserait pas embobiner.

Bruit de voiture. Gilles eut un sourire. C'était Fred. Une seule journée sans elle, et la lieutenante lui manquait.

– Ça va, Gilles ? Du nouveau ?

– Viens, entrons au chaud.

Ils s'assirent dans le coin internet. Il lui raconta tout. L'appel de la mairie. Le directeur intérimaire qui allait venir. Sa journée d'hier aux Cimes bleues. Sa discussion avec Andrée Blanchon. Ses soupçons concernant Peter. Robin Marien. Ethel. Il n'oublia rien. Et le thé avec le trio.

– Tu as pris le thé avec... ? Dans la chambre « Glycine » ?

– *Yes* Fred ! *I have...*

Il préférait se moquer de lui-même.

– Et alors, ça a donné quoi ?

– Du blabla... *But I have drunk bergamoooote tiiii! And revolver-biscuits! Yes, my dear!* Et j'ai appris que... le tort tue. Tor-tue. Le lièvre et la tor-tue... Tu vois le genre.

Fred scanda le mot puis lança :

– Tu ne crois pas que c'est un message codé ?

– Oh, si ! Nous, nous sommes la tortue ; eux, le trio, sont le lièvre. Bien évidemment, ils pensent aller beaucoup plus vite que nous dans cette affaire.

– Oui, Gilles, mais on peut aussi entendre Thor-tue, avec un h. Ne veut-elle pas nous mettre sur la piste de M. Thor tueur... assassin du mort sous le noyer ?

– Mince... dit Gilles. Mais bien sûr, c'est le style de notre miss Marple ! Ne pas nous mettre sur la piste directement. Le faire par petites touches, approches, indiscrétions... comme elle l'a d'ailleurs déjà fait pour le prêtre.

Il revit le sourire d'Henriette alors qu'elle prononçait le mot « tortue ». Oui, il fallait y réfléchir.

M. Thor, l'assassin du mort du noyer ?

– Gilles, as-tu reçu les résultats de la confrontation des empreintes relevées dans le bureau de Thor avec celles des résidents ? Et l'analyse du disque dur ?

– J'appelle tout de suite.

Fred attendit. La communication dura un long moment. Enfin, Gilles raccrocha.

– *Primo*, la police scientifique m'envoie la liste des empreintes des résidents retrouvées dans le bureau de M. Thor. *Secundo*, l'examen du disque dur n'a rien donné.

– Même pas la messagerie électronique ?

– Non. Ils n'ont récupéré que des mails aux fournisseurs, aux administrations.

– Gilles, si Thor connaissait le mort du noyer, on devrait en trouver une trace.

– Qu'il le connaissait, rien n'est moins sûr. Qu'il soit le meurtrier, *idem*.

Petit signal sur son portable. *Liste des empreintes.*

– Ah, écoute, Fred. Autant te dire que c'est râpé : il y en a trente-cinq. Je te lis : Avoux Jeanne. Blanchon Andrée. Bruguière Henriette... (Il soupira, poursuivit :) Latrand Lilyane. Monjon Madeleine. Monjon Julien. Rigault Ethel. Zeraphon Marion...

– C'est inexploitable. M. Thor recevait tout le monde dans son bureau.

– Oui, oui, la miss Latrand, qui a dû vouloir être réconfortée par lui, comme le trio, qui a dû vouloir se mêler de l'enquête...

– Et si ça se trouve le meurtrier a mis des gants ! À quoi nous servent toutes ces empreintes ?

Merde !

Il cria. Disque dur muet, empreintes – à foison – inutilisables...

– Nous piétinons, Gilles, nous piétinons.

– Commissaire !

Gilles et Fred se retournèrent ensemble.

Henriette, Madeleine et Julien arrivaient. Avec Hercule, Colombo et Simenon. Survêtements, casquettes colorées. La panoplie complète du perroquet détective.

– Nous sortons faire une petite promenade dans le parc. Comment ça va, depuis hier, cher commissaire Lafosse ? (Henriette se tut brusquement. Comme surprise.) Lafosse ? Tiens... Curieux, votre nom, pour un commissaire. Un peu difficile, non ? Je n'y avais pas pensé... Remarquez, il y a pire, comme nom... Nous nous verrons peut-être tout à l'heure, au Gallon ?

Elle lui décocha son plus beau sourire. Elle repartait, suivie de ses cinq acolytes.

– Ta cote est au plus haut, Gilles ! On te fait payer cher le thé à la bergamote.

– Oh, ça va...

Fred regarda Gilles, pensive.

– Ça lui arrive souvent de surgir ainsi ? Pourquoi est-elle venue t'informer qu'ils allaient se promener dans le parc ?

– Tu as raison, Fred. Cette Henriette est plus fine que nous ne pouvons l'imaginer.

– Parfois, elle m'agace, mais... Attends, qu'a-t-elle dit exactement ?

– Rien. Qu'ils allaient se promener.

– J'ai l'impression qu'elle voulait nous dire quelque chose. Ah, pour sûr, Gilles, tu as une alliée. Mais qui a tellement peur que tu refuses son aide qu'elle en est réduite à utiliser des subterfuges.

– Ouais... Bon, que faisons-nous, Fred ?

Il soupira. Il ne savait absolument pas par où prendre l'affaire, cette double affaire : mort du noyer et mort de M. Thor.

Le braquage était une piste, mais tant qu'ils ne connaîtraient pas l'identité des deux braqueurs...

« Lafosse ? Curieux, votre nom, pour un commissaire... » La voix d'Henriette résonnait à son esprit. « Curieux nom... Remarquez, il y a pire... »

– Qu'as-tu, Gilles ?

– Attends... Une minute.

Il s'était fait cette réflexion l'avant-veille, à l'hôtel, dans sa chambre, quand il consultait... oui, c'était ça, la liste des anciens élèves du collège... En découvrant le dernier nom pour 1957 : Ticonminus. Comme Henriette, il avait pensé : « Difficile à porter. »

– Tu turbines à plein pot, Gilles, ou ça ne va pas ?

– J'ai peut-être une piste ; j'appelle Agathe.

Il composa le numéro du commissariat.

– Allô ? Ah, Quentin ? J'ai besoin d'un renseignement urgent.

Gilles Lafosse consulta son dossier.

– Entre 1957 et nos jours, y a-t-il un dénommé Ticonminus qui aurait procédé à un changement de patronyme ? Tu pourras avoir l'information d'ici à deux heures ? Bon, OK, j'attends ton appel.

– À quoi penses-tu, Gilles ?

– Sur la liste des élèves du collège d'Issinjean, en 1957, un élève s'appelait « Ticonminus ».

– Aïe ! C'est dur !

– Plutôt, oui. Et je me demande si cet élève n'est pas le second braqueur, en supposant toujours que Valéry Bonzom soit le premier. Même classe que Valéry Bonzom en 1957. Les interrogatoires de 1969 mentionnaient que Valéry Bonzom était un solitaire, sans amis. En revanche, il fréquentait un ancien copain du collège.

– Qui aurait changé de nom ?

– Peut-être pas lui, mais il a pu le faire changer pour ses enfants.

– Et tu songes à quelqu'un de la résidence ?

– Oui, mais je préfère attendre avant...

– ... d'échafauder des hypothèses. OK, Gilles, moi aussi, je crois savoir.

*

*   *

– Commissaire ! (Ethel Rigault s'arrêta, essoufflé.) Le jeune Marien me dit que vous voulez le voir ?

Il était huit heures quarante-cinq tapantes.

– Oui, envoyez-le-moi. Heu... attendez ! (Il rappela Ethel Rigault.) Tu as le matériel pour les empreintes, Fred ?

– Bien sûr.

Gilles s'adressa au jardinier.

– Je dois prendre votre empreinte et votre ADN.

Ethel Rigault blêmit.

– C'est scandaleux. Comment osez-vous, commissaire ?

– J'ose !

Le jardinier s'exécuta, enfourna le bâtonnet à l'intérieur de sa bouche, déposa son index sur le tampon encreur.

Ils n'eurent pas longtemps à attendre.

Robin Marien s'avançait devant eux, ne sachant trop comment faire pour ne pas salir le tapis de ses chaussures maculées de terre. Salopette verte. Air poupin. Yeux rieurs. Fossettes.

Gilles, pourtant, le sentit anxieux, nerveux.

– Assois-toi, Robin.

Le coin internet n'était pas l'endroit idéal, mais le commissaire le jugea meilleur qu'un bureau pour interroger le jeune apprenti. L'entretien présenterait un côté moins officiel, conversation plutôt qu'interrogatoire. Robin n'avait pas de lacet autour du cou.

– Nous devons prendre tes empreintes digitales.

Il ne s'offusqua pas comme Ethel. Mais il devint livide. Il sortit les mains de sa salopette, tendit son index. Il appuya bien fort.

– Et ton ADN, aussi.

Robin ouvrit la bouche. Fred introduisit le bâtonnet.

– Robin, la proviseure de ton lycée nous a informés que tu faisais le mur de l'internat.

– ...

– Selon ses dires et ceux de la CPE, tu l'as fait les jours du crime. C'est contrariant. (Gilles prit sa voix la plus douce.) Tu dois nous dire où tu étais au moment des deux crimes.

Le jeune garçon secoua la tête. Il allait pleurer.

« Air buté ; il ne dira rien. »

– Bon, va travailler.

*

* *

Le trio revenait de sa promenade.

– Toujours là, commissaire ? s'exclama Henriette. Vous travaillez sur l'ordinateur ? Ah, l'informatique ! Du pipeau, tout cela ! Rien ne vaut le manuscrit. Les bons dossiers à l'ancienne. Avec l'informatique, il suffit d'un bug et *pffuttt*, plus rien ! C'est d'ailleurs pour cela que M. Thor avait tant de dossiers dans son bureau... Mais, d'accord, les nouvelles technologies ont du bon... Quelle heure est-il, commissaire ?

– Onze heures trente.

– Oh ! là, là ! nous allons manquer l'apéro !

Gilles se laissa tomber dans un fauteuil.

– Ah, à elle toute seule, elle a l'énergie de trois bataillons !

Rossignolade.

– Quentin ? Déjà ? Ah, oui... Bravo. Alors... ?

Gilles fit signe à la lieutenante de ne pas faire de bruit.

– Ah, c'est bien ce que je pensais. Mort quand ? Merci, Quentin.

– Alors ? demanda Fred.

– Alors l'élève Ticonminus, pensionnaire au collège en même temps que Valéry Bonzom, a eu un fils en 1972, et pour son fils, il a procédé à un changement de nom. Il lui a fait porter le nom de sa mère.

– Qui est ?

– Thor. T, H, O, R.

Fred eut un sourire.

– Je m'en doutais. Donc Christian Thor est le fils de Ticonminus, et ce dernier, ancien camarade de Valéry Bonzom, pourrait être le second braqueur du « casse éclair » de la bijouterie Au diamant d'or, le 2 février 1969.

– Oui.

– Et tu crois que...

Fred faisait part de ses réflexions au fur et à mesure qu'elles lui venaient.

– ... que Jean Bonzom, fils de Valéry Bonzom, est venu aux Cimes bleues, déguisé en prêtre, pour rencontrer Christian Thor, fils de Ticonminus ?

– Bien, Fred.

Sa lieutenante avait tout saisi. Elle poursuivait :

– ... et récupérer le produit du braquage auquel son père a participé.

– Exactement, Fred.

– Le hic : ce sont des hypothèses, seulement des hypothèses. Nous n'avons aucune preuve.

– Et cela ne nous dit pas qui est le meurtrier de Christian Thor, *alias* Ticonminus.

– Oui.

Fred eut un moment de silence, puis elle nota :

– Dis, Gilles, tu imagines si M. Thor avait dû garder le patronyme « Ticonminus », avec sa stature d'ogre... Dis...

– Oui ?

– Tu sais à qui tu dois une fière chandelle ?

– À toi, Fred. Merci.

– Mais non ! Grâce à qui a-t-on avancé ?

– Quentin !

Elle eut un geste désespéré.

– Mais non ! Il faut dire : « Merci, Henriette », « Merci, le trio infernal » !

– Ma foi, tu as raison. C'est grâce à la réflexion de miss Marple sur mon nom que... Tu crois qu'elle nous a mis volontairement sur la piste ?

– À mon avis, oui, mais avec elle, avec eux... on ne peut être sûrs de rien. « Thor-tue »... La phrase était prononcée intentionnellement et, à présent que nous savons que M. Thor était probablement le fils du second braqueur... l'hypothèse que M. Thor est l'auteur du meurtre du noyer s'étoffe. Écoute, Gilles...

Fred s'installa confortablement.

– 1969 : casse de la bijouterie à Lyon. Deux braqueurs. Jeunes. Vingt-cinq, vingt-six ans. Un, Valéry Bonzom, le fameux amour de Marie Belet, a eu des démêlés avec la police. L'autre s'appelle Ticonminus. Butin important mais difficilement revendable sur le moment. La police cherche, activement. Elle détient une piste : Valéry Bonzom. Gilles, qu'aurais-tu fait ? Imagine que tu es braqueur ; la police risque de te prendre. Tu caches le butin, non ?

Oui. La lieutenante parlait à sa place, mais il avançait dans sa réflexion à l'unisson avec elle. Au même rythme.

– Et où cacher ce butin ? Pas à Lyon, pas à Saint-Étienne... Pourquoi pas dans un endroit qu'ils connaissent, facilement repérable, pour revenir plus tard, quand la police aura cessé les poursuites, classé l'affaire ? Quand le butin pourra être revendu sans trop de risques ? Leur collège !

Gilles hocha la tête. Fred continua :

– Sous l'énorme noyer qu'ils ont connu durant toute leur scolarité... Cet énorme noyer tricentenaire appelé « Dionysos ». En 1969, après le casse, Les Cimes bleues sont à l'abandon. La municipalité a racheté le domaine, les bâtisses, mais aussi le parc et le jardin, restés en friche. On peut imaginer qu'une nuit, ils viennent enterrer leur trésor. Puis Valéry Bonzom part vivre en Espagne, et Ticonminus à Quimper – puisque c'est de là que M. Thor est originaire. Ils reviennent quelques années plus tard. Malheur : le collège est devenu gendarmerie ! Impossible de récupérer le butin. La vie passe. Chacun se marie. Chacun a un fils. Jean Bonzom, Christian Ticonminus. Ce dernier, grand, costaud, est certainement l'objet de moqueries dans la cour de récréation. Ticonminus décide que son fils s'appellera comme sa mère : Thor. Peut-être les deux braqueurs restent-ils en contact. Toujours est-il qu'ils suivent l'actualité de leur ancien collège. Qui fait office de gendarmerie, donc, de 1970 à 2004. Et le butin du casse dort toujours sous le noyer ! Inaccessible. En lieu sûr. Plus à l'abri que dans un coffre-fort. Involontairement gardé par des gendarmes qui ne se doutent de rien. Valéry Bonzom meurt. Puis Ticon-minus.

Fred ne s'arrêtait plus.

– Imagine toujours, Gilles : tu as fait un casse exceptionnel, tu sais que tu vas mourir... Tu te souviens très bien où tu as caché le butin, que fais-tu ?

– Avant de mourir, je le confie à mon héritier. Je me dis : « Le butin lui revient. »

– Et si tu es cet héritier, que fais-tu ?

– Je fais tout pour récupérer cette fortune ! J'achète même l'endroit, le domaine où mon père m'a confié avoir caché le trésor. Quitte à emprunter aux banques... Je crée une maison de retraite. Originale, pour que la mairie accepte de me vendre le domaine. J'ai cette idée des chiens. Publicité pour la commune, pour la région. L'idée est acceptée. Je laisse passer deux ou trois ans. Je monte ma petite affaire, cette maison de retraite, qui est un peu une couverture mais qui rapporte gros... Et je suis fou à la pensée de ce trésor qui dort sous terre et qui me revient. Fruit du « travail » de mon père. J'isole l'arbre par un grillage... On ne sait jamais, si un chien venait à gratter... Cela tombe bien, j'ai réussi à me faire bien voir de la municipalité, et l'arbre est considéré comme un monument historique qui doit être protégé. Mais je ne veux pas qu'on en fasse trop de publicité. On ne sait jamais. Il vaut mieux ne pas attirer l'attention. Je m'énerve contre des journalistes qui évoquent Dionysos à la télévision. Puis, un jour, je déclare l'arbre malade. Palissades. Bâches. Durant deux mois. La nuit, à l'abri des regards, je vais creuser. Afin de récupérer le trésor.

Fred s'enfonça davantage dans son fauteuil. Elle reprit :

– Oui, Gilles, cela a dû se passer ainsi. M. Thor a fait ce que nous venons de dire. Et son idée était géniale, mais...

– Oui, il y a un « mais »... murmura le commissaire. Un jour...

Rossignolade.

– Allô ? Ah, le garage... Oui, je vous ai appelé pour ma voiture. Oui, encore deux pneus crevés... Ah, vous êtes au portail ? J'arrive.

– J'ai compris, dit Fred, la dépanneuse est là.

Ils s'arrachèrent des chauffeuses.

Il y avait une semaine, M. Thor grognait parce que la dépanneuse tassait la terre autour de Dionysos et risquait de déformer le terrain. Que redoutait-il ? Que l'on découvre le trésor qu'il n'avait pas encore déterré ? Ou que l'on trouve une terre remuée à un endroit précis, sous le noyer, et qui ne l'avait pas été durant des années auparavant ?

Gilles jeta un œil à la fenêtre de la chambre « Glycine ».

– Ils mangent, Gilles, ils sont au réfectoire.

Le garagiste s'écria :

– Même entaille profonde ; apparemment, quelqu'un vous en veut, commissaire. Profondément !

Pourquoi les gens se permettaient-ils de faire de l'humour avec lui ?

– Eh bien, vous les garderez, ce sont des pièces à conviction.

Le garagiste parut ennuyé.

– Si vous croyez que j'ai que ça à faire, veiller à ce qu'ils ne soient pas jetés.

– Et vous enverrez la facture au commissariat de Saint-Étienne, dit Fred.

Gilles regarda la lieutenante.

– Ça suffit, Gilles, tu as payé la première fois, et tu auras un mal fou à te faire rembourser. Le commissariat a une assurance.

– Oui, après tout, dit Gilles. Vous enverrez la facture au commissariat de Saint-Étienne.

– Mais...

– Réquisition ! Service de l'État !

L'homme grimpa dans sa dépanneuse, furieux.

– Allons au Gallon, lança Fred. Dans cette affaire, les menus du Gallon sont réconfortants.

Son adjointe avait raison.

*

* *

– Fondue de poireaux aux coquilles Saint-Jacques, annonça l'hôtelier.

– Super, dit Fred. (Elle se tourna vers Gilles.) J'adore. Si par hasard le dessert était au chocolat...

Sourire gourmand au coin des lèvres.

– Cet hôtelier connaît mes goûts, ou quoi ? Je raffole de tout ce qu'il sert.

– Oui, mais il agit de façon curieuse.

– Comment ça ? Tu ne le suspectes pas, tout de même ?

– Eh bien... (Le commissaire baissa la voix.) Hier soir, je ne lui demandais rien, et il m'annonce de lui-même qu'il va regarder à la télé un reportage sur l'Himalaya.

– Et... ?

– Ce matin, je lui tends un piège, et je découvre qu'il ne l'a pas regardé.

Fred éclata de rire.

– Tu lui tends un piège ! Il y a eu un crime, hier soir ? Il lui faut un alibi ?

– D'accord, Fred, mais pourquoi mentir ?

– Je connais le programme télévisé d'hier : foot, élection de Miss Monde, un programme de télé-réalité et... une série policière. Cet homme veut te plaire. Il ne va pas t'avouer qu'il regarde un match de foot, le couronnement de Miss Monde ou, pire encore, une série policière, genre dont il a compris que tu l'as en horreur. Il opte donc pour l'Himalaya !

– Tu as certainement raison.

– J'ai raison. Bon, où en étions-nous tout à l'heure, avant l'arrivée du garagiste ? Ah oui, M. Thor a une idée géniale avec sa maison de retraite accueillant des toutous, mais un jour un prêtre arrive ! Enfin, pas un vrai prêtre... Pourquoi ce déguisement ? Pour rappeler le casse perpétré par des braqueurs en chasuble ? Pour ne pas éveiller les soupçons de Christian Thor ?... Cet homme, déguisé en ecclésiastique, est donc le fils de Valéry Bonzom, Jean Bonzom. Nous pouvons imaginer que, tout comme Ticonminus, juste avant de mourir, Valéry a tenu à révéler à son fils son secret : le trésor sous le noyer, caché dans son ancien collège d'Issinjean. Trésor qu'il n'a pu récupérer durant des années, car juste à côté s'est installée la gendarmerie. Jean Bonzom fait des recherches. Il entend peut-être parler du noyer tricentenaire à la télé... Bref, il contacte M. Thor. Son but : réclamer la part de son père, la sienne, puisqu'il est héritier.

L'hôtelier apportait les coquilles Saint-Jacques.

Fred prit le temps de savourer.

– Hum...

Elle dégusta quelques bouchées. Gilles poursuivit :

– Mais M. Thor s'est endetté pour acheter Les Cimes bleues. Il a emprunté... Cela uniquement pour récupérer le trésor. Et il se refuse à le partager. Quand, dans sa vie, le « prêtre » surgit, il comprend. Peut-être que Jean Bonzom annonce tout de suite la couleur. Ils se donnent rendez-vous sous le noyer. Une dispute éclate.

– M. Thor prend le premier objet qui lui tombe sous la main, une pioche abandonnée par un apprenti, et il tue net le fils du copain de son père, d'un coup à la tête. Il ne voulait peut-être pas cela. Affolé, il le déshabille. Une seule obsession en lui : pourvu qu'on ne découvre pas l'identité du mort. Pourvu qu'on ne remonte pas le fil jusqu'à cette histoire de braquage du 2 février 1969. Qu'on ne retrouve pas le butin, qu'on ne lui enlève pas ce qui lui revient de droit : des kilos de diamants, les plus rares, des colorés, qu'il a eu toutes les peines du monde à retrouver. Oui, il déshabille Jean Bonzom de tous ses vêtements, y compris les sous-vêtements. Il est vingt-trois heures. L'orage menace. M. Thor abandonne sa victime sous le noyer. Les gouttes commencent à tomber puis, très vite, le déluge s'abat, qui va effacer toute trace. Une chance pour lui. Malchance pour nous. Et il va enfouir les vêtements dans une des poubelles. À la première heure, les éboueurs emporteront les habits du faux prêtre. Sept heures du matin : Prince Charles a besoin de « faire son pissou ». Tu connais la suite...

L'hôtelier s'avança :

– Tarte poire-chocolat ?

Un soleil illumina le visage de la lieutenante.

– Avec deux cafés, s'il vous plaît, répondit le commissaire.

– C'est une bonne journée, Gilles.

Pourquoi Fred affirmait-elle cela ? Pour leur enquête qui avançait d'un coup, ou pour le dessert ?

Les deux.

– Tiens, voilà ton adjointe, dit-elle soudain, non sans malice.

Gilles suivit son regard. Évidemment, il s'agissait d'Henriette Bruguière, suivie des deux autres. Avec les chiens.

– Tarte poire-chocolat ! annonça Éric Toulet.

Le trio se précipita à « sa » table. Henriette ne manqua pas d'adresser un signe de sa canne à Gilles.

– Elle utilise sa canne comme un chapeau, pour dire bonjour.

Gilles lui rendit son salut de la tête.

– N'empêche, Gilles, grâce à elle, nous avons avancé.

– J'en conviens.

– Nous avons avancé, mais nous n'avons toujours pas de preuve de ce que nous venons de découvrir. Au fait, ta miss Marple, tout à l'heure, quand nous étions dans le coin internet, qu'a-t-elle dit ? Tu t'en souviens ?

Fred sentait les choses comme lui : Henriette ne parlait pas dans le vide.

– Le « prêtre » aperçu à la fenêtre, « le thor-tue », « drôle de nom »...

Il se repassa la scène. Qu'avait-elle dit tout à l'heure ?

– Elle nous a parlé d'informatique, je crois...

– Oui, elle a dit « Rien ne vaut le manuscrit » et... Ça y est, j'y suis : « C'est pour cela que M. Thor avait tant de dossiers dans son bureau. »

– Allons-y.

Ils se levèrent en même temps.

À cet instant précis, Henriette releva la tête de son assiette. Moustaches en chocolat, étincelle dans le regard. Elle les encouragea d'un sourire puis se consacra à sa tarte.

*
*   *

Gilles fit sauter les scellés.

– J'en prends la responsabilité.

Ils entrèrent. Refermèrent à double tour la porte derrière eux.

La pièce était – évidemment – telle qu'au lendemain du meurtre de M. Thor. Tout y semblait statique. Mais dans l'air flottait une étrange impression. La présence de M. Thor. Par sa corpulence, sa voix puissante, sa forte personnalité, l'homme avait tant occupé l'espace de son bureau qu'on la ressentait encore. Sensation plutôt gênante.

Sur le sol, dessinés, les contours du cadavre. Le coffre-fort avait été ouvert par la police scientifique. Rien, dedans, n'avait retenu leur attention. Mais le matin de la découverte du crime, le samedi, que cherchaient-ils ? Ils ne savaient pas vraiment. Des indices, des empreintes, mais ils ignoraient tout du butin, du casse, de Ticonminus... Ils cherchaient sans savoir quoi chercher.

À présent, Gilles et Fred savaient. Ils cherchaient : 1. Le butin ; 2. Les preuves que M. Thor était bien l'auteur du meurtre du noyer.

– Gilles, cinquante-huit pièces de joaillerie tiennent dans une boîte de quel format ?

Il réfléchit. Il fit une estimation avec ses mains.

– Un sac de trois kilos de graines de tournesol ? hasarda-t-il.

– Oui, à peu près... Un certain volume, quand même. À coup sûr, on ne les trouvera pas ici.

Fred tâta le mur, le sol.

– À moins que... Les anciennes bâtisses, parfois...

Gilles se planta devant les meubles administratifs à tiroirs. Il les avait déjà examinés, mais il se pencha à nouveau. Dossiers suspendus. Par ordre alphabétique. Avoux, Bardaux... Pour chaque résident, un dossier médical, en cas d'accident, un numéro de téléphone, un relevé bancaire...

Fred s'approcha.

– On ne va pas devoir tous les potasser ?

Gilles lut *Bruguière Henriette. Bonne santé. Quelques soucis au cœur...*

Il sortit aussi deux dossiers du tiroir « M ». *Monjon Julien. Bonne santé... Monjon Madeleine. Bonne santé...*

– Écoute, Gilles, même s'ils sont en bonne santé, ils ne risquent pas d'avoir tué l'ogre Thor. Des petits poucets à côté de lui.

– Je sais, mais je suis curieux de lire leur dossier.

– Regarde plutôt à « T ». « T » comme Thor ou comme Ticonminus.

Rien à ces noms.

– Il faut examiner les dossiers un à un...

Soupirs.

Il sortit le premier, le deuxième... Geste automatique, vite fastidieux. Tous les pensionnaires étaient en bonne santé. Le directeur ne s'encombrait pas de personnes âgées à problèmes.

Lettre C. Lettre D...

Pourquoi Henriette avait-elle dit : « C'est pour cela que M. Thor avait tant de dossiers » ? Pour les inciter à regarder. Parce que, s'ils prenaient la peine de regarder, ils allaient trouver...

– Fred ! cria-t-il brusquement.

La lieutenante sursauta, se pencha. Au milieu des dossiers « D », il y avait une enveloppe et un cahier, très mince. Sur l'enveloppe, à l'encre un peu jaunie, était écrit, en lettres capitales : *DIONYSOS*. Le cahier semblait plus récent. Gilles enfila des gants et ouvrit l'enveloppe. Une lettre.

Christian, mon très cher fils,

Je vais mourir, je le sens. La maladie m'emporte peu à peu comme elle a emporté ta mère, il y a quelques années. Je demanderai au notaire de te remettre cette lettre après ma mort.

Je dois te révéler un secret. Je vais le faire dans cette lettre. Tu devras le garder au fond de toi. Ne jamais le divulguer. Il s'agit d'un trésor. Le butin du casse du 2 février 1969 que j'ai fait avec mon pote de jeunesse, Valéry Bonzom. Ce butin, nous n'avons pas pu le récupérer. Il est à Issinjean, sous le noyer tricentenaire que l'on appelle « Dionysos ». « Dionysos », tout le monde connaît. Forcément, tu trouveras.

Au pied de Dionysos, il y a le trésor. Il est pour toi.

Ton père qui t'aime.

– Et voilà, dit Fred, notre raisonnement était juste.

Gilles parcourut le cahier. Encre récente. Écriture différente, toute petite. Un journal.

Notes sur la vie des pensionnaires, sur Les Cimes bleues... Gilles tourna les pages, s'arrêta à la dernière entrée. Il la parcourut puis tendit le cahier ouvert à Fred.

Elle lut tout haut :

– *Ce que je redoutais depuis longtemps vient d'arriver. Jean Bonzom, le fils du copain de mon père, vient de me contacter. Il sait. Son père aussi lui a appris l'existence d'un trésor. Il exige sa part. Il m'a donné rendez-vous. Sous Dionysos. Ce soir 23 heures. Pas question que je lui cède la moitié du butin. J'ai acheté Les Cimes bleues. Le trésor me revient. Je ne le laisserai pas me déposséder.*

La lieutenante murmura :

– Si ça n'est pas une preuve...

Elle ouvrit sa sacoche, en sortit des enveloppes en plastique. Gilles y glissa la lettre et le cahier. Puis le tout dans le dossier « mort du noyer ».

– Affaire classée !

– Fred, nous n'avons pas retrouvé le butin.

– M. Thor a eu le temps d'écouler les diamants, à ton avis ?

– Nous passerons au crible ses comptes en banque. J'appelle Agathe. Et demain je fais venir des ouvriers pour creuser au pied de Dionysos.

– Préviens la municipalité. Il vaut mieux demander l'autorisation : il s'agit d'un monument historique.

Gilles, de la fenêtre, regarda l'arbre une nouvelle fois. On aurait dit un Christ, les bras en croix. Ou le diable. Il murmura :

– Un monument historique qui a gardé un secret et un trésor pendant plus de quarante ans !

Il appela tout de suite le maire.

Ils sortirent. Remirent les scellés.

Il faisait totalement nuit. Totalement froid. Comme chaque soir.

– Et merde, le garagiste ne m'a pas rappelé !

– Tu auras ta voiture demain, Gilles. Demain, tu seras chez toi. Je te dépose au Gallon ?

Cette question devenait habituelle. Fred ajouta :

– Pour le dernier soir !

Il acquiesça.

Dans le noir, dans le froid, la bâtisse des Cimes bleues ressemblait à... un palais.

Fred soupira.

– Il n'empêche...

Gilles savait ce qu'elle allait dire.

– M. Thor est le meurtrier du mort du noyer, mais... (Elle poussa un nouveau soupir.) qui a tué M. Thor ?

Gilles ajouta :

– Et crevé mes pneus ?!

*

* *

Il sourit au patron du Gallon. Fred avait raison : ce dernier, la veille, avait dû regarder le film policier. Depuis qu'il était à Issinjean, sur cette affaire, Gilles ne rencontrait que des fans de polars : le trio, Fred, Alex Sandre – forcément –, le patron du Gallon...

– Il n'y a personne, ce soir encore ?

Il n'osait pas demander directement : « Alex Sandre est-il là ? »

– M. Sandre m'a demandé de monter son repas dans sa chambre.

– Je ferai de même, s'il vous plaît.

Il retrouva sa chambre, déposa le dossier « mort du noyer ». Il attrapa une nouvelle chemise, de couleur orange. Comment l'appeler ? « Affaire de M. Thor » ? « Ticonminus » ? « Directeur des Cimes bleues » ?

Il n'écrivit rien d'abord.

La chemise du « mort du noyer » aurait pu être utilisée pour cette nouvelle affaire.

– Les deux crimes sont liés.

Il n'en était pas vraiment convaincu, cependant.

Peter Vlaovitch n'aimait pas M. Thor. Une dispute pouvait avoir éclaté entre les deux hommes. *Idem* pour Ethel Rigault. Et le jeune Robin Marien pouvait avoir été convoqué par le directeur, l'entretien avoir mal tourné.

Gilles imaginait un remontage de bretelles par le directeur. Ce dernier menace d'informer sa famille. L'apprenti s'énerve. La jeunesse a le sens de l'injustice à outrance. « Je vais appeler vos parents... Le mur... » M. Thor se tient debout, immense, comme un ogre, un monstre qui va écraser sa proie, l'avaler toute crue. M. Thor devait être encore plus impressionnant pour un jeune. Robin s'avance, désespéré :

« Non... Non, je vous en supplie...

– Mais si... je vais avertir tes parents, et ton lycée, et la CPE !

– Non... Non ! »

Dans sa poche, son couteau pour dépoter.

« Non... Non ! »

Le couteau s'enfonce. Affolé, Robin Marien s'enfuit. Le collier se détache, le petit noyau roule.

Pourquoi avait-on tué le directeur des Cimes bleues ?

Qui ?

Et pourquoi avait-on aussi crevé ses pneus à lui ?

Haine envers la police ? Envers lui-même ?

Certainement.

Gilles frissonna.

Le meurtrier logeait peut-être aux Cimes bleues, le côtoyait dans la journée et le haïssait.

Il avait mal à la tête, soudain. La pression atmosphérique des montagnes... Il regarda par la fenêtre. Il bruinait. Une bruine fine, glacée, qui s'incruste dans les vêtements.

Il alluma la télé. Prévisions météorologiques. L'Auvergne... Froid, pluie... Le Sud... Avignon... Du soleil...

Il pensa à Léna. « Elle a dû recevoir ma carte. Quelle a été sa réaction ? »

Il frissonna davantage.

« Il vaut peut-être mieux que je ne connaisse jamais sa réaction. »

Une grande lassitude l'envahit. Et la solitude.

Depuis le départ de Léna, il vivait en permanence en état de solitude, même accompagné.

Les jeunes femmes rencontrées, les aventures qu'il avait eues, l'avaient laissé encore plus en manque de Léna.

« Je dois me concentrer sur autre chose. »

Sur la journée écoulée. Où était le butin du casse ?

Demain, des ouvriers creuseraient autour de Dionysos.

Pas facile à cacher, un volume de trois kilos de graines de tournesol.

« Demain, je dois en acheter. »

Il dormit mal. Cauchemar. Contrairement aux nuits précédentes, il fut incapable de se le rappeler.

11

Dès huit heures, il appela le garagiste.

Pneus changés. Voiture prête. Enfin !

– Je passe dans la journée la récupérer.

Il régla sa chambre.

– Au plaisir, commissaire, dit simplement l'hôtelier.

Rossignolade. Le maire.

– Les ouvriers arrivent dans la matinée aux Cimes bleues pour fouiller les alentours de l'arbre, commissaire. Je vous en prie, soyez vigilant, refoulez les journalistes...

Gilles appela la gendarmerie.

– S'il vous plaît, il me faut deux hommes aux Cimes bleues et des banderoles de sécurité.

Comme au premier jour. Au lendemain du crime du mort du noyer. Au lendemain de l'orage.

L'impression de répétition, la sensation qu'il patinait, bégayait dans ces deux affaires, le rendait fou.

Il s'arrêta chez le vétérinaire.

Il y avait des sacs de trois kilos de graines de tournesol. Un peu excessif. Il opta pour trente petits sachets de cent grammes chacun. Plus pratiques à enfouir dans sa poche. Comme les sacs de réglisses de toutes les couleurs quand il était enfant.

Interroger Peter Vlaovitch.
Interroger Ethel Rigault.
Interroger Robin Marien.

La résidence était plutôt calme. Sauf aux cuisines, comme toujours.

Il aperçut Andrée Blanchon, qui se dirigeait vers son bureau.

La résidence vivait comme si le directeur n'avait pas été assassiné.

La voiture de Fred arrivait, suivie d'une camionnette avec des ouvriers.

Quelques rideaux s'entrouvrirent.

Gilles serra les mains des ouvriers, armés de pelles, de pioches.

– Que cherche-t-on, commissaire ?

– Une sorte de coffre, de malle en fer. Assez volumineuse.

Un des hommes éclata de rire.

– Un trésor !

– Écoutez, faites votre travail, un point c'est tout !

Gilles comprit pourquoi M. Thor avait laissé des barricades et une bâche pendant deux mois. Ôter la terre autour du noyer géant représentait un travail de titan. Des tonnes à remuer.

– Il a dû creuser des nuits entières, dit Fred.

– Oui, et éclairé seulement par une torche, puisqu'il avait coupé l'alarme et la lumière juste au-dessus de l'endroit où il piochait.

– Peter s'est aperçu du manège et l'a peut-être fait chanter...

– Ou Ethel. De sa remise, tôt le matin ou tard le soir, il a pu voir la lumière sous la bâche...

Ils en revenaient toujours aux mêmes suspects. Les deux affaires étaient liées, quelqu'un avait surpris le directeur. Sans peut-être connaître l'existence du butin.

Rossignolade. C'était Agathe.

– Avec Quentin, nous avons épluché les comptes bancaires du directeur. Aucune transaction importante. Rien.

Thor n'avait pas eu le temps de vendre les diamants. Même si le casse datait de quarante ans, les bijoux n'étaient pas faciles à écouler. Le directeur avait dû les cacher. Si toutefois il avait réussi à trouver le butin au pied de Dionysos.

– Mais oui, Gilles, il l'a récupéré, pourquoi dans le cas contraire aurait-il enlevé les palissades, la bâche ?

Le commissaire soupira.

– Si les ouvriers ne trouvent rien, demain, j'envoie des hommes fouiller toute la résidence.

– Tu crois ?

– Écoute, la bâche a été posée en septembre et octobre. S'il a réellement trouvé le butin, M. Thor n'a pas eu le temps de l'écouler. Il l'a caché. Où ? Forcément ici, pour avoir un œil sur lui.

– Il l'a peut-être confié à quelqu'un de l'extérieur ?

– Penses-tu ! Il a tué pour ce butin ! À mon avis, jamais il ne s'en serait séparé. Il l'a caché aux Cimes bleues.

Fred acquiesça.

– Oui, tu as raison.

Le chef des ouvriers s'avançait.

– Nous n'avons rien trouvé pour l'instant.

Attirés par le bruit et les cris des ouvriers, quelques pensionnaires vinrent rôder. Gilles les éloigna.

– Et le trio ? dit-il. Ah, regarde, les trois sont derrière leur rideau. Pourquoi ne sont-ils pas venus ?

– Pour ne pas te déranger, Gilles. Ne pas te gêner. Henriette sait que, grâce à elle, nous connaissons l'existence du butin.

Henriette Bruguière, finalement, se révélait moins terrible qu'il ne l'avait craint au départ. Discrète, même. Elle ne venait pas se pavaner, le narguer. Il appréciait. Il fit un signe de tête à Henriette. Elle lui adressa un sourire reconnaissant.

– Cela a pris du temps, mais vous vous êtes apprivoisés, tous les deux, chuchota Fred.

Il n'y a que les imbéciles qui ne changent pas d'avis. Il enchaîna :

– Fred, cela ne t'ennuie pas si nous déjeunons ici ? Je préfère être présent pour les recherches. S'il arrive quelque chose, la municipalité est capable de me tomber dessus.

– Eh bien, va pour endives au jambon ou jambon-haricots verts ou carottes Vichy...

– Oh, n'exagère pas !

À quatorze heures, ils retournèrent auprès de Dionysos. Une montagne gigantesque s'élevait auprès du noyer.

– Nous avons retiré au moins trois tonnes de terre, commissaire, et nous n'avons rien trouvé. Que fait-on ?

– Ben... Rebouchez. Vous en avez pour combien de temps ?

– Au moins trois heures.

Les hommes reprirent le travail.

– Nous sommes bons pour fouiller demain toute la résidence ?

– Oui, Fred.

Son portable rossignolait.

– Ah, bonjour, madame la proviseure. Vous voulez me voir ? Maintenant ? D'accord.

– Attends, dit Fred, elle t'appelle et tu accours. Une proviseure ? L'habitude de commander les élèves lui est montée à la tête...

– Fred, je pense comme toi, mais je n'ai aucune envie qu'elle vienne ici. Tu surveilles la fin des travaux ?

– Compte sur moi.

*

* *

Que voulait Mme Laporte pour oser le déranger en ces circonstances. Fred avait raison, pour le convoquer presque... Pour qui se prenait-elle ?

Elle l'appelait au sujet des crimes. Il en avait la certitude. Pour cette unique raison, il avait accepté de se déplacer jusqu'au lycée.

Il dépassa les piliers.

Et si, avant d'aller voir... Oui, elle attendrait un peu.

Il prit la direction du centre-ville. Au numéro 19 de la Grand-Rue, il sonna. Une femme lui ouvrit. Méfiante. Autoritaire. Il préféra montrer sa carte. Elle le fit entrer.

– Je suis pressée, commissaire.

– Connaissez-vous Robin Marien ?

Elle eut l'air étonnée.

– Robin ? Oui, c'est un camarade de classe de ma fille, mais...

– Mais ?

– Nous ne voulons pas, son père et moi, que notre fille le fréquente.

– Pourquoi ?

– Parce qu'il est amoureux d'elle, et nous ne voulons pas qu'ils se voient.

Il la regarda, interloqué.

– Parce qu'il est amoureux ?

– Commissaire, les fréquentations que je souhaite pour ma fille ne vous regardent pas... De quel droit ?

Il n'insista pas.

– Comment s'appelle votre fille ?

– Justine. Justine Chevrier. Pourquoi ?

Il se dirigea vers la sortie. La porte claqua – un peu fort à son goût – dans son dos.

– Ah, commissaire !

La proviseure contourna son bureau, l'invita à s'asseoir.

Se trouver ainsi comme un élève, face à une proviseure, ne lui plaisait pas du tout. Comme il l'avait fait avec M. Thor, il avait envie de se lever, d'intervertir les places.

– Commissaire, veuillez m'excuser de vous déranger, de vous avoir fait venir...

Elle paraissait embarrassée. Que lui voulait-elle ? Lui parler – encore – de Robin Marien ?

Fred avait eu raison en employant l'expression « ton petit protégé ». Et il n'avait aucune envie qu'on lui donne des raisons supplémentaires de suspecter l'adolescent.

– Je vous ai demandé de venir à propos de Peter.

– Peter Vlaovitch ? Le gardien des Cimes bleues ?

– Il travaille à côté aussi, dans la journée. Il m'a confié son impression, commissaire, que vous le suspectez...

Gilles resta muet. Il attendit.

– Vous l'embêtez parce qu'il n'a pas d'alibi, c'est ça ?

Où voulait-elle en venir ?

– Je... Je suis très gênée, commissaire ; les deux soirs des crimes, le dimanche de la semaine dernière et vendredi dernier, Peter était... avec moi.

– Comment ça ?

Elle se leva.

– Nous sommes amants, commissaire ! Voilà, c'est tout. Et nous ne voulons pas que cela se sache. Peter se cachait pour venir me retrouver ici, dans mon logement de fonction. Plutôt que de l'avouer, il a préféré faire croire qu'il se trouvait en famille. Je vous le jure, commissaire : les deux soirs, Peter était avec moi.

– D'accord, je prends note de ce que vous dites. Il devra faire une déposition.

– Il ne sera pas ennuyé ?

Gilles soupira.

– Je ne sais pas... Nous attendons de voir la progression de l'enquête. Avez-vous comme élève Justine Chevrier ?

– Oui.

– Comment est-elle ?

– Une jeune comme une autre...

– Elle connaît Robin Marien ?

– Ils s'adorent, tous les deux. C'est le couple du lycée ! Les amoureux des bancs publics. Ses parents à elle sont venus me voir, car ils voient cet amour d'un mauvais œil. Ils les trouvent trop jeunes...

– Je vous remercie.

Peter, l'amant de Mme Laporte, entrait dans la catégorie des non-suspects. La proviseure voulait-elle le disculper ? Pourquoi l'aurait-elle disculpé ? Parce qu'ils étaient amants réellement et qu'ils étaient ensemble les soirs des meurtres, tout simplement ?

Cela pouvait se tenir.

Et Robin ? Peut-être avait-il fait le mur pour rejoindre son amoureuse ? En cachette des parents, l'hypothèse se tenait également. Et par crainte des parents, il se serait plutôt fait couper la langue que de l'avouer.

La montagne de terre avait beaucoup diminué. Le noyer, lui, était toujours aussi gigantesque.

– Commissaire !

Ethel Rigault se planta devant lui.

– Pourriez-vous m'accorder un entretien, s'il vous plaît, si cela ne vous dérange pas et sans abuser de votre temps...

Plus poli, mais plus hautain que la proviseure.

– D'accord. Allons dans votre remise, nous y serons au calme.

La remise où Gilles avait remarqué l'absence de la pioche, la remise d'où le jardinier avait une vue directe sur le noyer.

– Voilà, commissaire... Les soirs des deux crimes... je... J'étais chez moi... Je surfais sur des sites... Je fais des rencontres, je ne vois pas le temps passer et...

– Pourquoi ne pas l'avoir dit ?

– Heu...

– Vous avez peur de quoi ? De quel style de rencontres s'agit-il ?

– Je vends... Je boursicote et, parfois, je sympathise... Enfin, vous voyez bien ce que je veux dire.

– Dites carrément : rencontres amoureuses ! Il est grand temps de m'en informer ! Nous vérifierons, bien entendu.

Pouvait-on être sûr que ce soit lui qui ait surfé et pas quelqu'un d'autre ?

Gilles était furieux. Les alibis pleuvaient tout à coup.

Fred le rejoignit.

– Ça y est, le trou est bouché. Les ouvriers vont partir. Ils veulent que tu signes le récépissé du travail effectué.

Gilles leva les yeux vers la fenêtre de la chambre « Glycine ». Personne. Il allait être l'heure de manger.

Il salua les ouvriers.

– Gilles, pour demain, pour fouiller, chercher le butin, ne crois-tu pas qu'il serait préférable de...

Il comprit immédiatement. Et il était d'accord : fouiner partout, bureaux, réfectoire, chambres, ce n'était pas son truc.

– OK, Fred, je vais appeler en renfort des policiers de Saint-Étienne. Une dizaine. En une journée, ils devraient avoir bouclé les recherches. Je demande une commission rogatoire.

Fred était soulagée. Peut-être, comme lui, avait-elle envie à présent de réintégrer son bureau au commissariat.

*

* *

– Curieux, dit Fred, le trio n'a pas fait son apparition, aujourd'hui.

– Quand on parle du loup...

Henriette venait de surgir sur le perron. De sa canne, elle leur fit signe.

– Venez, commissaire... Au chaud ! Nous voulons vous annoncer quelque chose.

Encore. Tout le monde voulait lui parler aujourd'hui.

« Bien enregistrer tout ce qu'elle va me dire, pensa Gilles. Ne rien négliger. Elle compte certainement nous apprendre encore quelque chose pour faire avancer l'enquête. »

Il lui serra aimablement la main.

Elle lui sourit. Oui, incontestablement, le courant passait mieux.

– Venez, commissaire ; à toujours être dehors, vous allez prendre froid, et vous aussi, lieutenante.

Ils suivirent Henriette Marple et ses compères jusqu'au coin internet.

– Nous n'allons pas vous retenir longtemps, commissaire, nous avons cru comprendre que vous rentriez chez vous... Fini le Gallon !

Elle savait tout ! Qui lui avait dit que les pneus étaient réparés ?

Elle avait vu, bien sûr, la voiture immobilisée, puis la dépanneuse... Tout le monde avait vu ça... Mais personne n'avait vu le salaud qui les lui avait crevés.

– Oui, madame Bruguière, ce soir...

Il n'acheva pas sa phrase.

– Et commissaire, je crois comprendre que, sous le noyer, vous n'avez pas trouvé *ce* (Elle appuya sur le « ce ».) que vous cherchiez, *ce* que vous espériez trouver.

Il ne put s'empêcher de sourire. Elle était incroyable. Elle faisait semblant de ne pas savoir. Son époux avait peut-être eu tort finalement de ne pas la mettre au courant de ses enquêtes. En tout cas, maintenant, elle se rattrapait ! Et comment ! Avec une perspicacité inouïe.

Elle poursuivit :

– Et vous allez certainement fouiller toutes les chambres, les bureaux... les moindres coins et recoins pour trouver *cela*.

Fin limier. Fine psychologue.

– Ou plutôt *faire* fouiller... Je vous comprends. Alors voilà, commissaire, pourriez-vous avoir l'obligeance de demander à vos hommes de commencer par nos chambres ? Parce qu'après nous ferons... Nous avons quelque chose à vous annoncer : un déménagement. Nous comptons quitter Les Cimes bleues.

– Ah bon ? dit Fred.

– Cet après-midi, nous nous sommes rendus à la mairie, et il n'est pas du tout sûr que Les Cimes bleues continuent à être Les Cimes bleues.

– C'est-à-dire ?

– Une maison de retraite avec toutous.

Madeleine s'avança.

– Nous préférons prendre les devants. Nous allons repartir dans notre pays natal, nous trouver un logement avec une aide à domicile pour nous trois. Et puis, basta !

– Ce... C'est peut-être une bonne idée.

– Une excellente idée, commissaire, nous n'avons que des idées *excellentes*.

– Et, ainsi, nous ne nous séparerons pas, conclut Julien.

Henriette tendit la main.

– Commissaire, nous avons été ravis de faire votre connaissance. RA-VIS !

Le mot qu'elle avait utilisé la première fois, quand elle avait vu l'écrivain.

Gilles eut un sourire content. Le trio l'appréciait autant que l'auteur de polars maintenant.

– Au fait... Alex Sandre... commença Fred.

– Nous sommes allés le saluer cet après-midi. Nous lui avons fait nos adieux et aussi dit combien nous avons apprécié de faire sa connaissance.

Gilles serra la main d'Henriette. Chaleureusement. Il lui devait ça, quand même. Et puis, il ne verrait plus le trio désormais !

– Au revoir, commissaire ! Au revoir, lieutenante ! Dites au revoir, les chériiiis !

Hercule, Simenon et Colombo jappèrent d'une seule voix.

– Au revoir, commissaire !

Avec son air coquin, Henriette leva sa canne, puis ils partirent.

Fred laissa tomber :

– Ils sont mignons mais crevants ! Quelle énergie. Et quelle vivacité d'esprit !

*

* *

Tout le temps du trajet Issinjean-Saint-Étienne, Gilles se répéta les paroles d'Henriette. Chercha une allusion, un indice. Quel détail, quel caillou de Petit Poucet avait-elle semé pour lui ?

Le trio, certes, les avait abordés, Fred et lui, pour leur annoncer la nouvelle de leur départ des Cimes bleues. Mais il connaissait trop Henriette, maintenant, pour ne pas comprendre qu'une fois encore, une dernière fois, elle avait dû lui donner un tuyau, placer un aiguillage pour le mettre sur la voie...

« Nous avons été ravis de faire votre connaissance... Dites au revoir, les chériiiis ! »

Les rues de Saint-Étienne étaient déjà décorées des lumières de Noël.

Et si...

Lui aussi pouvait avoir d'excellentes idées.

Il se gara en double file. La pâtisserie allait fermer. Magnifique pâtisserie. Il était toujours passé devant sans jamais s'y arrêter. Une confiserie de luxe.

Dans la boutique, des guirlandes clignotaient. Le magasin regorgeait de friandises appétissantes et de produits de Noël : crèche en pâte d'amandes, petits Jésus en pain d'épices, pères Noël en caramel... Il se planta devant l'immense vitrine réfrigérée où se côtoyaient des pyramides, bien alignées, de chocolats fins. Un panneau était suspendu :

FAITES PLAISIR POUR LES FÊTES
OFFREZ DES FRIANDISES À VOS PROCHES
QUI SONT... LOIN !

Il adressa un sourire gêné à la pâtissière qui attendait, pressée de fermer, probablement. Que choisir ?

Nougats, rochers en chocolat...

Soudain, il aperçut des chocolats au lait en forme de noix.

Il n'eut pas besoin de demander, la pâtissière avait surpris son regard et expliquait :

– Ces chocolats sont parfumés au curaçao et au cognac.

Gilles se rappela le petit digestif que les pieds nickelés commandaient au Gallon. Ils seraient donc certainement enchantés de son idée.

– Un ballotin d'un kilo, s'il vous plaît. Pouvez-vous le faire livrer à Issinjean pour demain matin ?

– Sans aucun doute. Notre camionnette assure des livraisons quotidiennes. La maison est réputée, nous faisons aussi des envois postaux dans le monde entier.

– Bien, bien... Je vous donne l'adresse. Henriette Bruguière, Madeleine et Julien Monjon, Les Cimes bleues. Issinjean.

Il redouta un instant que la commerçante ne fasse allusion aux crimes.

– Vous voulez mettre un mot d'accompagnement, un nom d'expéditeur ?

Il hésita.

– Nous avons de petites plaquettes de chocolat fin avec des formules : « Bon anniversaire », « Joyeux Noël »...

– « Remerciements », vous avez ?

– Oui. « Merci », écrit au chocolat blanc sur chocolat noir. Comme la livraison, ce n'est pas compris dans le prix du ballotin.

– Mettez une plaquette « Merci ».

Elle disposa la plaquette au-dessus des noix, referma le ballotin.

Henriette était bien trop fine pour ne pas comprendre. Tout de suite, elle saurait qui était l'auteur de cette attention.

Il régla, remonta dans sa voiture.

Le volet roulant de la pâtisserie se baissa.

Il démarra.

Il était heureux de ne plus être à Issinjean. De ne plus retourner au Gallon. De retrouver, enfin, son chez-lui.

Arrivé en bas de son immeuble, il se maudit.

– Et merde ! J'ai encore oublié Fred. J'aurais pu penser à lui offrir des chocolats, à elle aussi !

Il entra dans le hall, se précipita à la boîte aux lettres. Quelques enveloppes. Pas de lettre de Léna. Il y avait aussi un petit colis. Son cœur se mit à battre. Non, ce n'était pas l'écriture de Léna.

La fatigue, le désespoir s'abattirent sur lui. D'un coup.

Léna ne lui avait pas répondu.

L'escalier lui parut abrupt.

L'appartement, qu'il était si content de retrouver quelques instants plus tôt, lui sembla vide. Triste. Tristement vide. Et désespérant, le tableau des genêts au-dessus du canapé. Il se planta devant. Cette toile reflétait sa lâcheté. Sa naïveté. Son égoïsme. Sa bêtise... Comment avait-il pu espérer que Léna donnerait suite à quelques mots suivis de blanc... sur une carte postale ?

« Je suis un con. Un minus. Un Ticonminus. »

Il avait envie de pleurer.

Il posa les deux dossiers sur le guéridon : « mort du noyer » et « M. Thor ».

Il attrapa la petite enveloppe matelassée. L'ouvrit. Un livre. *Dans la gueule des loups* de Alex Sandre. Avec un bandeau rouge « Prix du polar »... Une carte de visite dépassait – la même écriture que celle de l'enveloppe : *De la part du trio infernal !*

Comment savaient-ils que Fred et lui les surnommaient le « trio infernal » ? Une fois de plus, Henriette le déstabilisait. Le devançait. Il avait l'air fin avec son envoi de noix en chocolat pour la surprendre, l'épater. Des chocolats à la noix, oui !

Elle avait pris les devants. Au jeu des surprises, elle était forte. Très forte.

Il ouvrit le livre. En plus, elle l'avait fait dédicacer.

Déjouer les pièges, ne pas tomber dans la gueule du loup... Au plaisir, commissaire. Votre dévoué, Alex Sandre.

Il abandonna le livre sur les dossiers.

– Ça, je ne le lirai pas.

À nouveau la tristesse, la déception l'envahirent.

« Léna. »

Il avala sa salive.

« Léna. »

Et, brusquement, les larmes coulèrent le long de ses joues.

Il s'assit sur le lit. Sa tête plongea dans ses mains.

Quand il se leva, il aperçut son visage dans le miroir.

– Minable ! se lança-t-il.

Il se nargua. L'heure de vérité sonnait.

– Pourquoi as-tu acheté un énorme ballotin de chocolats, en forme de noix, au trio ? Pour les remercier, certes, de leurs indications, qui t'ont évité des journées entières à patauger... Mais pourquoi encore ?

Il se défiait dans la glace.

– Pour les surprendre aussi. Surtout Henriette. Mais pour quelles autres raisons ?

Il se détestait soudain.

– Avoue ! Regarde-toi, tel que tu es... Pourquoi ne pas avoir choisi un petit ballotin, un minuscule comme toi ? Pourquoi le plus gros ? Je vais te le dire : pour faire mieux qu'Alex Sandre avec sa boîte rapportée de Bruxelles. Oui, Gilles Lafosse ! Reconnais-le ! L'orgueil t'a poussé. Un peu de générosité, de reconnaissance à l'égard du trio, mais surtout beaucoup d'orgueil !

Cette découverte le flinguait.

Il se vit dans le miroir. Moche.

Il s'assit à nouveau sur le lit.

Brusquement, il n'avait plus envie de mener l'enquête à son terme.

Qui avait tué M. Thor ? À présent, il s'en fichait !

Pourquoi ? Comment ? Où était le butin ?

Il s'en contrefichait !

Oui, l'évidence lui tombait dessus. Cette évidence : plus envie de ce métier de flic. De cette vie de flic.

Il devait reprendre sa vie en main.

Il est des jours terribles, des nuits surtout, de doutes, de remises en question. Des jours où l'on se regarde et où l'on se voit. Vraiment. Tel que l'on est. Sans fioritures. Sans se voiler la face. On sent qu'il faut changer de chemin. Rectifier le tir tant qu'il est encore temps.

Depuis le départ de Léna, il avait perdu tout repère... Non, depuis l'affaire du mort du noyer, plutôt. L'impression de ne rien maîtriser. De ne plus maîtriser sa vie.

Il sut qu'il allait passer une sale soirée. Une nuit sans sommeil. À ressasser. À réfléchir. À douter.

Crissements de pneus aux feux rouges. Freinages. Redémarrages.

Avec le calme du Gallon, il avait perdu l'habitude.

Il ne ferma pas l'œil de la nuit.

Nuit totalement blanche.

Il réfléchit.

Aux petites phrases d'Henriette.

À l'enquête.

Un peu.

Il pensa surtout à Léna. À lui. À sa vie. À leur vie.

12

Huit heures !

Il avait dû s'assoupir au petit matin.

Il se leva, prépara son café.

Dans la glace de la salle de bains, il découvrit son visage, pas rasé, les yeux cernés...

Après tout, s'il quittait la police, le commissariat de Saint-Étienne, Fred reprendrait l'affaire. Il regarda les deux dossiers sur le guéridon. La lieutenante était tout à fait à même de poursuivre l'enquête...

Il lui ferait parvenir les dossiers. Et aussi le livre d'Alex Sandre. Elle en serait beaucoup plus heureuse que lui. Au bout de quelque temps, elle classerait l'affaire. C'était certain. Faute de preuves. Les flics n'allaient rien trouver, aucun butin à la résidence, ni dans les bureaux, ni dans les logements, ni dans les chambres.

Ethel Rigault, Peter Vlaovitch, Robin Marien, même s'ils étaient mis en garde à vue, n'y resteraient pas longtemps, faute de preuves. Robin Marien ne serait peut-être même pas inquiété.

Le commissariat continuerait à tourner sans lui.

Bien sûr, le meurtrier ne serait pas arrêté. Et alors ? La vie continuerait.

Oui, Fred chercherait... Un jour, peut-être même, elle trouverait. Une excellente remplaçante, Fred. Elle était brillante, dynamique, enthousiaste. Elle aimait la région et ses montagnes. Elle aimait le métier. Elle réussirait le concours de commissaire.

Lui, il serait loin.

Il ne savait pas encore où.

Mais loin.

Il déposa la tasse de café vide dans l'évier, la rinça. À l'instant précis où il la posait à l'envers pour la faire sécher, à l'instant précis du petit choc de porcelaine sur la plaque d'émail, il sut.

Sa décision était prise.

Il allait quitter la police. Ces foutues montagnes. La région.

Il sursauta. Son portable rossignolait. Et il changerait de numéro de portable !

Il hésita, appuya finalement sur la touche « Écoute ».

– Allô ? Ma gélinette ?

Son cœur bondit. Seule Léna l'appelait ainsi.

Il dut s'appuyer à la table, s'asseoir.

– Gilles ? C'est toi ? Allô ? Tu es là ?

– Léna.

Sa voix douce, ensoleillée, son accent d'Avignon... Si chaud.

C'était Léna.

Son cœur se réchauffa d'un coup.

– Oui... dit-il.

Il s'arrêta. Les mots ne venaient pas. Pourtant, ils étaient nombreux à être serrés au fond de son cœur. Depuis si longtemps. Prêts à être murmurés. Tout doucement. Amoureusement.

Pourquoi l'appelait-elle ?

– J'ai reçu ta carte, Gilles, il y a quelques jours. J'ai hésité et... Elle m'a touchée, tu sais. Alors, sur un coup de tête, hier soir...

Il était dans du coton. Les mots de Léna lui parvenaient, brumeux... Il était un petit oiseau, dans le nid, fragilisé, apeuré... Prêt à mourir. Ou à vivre. Selon ce qu'elle allait lui dire.

Elle continuait :

– Je t'expliquerai pourquoi... Brusquement, j'ai eu envie... J'ai pris le train de nuit...

Il ferma les yeux. Espoir immense au fond de tout son être.

Sa main broyait le téléphone.

– Tu es là, Gilles ?

– Oui...

– J'ai pris le train de nuit et... je suis en bas de l'immeuble. Tu m'ouvres ?

Une minute plus tard, elle était là. La même qu'avant. Belle. Plus belle encore. Souriante.

Il refusait d'y croire avant de savoir.

Elle posa son index sur ses lèvres. Plongea son regard dans le sien. Elle lui avait tant manqué !

C'était si facile de se retrouver...

Plus tard, elle lui raconta le coup de tête.

– Hier soir, en haut du cyprès, dans le jardin... Figure-toi, un rossignol s'est mis à chanter... J'ai pensé à toi, à ta grand-mère, ce qu'elle te disait...

– Et tu as songé qu'il... chantait pour moi ?

– Oui. J'ai décidé que c'était un signe.

Il se remit à l'embrasser comme un fou.

13

– Mesdames et messieurs, le commandant et son équipage vous souhaitent la bienvenue et un excellent voyage à bord de ce...

Alex Sandre vérifia sa ceinture. Par le hublot, il aperçut les hommes qui s'affairaient sur la plate-forme de l'aéroport.

Le steward passa, vérifia la fermeture des soutes à bagages. Démonstration de l'utilisation du gilet de sauvetage. Vrombissement des réacteurs. L'avion roula lentement, puis, brutalement, prit son envol.

Bientôt les nuages, blancs, cotonneux, enveloppèrent l'appareil.

Alex Sandre se sentit comme dans un cocon. Une chrysalide. Il s'enfonça dans son fauteuil. Ferma les yeux.

À côté de lui, la mallette.

Un sourire heureux passa sur ses lèvres.

*

* *

– Hercule, mon chéri, cette casquette à visière te sied à ravir ! déclara Henriette.

Elle déposa un baiser sur le museau du basset.

– Et toi, Simenon, les lunettes de soleil te vont autrement mieux que des santiags, chuchota Julien en caressant le teckel.

– Mon Colombo d'amour, tu es trognon avec ton chapeau de paille ! annonça Madeleine en grattouillant la tête du pékinois.

– Waouf !

– Waouf !

– Waouf !

– Ils sont trop ! Ils nous disent de contempler la mer.

Henriette, Madeleine et Julien se hissèrent sur leurs chaises longues. Lunettes de soleil jaunes, mauves, vertes, maillots assortis.

Devant le trio, d'un bleu uni, magnifique, étincelante, la mer des Caraïbes.

Et le silence.

Doux clapotis des vagues, seulement.

– Comme nous sommes bien, sur cette plage de sable blanc, immense, murmura Julien. Quand je songe aux montagnes d'Issinjean, à la résidence des Cimes bleues...

– Tristes à mourir, gazouilla Madeleine.

Henriette but une gorgée de son apéritif arc-en-ciel : jus de mangue, de banane, de prune de Cythère avec du rhum, le tout servi dans sa coupe de cristal, puis s'exclama :

– Le paradis !

Une brise légère, fraîche, juste ce qu'il fallait, vint souligner son propos.

– Qu'y a-t-il au buffet, aujourd'hui ? s'enquit-elle.

– Ils sont en train de l'installer, annonça Julien. Queues de langoustes sauce armoricaine, gambas grillées, risotto aux crevettes, avocats-crabe-concombre...

J'en ai l'eau à la bouche, saliva-t-il. Hier, le homard à la vanille était divin ! Et en dessert, je ne vous dis pas ! Montagnes d'ananas, paillettes de sorbet coco...

Le trio avait une mine superbe, teint orangé, yeux rieurs.

– C'est bien aujourd'hui que notre jeune ami arrive, n'est-ce pas ? demanda Madeleine.

Henriette consulta sa montre.

– Il sera là dans moins d'une heure, le temps de prendre son taxi à l'aéroport et de nous rejoindre ici, à l'hôtel, comme nous le lui avons dit.

– Et il aura la... ? demanda Julien.

– Bien sûr, il aura la mallette !

– Il a été parfait, il faut le reconnaître, n'est-ce pas, Henriette ?

– Ah oui, Madeleine. Il a exécuté avec précision, minutie même, chaque étape de notre plan. Comme nous le lui avions demandé.

Julien rit.

– Tu te souviens, Henriette, ta première lettre, il y a trois mois maintenant ?

Il récita :

Cher Alex Sandre,

Nous apprécions vos romans. Votre talent. Votre intelligence.

Nous avons besoin de vous pour un TRÈS GRAND PROJET !

Fortune à la clé.

– Nous avions signé : « le trio dingo ». Tu as fait fort, Henriette, en le dénichant et en le convainquant.

– Je crois que les mots « fortune à la clé » ont été décisifs ! Nous ne pouvions trouver meilleur associé, c'est vrai.

– Il a respecté toutes les consignes à la lettre : arrivée à Issinjean à la date et à l'heure prévues, décidées par nous. Taxi, comme on le lui avait demandé, pour descendre à l'hôtel Le Gallon. Baratin à tout le monde pour faire croire qu'il était venu à Issinjean écrire son roman.

Julien poursuivit :

– Feindre de ne pas nous connaître du tout, à notre premier contact au Gallon, comme nous, jouer la surprise, alors que nous nous étions bien entendus auparavant sur la date, l'heure et le code : « Oh, mais c'est Alex Sandre ! » Déroulement des opérations : faire semblant de se soumettre à la séance de dédicaces, nous accueillir dans sa chambre avec nos paniers remplis non de livres à signer mais... (Julien était hilare.) du butin du casse ! Les fameux cinquante-huit diamants jamais retrouvés par la police depuis le 2 février 1969 ! Affaire jamais résolue !

Henriette poursuivit :

– Le lendemain, notre cher auteur de romans policiers prend le train pour Bruxelles afin de participer à une émission télévisée... Nous faisons en sorte que tout le monde la regarde... Mais cette émission n'est qu'un prétexte pour, lors de ce séjour à Bruxelles, changer les diamants... en millions d'euros. À notre demande, avant son arrivée à Issinjean, il avait prospecté pour trouver des acquéreurs. Il revient donc mallette à la main, remplie de deux cents millions d'euros en billets de banque ! Et quatre billets d'avion... Quatre allers simples pour... les îles Grenadines. Trois pour nous, et un autre vol pour lui, un peu plus tard, afin de ne pas éveiller les soupçons. C'est donc à Bruxelles qu'il a vendu les diamants, pris nos billets à de faux noms et réservé, toujours sous de nouvelles identités, des suites au plus grand hôtel des îles Grenadines. L'hôtel le plus luxueux !

Henriette regarda autour d'elle.

– Un vrai bonheur !

– Mise au point géniale, Henriette ! dirent en chœur Madeleine et Julien. Tu as trouvé le larron idéal.

– Oh, c'était facile. Un écrivain ! Imbu de sa personne ! En le flattant, en ménageant son amour-propre, en lui faisant miroiter une aventure, qui certes ne pourra pas être aussi palpitante, aussi géniale, aussi extraordinaire que celles de ses romans... mais une aventure tout de même alléchante... Un quart du butin ! Cinquante millions d'euros ! (Henriette eut un soupir :) Mon Dieu, que l'humain peut être vaniteux, veule et cupide ! (Soudain, elle éclata de rire.) Combien il a été plus facile encore de duper cet imbécile de Lafosse. « Merci. » Nous, le « trio infernal » – je revendique ce nom –, nous nous moquons de lui, nous le ridiculisons, nous le pulvérisons et... le hamster accro au tournesol nous dit « Merci » sur une plaque de chocolat à l'intérieur d'un ballotin qui lui a coûté au moins un vingtième de son misérable salaire de misérable fonctionnaire ! Et je vous parie qu'il s'imaginait nous surprendre ! Nous épater !

Les trois pouffèrent de rire.

– Dieu qu'il faut être sot ! « Merci »...

Henriette répéta ce mot. Il la mettait en joie.

Elle attrapa un toast de caviar, baissa la voix.

– Mes amis, à l'heure qu'il est, le commissaire-hamster doit toujours croire dur comme fer que le meurtrier du mort du noyer est... ce gros lard de M. Thor !

Julien ajouta :

– Et il s'interroge aussi sur l'identité de l'assassin dudit gros lard, *alias* « rhinocéros », *alias* « bouledogue »...

– Le rongeur de mes deux se demande où est le butin ! renchérit Madeleine.

Leurs rires redoublèrent.

– Et... (Henriette s'étranglait.)... une question le tarabuste : qui a pu crever ses pneus ?!

Henriette Bruguière mit un long moment à retrouver son sérieux.

– Même mon idiot d'époux – que j'ai supprimé avec tant de plaisir un beau jour de septembre, au cyanure, goutte après goutte dans son whisky –, même mon idiot d'époux, disais-je, grippe-sou, moche, sale... j'en passe et des pires, même lui n'était pas aussi naïf.

Henriette eut l'air pensive, elle murmura, ravie :

– Je me rappelle quand, à la dernière seconde, juste avant de s'éteindre, son sourire s'est transformé en rictus. Dans son regard globuleux, une lueur. Il comprenait enfin que sa douce femme, qu'il chérissait à la folie, venait, ignominieusement, de l'éliminer. Son regard pour une fois s'est éclairé d'un trait d'intelligence. Et d'horreur. Quel délice ! Avant de m'endormir, le soir, parfois, je fais défiler dans mon esprit la scène de son agonie. Terrible agonie, et plus il souffrait, plus je jouissais... Un ultime râle puis, soudain, sa langue recroquevillée. Quel bonheur ! Oui, parfois, je revis la scène et je m'endors apaisée, heureuse. Je roupille du sommeil du juste.

Madeleine et Julien approuvèrent.

Henriette leva sa coupe et s'adressa au vide devant elle.

– Stupide commissaire-hamster, je bois à votre inintelligence ! Et à celle de votre non moins stupide lieutenante. Ah, sale rongeur qui sème ses épluchures de graines de tournesol partout comme un biquet ses crottes, tu te demandes, tu ne comprends pas... Tu voudrais savoir... Eh bien, nous allons tout t'expliquer. Voici comment l'aventure a débuté...

Henriette se mit debout. Les trois chiens s'assirent à ses pieds. Madeleine et Julien levèrent leur coupe, complices.

– Vas-y, Henriette, dis-lui, souffla Madeleine.

– Dis-lui, Henriette, vas-y, murmura Julien.

Henriette but encore une gorgée. Elle s'éclaircit la voix.

– Un soir, il y a tout juste trois mois, alors que la nuit tombait sur le parc des Cimes bleues, nous, membres du « trio infernal » – seul adjectif qui nous convienne, même s'il est banal –, plantés derrière le rideau de ma chambre, nous apercevons une ombre vêtue d'une chasuble ecclésiastique traversant la cour. Nous sommes de fins limiers, *nous*, commissaire Lafosse ! Nous comprenons très vite que ce faux prêtre vient rendre visite à M. Thor. Nous épions, nous entendons la dispute entre les deux hommes. Et ce que nous apprenons nous met en joie : le butin du casse de la plus belle bijouterie de Lyon, effectué quarante ans auparavant – cinquante-huit diamants inestimables – a été caché par les braqueurs... aux Cimes bleues ! M. Thor est le fils du premier braqueur ; le faux prêtre, le fils du second. « Je reviens demain, même heure, prendre livraison de mon dû ! » annonce le faux prêtre.

Henriette but encore une gorgée. Elle fit claquer sa langue contre son palais.

– Délicieux... Je poursuis, commissaire Lafosse. Depuis quelque temps, nous assistons au va-et-vient de ce gros lard de M. Thor. Le soir, il se faufile sous la bâche du noyer, installée prétendument pour soigner et protéger l'arbre. Et nous comprenons : il cherchait le fameux butin du casse réalisé par son père et son copain d'enfance. Et comme son manège a cessé, nous devinons qu'il a trouvé. Le lendemain, nous guettons le faux prêtre. Il arrive, à pied, toujours déguisé de sa chasuble. Et nous sommes prêts pour l'opération numéro 1.

Henriette se tourna vers Madeleine :

– Petite Madeleine, amie de toujours, c'est là que tu interviens. Commissaire, vous ne savez pas à quel point je vous trouve méprisable. Méprisable d'avoir sous-estimé notre Madeleine. Et pourtant... Elle a été institutrice, c'est dire combien elle n'est pas une incapable ; si vous vous étiez intéressé à sa jeunesse, commissaire-hamster, vous auriez appris qu'elle a été championne du monde de lancer de poids. Eh oui ! En 1949. L'opération numéro 1 de notre plan, c'est elle. Peu avant l'arrivée du « prêtre », elle enfile des gants, entoure ses chaussures de plastique pour éviter toute empreinte, toute trace. Dans ses mains, une pioche, dérobée dans la remise de ce grand navet d'Ethel. Elle se dissimule derrière le noyer. Julien et moi, nous faisons le guet. Julien, devant le bureau de M. Thor, pour l'empêcher de rejoindre le noyer. Moi, au perron, pour qu'aucun résident n'approche du jardin. Jean Bonzom arrive, nous distinguons sa silhouette d'ecclésiastique dans la nuit tombante. À toi de jouer, Madeleine. Dès qu'il est dans ton champ de vision, tu retrouves ta jeunesse, ton adresse, ta force, ta précision... Avec une justesse infinie, tu lances la pioche. Tempe gauche touchée ! En plein dans le mille ! Le prêtre tombe, tué net. Du beau boulot ! Propre. Honnête. Irréprochable. Félicitations, Madeleine ! Julien continue de guetter M. Thor.

Pendant ce temps, nous deux, Madeleine, nous déshabillons Jean Bonzom de ses vêtements de prêtre. Nous le mettons nu. Totalement nu ! Pourquoi totalement nu ? Nous pourrions laisser ses sous-vêtements. Pendant longtemps, commissaire, vous allez vous poser la question. Déshabiller le mort, bien sûr, pour effacer les preuves... Mais nu totalement ? Vous cherchez. Vous vous creusez la tête... Vous finissez par accuser M. Thor de ce crime. Vous accusez M. Thor *à tort* !

Henriette eut un rire cristallin.

– Et vous concluez : « Totalement nu... parce que M. Thor ne veut pas qu'on fasse un rapprochement avec le casse. » Vous êtes sot, commissaire Lafosse, mais pas au point de vous rendre compte au fond de vous-même que cette explication n'est pas satisfaisante. Alors, commissaire, nous vous posons la question : pourquoi Madeleine et moi le laissons *totalement* nu ? Vous donnez votre langue au chat ? Vous capitulez ? Vous avouez votre incapacité ? Votre nullité ? Eh bien, c'est très simple : nous le laissons totalement nu pour vous ennuyer. Pour vous mettre à mal. Pour vous casser la tête, commissaire. Tout simplement pour vous faire tourner en bourrique ! Parce qu'un homme retrouvé *nu* en pleine nuit, dans le froid, sous un noyer... c'est inexplicable. Puis Madeleine et moi courons enfouir les vêtements au fond d'une poubelle. Nous nous dépêchons, car une pluie diluvienne commence à tomber. Elle va effacer toutes les traces. Il existe un bon Dieu pour les vrais criminels, pour ceux qui, comme nous, procèdent au crime parfait. Le lendemain, à sept heures, commissaire, vous entrez en scène. Et nous commençons à beaucoup, beaucoup nous amuser. Malgré les nouvelles technologies, vous piétinez lamentablement.

Cela nous réjouit. Nous distillons des informations erronées pour vous guider sur la mauvaise voie. « Le tort tue... » Et vous tombez dans le panneau ! Dans votre rôle de pauvre type, vous excellez au-delà de tous nos espoirs ! Quelle jubilation quand vous commencez à soupçonner ce grand escogriffe d'Ethel ! Quel bonheur de voir Peter apeuré parce que vous mettez en cause son alibi, et le délice des délices : le visage angoissé du petit mignon, votre protégé, Robin... Trop bon ! Pendant que vous vous trompez allègrement, que vous égrenez vos épluchures de graines de tournesol, que vous traînez votre carcasse, nous, nous récupérons les diamants du casse que M. Thor vient d'extirper de dessous le noyer et qu'il n'a pas encore eu le temps de cacher. Notre ami Alex Sandre, le romancier que nous avons fait venir *exprès* pour notre plan, est arrivé. Nous simulons des dédicaces à signer, dans le panier, et nous lui remettons le butin. À charge pour lui de l'échanger, de le vendre. Il a déjà prospecté, trouvé des acquéreurs, des receleurs à Bruxelles. Il accomplira sa mission de façon parfaite. Les cinquante-huit diamants sont changés en petites coupures de billets, les mauves, ceux de cinq cents euros. Vous n'en avez peut-être jamais eu dans les mains, commissaire ; quatre cent mille billets de cinq cents euros ! Alex Sandre a vraiment fait du bon boulot. Depuis deux mois, il prospectait en Belgique. Nous ne pouvons que nous féliciter de ses prouesses. Mais M. Thor s'aperçoit que son « trésor » a disparu, et il risque de parler...

– Là, dit Madeleine, c'est toi, Henriette, qui vas intervenir. Opération numéro 2 du plan.

– Et oui, monsieur le commissaire grignoteur, le « tort tue »... Que vous êtes donc niais ! Vous vous embarquez dans cette idée erronée que M. Thor a tué

Jean Bonzom. Éliminer M. Thor me revient à moi. C'est mon travail. « Un homme assez costaud pour enfoncer le poignard... » a affirmé votre médecin légiste. Quelle incapable, elle aussi ! Du coup, vous écartez des suspects tous les pensionnaires, personnes âgées, fragiles. Et pourtant, commissaire, c'est moi, cinquante-cinq kilos tout habillée, un mètre cinquante, qui ai... tué, et de façon si habile, M. Thor. « Comment ? » vous demandez-vous ! Vous ne me croyez pas ? Une si faible femme, tuer un tel monstre ! Avez-vous remarqué, cher rongeur, ma jolie canne... au pommeau bien ciselé, ma canne avec laquelle je vous dis bonjour... Examinez-la de plus près...

Henriette s'avança, devant la mer, canne à la main, vers un commissaire imaginaire... Le pommeau représentait un éléphant magnifiquement sculpté.

– Regardez, commissaire, là, la petite bosse ; j'appuie dessus et...

Déclic. Au bout de la canne jaillit une longue lame, pointue, dangereusement aiguisée.

– Un jeu d'enfant que de s'approcher de M. Thor, que de le faire reculer du bout de ma canne jusqu'à la fenêtre et... *clic*... En plein cœur. Mort sur le coup, lui aussi. Du travail bien propre, bien honnête, également, ajouta Henriette. Et personne n'a rien vu, tout le monde est devant son poste de télévision et regarde l'émission d'Alex Sandre, pour laquelle nous avons fait une telle publicité. Un petit tour du côté de votre vieille guimbarde, le premier jour, puis lors du second crime, *clic*, coup de canne ! Vos pneus à plat ! Trop facile ! Histoire de rire plus encore de vous en vous obligeant à rester à Issinjean, histoire de vous renfrogner davantage ! Madeleine a eu son mort. Moi, j'ai eu mon mort. Dans notre trio diabolique, reste Julien ! Lui...

Madeleine se mit à tousser brusquement, fit un signe discret à Henriette. Celle-ci s'arrêta net. D'un geste de la main, elle congédia le commissaire fantôme.

Elle se retourna, aperçut l'écrivain. Elle arbora son plus beau sourire.

– Alex ! Cher ami ! Vous voici ! Enfin !

Elle consulta sa montre.

– Comme toujours, pile à l'heure. Que nous sommes heureux !

Alex Sandre, mallette à la main, se précipita. Il embrassa Henriette, Madeleine et Julien.

– Chers amis, il me tardait de vous retrouver !

– Oh ! Si vous saviez avec quelle impatience nous vous attendions ? Nous parlions encore de vous il y a peu. Nous louions votre efficacité. Votre voyage s'est bien passé ? Tout s'est déroulé comme prévu ?

– Oui, parfaitement.

– Personne ne vous a vu à l'aéroport ? Reconnu ? Suivi ? Ne serait-ce que aperçu ?

– Personne ! Et au chauffeur de taxi, j'ai donné un faux nom.

– Très bien, très bien... Passez-moi la mallette, cher ami.

Alex tendit fièrement la mallette.

– Nous allons tout de suite procéder au partage, comme convenu. Deux cents millions d'euros. Cinquante chacun. Donc cinquante pour vous.

À cette perspective, l'écrivain fit glisser sa langue sur ses lèvres.

– Amis extraordinaires ! dit-il avec admiration. Quand je pense à la facilité avec laquelle vous avez berné le commissaire ! Quelle chance j'ai de vous connaître...

– Avec Madeleine, nous allons compter les billets. Je crois, cher Alex Sandre, que Julien veut vous montrer quelque chose. Il a loué un yacht pour vous faire visiter le coin... Quand vous reviendrez, nous irons au buffet nous régaler de langoustines, de crabes, nous boirons du champagne pour fêter votre arrivée, et votre paquet-cadeau vous attendra : vos cinquante millions d'euros !

Julien s'avança.

– Venez, très cher. Un « yacht »... Henriette exagère toujours. Un petit hors-bord, mais qui file vite sur l'eau, venez le tester.

– Sur l'eau ? J'aime la mer, mais uniquement quand je suis sur la plage, aller sur l'eau... Je ne sais pas nager, vous savez.

– Nager ? Pourquoi nager ?

Julien se mit à fredonner :

– « Maman les p'tits bateaux qui vont sur l'eau ont-ils des ailes ? »

Il ajouta :

– Cher Alex, jamais plus vous n'aurez l'occasion de voir une mer aussi belle.

– Alors, tu les vois ? demanda Madeleine.

Henriette tendit les jumelles à son amie. Celle-ci observa la mer devant elles, à l'infini.

– Ah, les voilà ! Hihihi... Julien nous fait le geste convenu.

– Eh bien, c'est la phase terminale de l'opération numéro 3. Ça y est, un homme à la mer ! s'exclama Madeleine avec joie.

Elle ajouta doucement, ravie :

– Un homme à la mer qui ne sait pas nager !

Elle rendit les jumelles à Henriette. Celle-ci commenta :

– Il se débat encore un peu... Ah, Julien l'enfonce avec la rame, le tape... Il se débat le bougre, il ne veut pas mourir... Ça y est, il coule. Ah... enfin !

Silence.

Quelques instants plus tard, le hors-bord accostait.

Julien sauta sur la plage. Depuis leur chaise longue, Henriette et Madeleine lui firent un signe.

– Agile encore, pour ses quatre-vingts berges, murmura Henriette.

– Comme nous, renchérit Madeleine.

Julien prit place sur la chaise longue entre les deux amies.

– Mission accomplie, déclara-t-il simplement.

– Dieu qu'il faut être bête... Être riche de cinquante millions d'euros et mourir aussitôt après ! Quand en plus on a écrit *Dans la gueule des loups* et déclaré à des milliers de téléspectateurs qu'on était le roi du « piège » !

– Nous n'allions tout de même pas lui abandonner cinquante millions de notre butin !

– À nous la belle vie, maintenant !

Devant la mer, belle, bleue, lisse, Hercule, Simenon et Colombo à leurs pieds, le trio diabolique trinqua.

Et le passant, si passant il y avait eu, en regardant bien ces trois personnes âgées apparemment respectables, aurait été terrifié par le terrible rictus dessiné sur leurs lèvres à tous les trois.

Épilogue

– Oh ! Écoute, Madeleine, nous avons exaucé ton souhait : le commissaire a retrouvé sa Léna ! Et ton petit chouchou, le jeune Robin, n'a même pas été inculpé, alors nous n'allions quand même pas laisser la vie sauve à l'écrivain !

– Dommage, soupira Madeleine. Beau, gentil, je m'y étais attachée...

– Le tuer était très amusant, non ? déclara Julien. Regarde, Henriette s'est accusée d'avoir éliminé son pauvre mari, décédé de mort naturelle, et qu'elle a tant pleuré... Cela a mis du piquant dans notre roman. Être « crados » le temps d'un récit ! Que nous avons ri tous les trois ensemble depuis six mois que nous l'écrivons ! Nous avons passé de si belles journées, si délicieusement remplies, à inventer l'enquête, à travailler l'intrigue, le style... Nous n'avons pas vu le temps passer !

– Et les menus du Gallon ! Et les buffets divins aux îles Grenadines !

– Oh, oui ! Nous octroyer par l'imagination un séjour dans un palace aux Caraïbes, pour finir en beauté, quelle superbe idée !

Une dame de service passa la tête par l'entrebâillement de la porte :

– M. Thor fait dire que le repas sera servi au réfectoire dans cinq minutes. Endives-jambon blanc. Compote de pommes.

– Nous arrivons.

Ils se penchèrent sur l'ordinateur.

– Allez, Madeleine, commence.

Madeleine lut :

Et le passant, si passant il y avait eu, en regardant bien ces trois personnes âgées apparemment respectables, aurait été terrifié par le terrible rictus dessiné sur leurs lèvres à tous les trois.

Elle tapa la lettre F.

Julien tapa la lettre I.

Et Henriette la lettre N.

Julien se planta devant la fenêtre, déclara :

– Nos montagnes natales du Puy-de-Dôme, quand même, il n'y a que ça de vrai ! Il n'y a pas mieux ! Et notre belle ville d'Yssingeaux !

Ils enfilèrent leur manteau. Henriette saisit sa canne, une simple canne au pommeau ordinaire, Julien et Madeleine également, et ils se mirent à trottiner jusqu'au perron.

Ils traversèrent la cour, au centre de laquelle un noyer tenait une place imposante.

Ils aperçurent Ethel, le jardinier, qui allait ranger ses outils dans sa remise, et Peter qui faisait une ronde. Il faisait frais. La nuit tombait. Ils trottinèrent encore, en sifflotant.

– Venez, venez, dit Henriette en tête. Lilyane Latrand doit nous attendre.

Ses deux complices suivirent.

Ils dépassèrent un grand panneau :
MAISON DE RETRAITE LES CIMES BLEUES.
En dessous était écrit, en plus petit :
Chiens non admis.

dans la même collection

Mouloud Akkouche,
Balle perdue

Francisco Arcis,
La Balade d'Elvis
S'en aller sans retour

Sigrid Baffert,
On n'arrête pas les comètes

Hubert Ben Kemoun,
Juste une erreur
Les Signatures du hasard

Marie-Claire Bérot,
Aube rouge sur l'océan

Robert Bigot,
Le Cœur à la renverse

Julia Billet,
Alors, partir ?
Sayonara Samouraï

Yves-Marie Clément,
Juliette & Roméo
Le Sabre sacré

Fabrice Colin,
Camelot

Jean-Marie Defossez,
Un présent imparfait

Mireille Disdero,
16 ans et des poussières

Florian Ferrier,
L'Ange de Saint-Privat
Île fantôme
pour âmes perdues

Yaël Hassan,
Léna et la vraie vie

Heidi Hassenmüller,
Bonne nuit, sucre d'orge

David Klass,
Tu ne me connais pas

Michel Le Bourhis,
Échancrure
Une putain de ~~belle~~ nuit

Anne Jonas,
Les Hivers de Malou

Françoise Legendre,
Le Petit Bol
de porcelaine bleue

Jack Lopez,
La Vague

Valérie Mathieu,
Danger mineur

Nicole Maymat,
Le bon Dieu se cache
dans un nuage
Vanille, flibustière des
Antilles

Claire Mazard,
De chaque côté des cimes
L'Île aux peintres

Erik Poulet-Reney,
Le Visage retrouvé

Marie-Sabine Roger,
Attention, fragiles

Isaac Bashevis Singer,
Le Golem

Roland Smith,
Pic

Murielle Szac,
La Grève
Un lourd silence

Gilles Tourman,
Akéron, le Royaume des 7 Cercles

Anne Vantal,
Villa des Oliviers

Jo Witek,
En un tour de main
Récit intégral (ou presque) de mon premier baiser

Au cœur du Zanskar, Dahoé et Namkha sont les meilleures amies du monde. Pourtant, leurs aspirations sont bien différentes...

Deux complices inséparables, une petite erreur de casting, la guerre jusqu'aux portes de l'enfer...

Annabelle a toujours accordé de l'importance aux signes. Mais en les écoutant, elle va faire une drôle de rencontre...

Le corps d'un SS jamais retrouvé, des enfants juifs disparus, un mystérieux fantôme : le lycée de Melvil cache bien des choses.

Qui souhaite tant la disparition de l'oncle Isao. Jigaro part sur les traces de l'agresseur, mais quelqu'un le surveille...

Tout sépare le flic, Lucas, du jeune voyou, Victor. Le temps d'une enquête, ils se croisent ; mais la vie peut être cruelle...

La photocomposition de cet ouvrage
a été réalisée par
GRAPHIC HAINAUT
59163 Condé-sur-l'Escaut

Achevé d'imprimer en janvier 2010
sur les presses de Rodesa en Espagne

Dépôt légal : mars 2010